Schmutzige Tricks

*Zum Buch*

Ein Sprachlehrer, um die vierzig, gebildet, aber bislang ohne große Karriereabsichten, lernt das Ehepaar Dennis und Karen kennen. Diese führen ein angenehmes, stilgerechtes Leben in Oxford – bis Karen eines Tages bei einem Dinner den Sprachlehrer nach allen Regeln der Kunst verführt. Das Muster für die nun beginnende aberwitzige Affäre ist damit gefunden: Karens Mann muß immer in der Nähe sein, wenn ... Die Kette der Ereignisse, die damit ins Rollen kommt, zerstört unaufhaltsam den dünnen Firnis der neureichen Ehrbarkeit des Ehepaares und führt zu rücksichtslosem Mord. Neben der sich entwickelnden Dreiecksgeschichte steht vor allem eins im Vordergrund: Geld. Denn Karens Liebhaber will plötzlich alles – alles, was er bisher verpaßt hat ...

*Zum Autor*

Michael Dibdin, Jahrgang 1947, lebt nach Studien in England und Kanada und einem vierjährigen Aufenthalt als Dozent an der Universität von Perugia mit Frau und Tochter in Oxford.

Michael Dibdin

# Schmutzige Tricks

Roman

Aus dem Englischen von
Jobst-Christian Rojahn

Econ & List Taschenbuch Verlag

Veröffentlicht im Econ & List Taschenbuch Verlag 1999
Der Econ & List Taschenbuch Verlag ist ein Unternehmen
der Econ & List Verlagsgesellschaft, München

© 1993 für die deutsche Ausgabe by Econ Verlag GmbH
Titel des englischen Originals: *Dirty Tricks*
© 1991 by Michael Dibdin, Originalverlag: Faber and Faber, London
Aus dem Englischen übersetzt von: Jobst-Christian Rojahn
Umschlagkonzept u. -realisation: Büro Meyer & Schmidt, München –
Jorge Schmidt
Titelabbildung: Super Stock
Druck und Bindearbeiten: Ebner Ulm
Printed in Germany
ISBN 3-612-27636-0

Für Syb, *sine qua non*

Die Komödie ist die öffentliche Version einer privaten Dunkelheit. Je komischer sie ist, desto mehr muß man sich fragen, wie viele Schrecken darin verborgen liegen.

Paul Theroux, *My Secret History*

24. Februar

Lieber Charles,

wiewohl widerstrebend, hat S. E. doch das doppelgleisige Vorgehen »*de facto* und *pro tempore*« akzeptiert. Er machte ein paar mürrische Bemerkungen des Sinnes, daß er schon in der gleichen Situation sei wie die sowjetischen Diplomaten gegenüber dem KGB, sah aber ein, daß man eine Dokumentation, die einer eindeutig zu identifizierenden Quelle zuzuschreiben ist, besser vermeidet. Als Außenamtsknabe der alten Schule wäre er zwar glücklicher, ganz allein Whitehall verantwortlich zu sein, aber letztendlich ist er doch einer von uns und eitel genug, daß es ihm schmeichelt, »einen heißen Draht zur Downing Street zu haben«, wie er es ausdrückt. Sie werden fraglos ebenso erleichtert sein wie ich, daß er diese Haltung einnimmt. Eine Neubesetzung könnte im Augenblick nur Schaden anrichten.

Nachdem ich ihn meiner aufrichtigsten Absichten versichert hatte, erklärte ich ihm, der eigentliche Grund dafür, daß »wir ein bißchen am *status quo* rütteln« (um S. E. zu zitieren), sei nicht sosehr, diesen Burschen vor den Kadi zu bringen, als vielmehr die Aufmerksamkeit der Medien von jüngst aufgetauchten Behauptungen abzulenken, es gebe zwischen beiden Ländern geheime Beziehungen. Ich zitierte – mit einiger Wirkung, wie ich meine – Bernards Ausspruch, daß sich der Mann auf der Straße für eine Bananenrepublik wie diese kaum interessiere, so daß im Falle einer Schlagzeile wie SITTENSTROLCH IM KÄFIG HEIMVERFRACHTET das Land selber weiter keine Beachtung finden dürfte.

S. E. schloß sich dieser Auffassung einigermaßen bereitwillig an; sie aber auch der anderen Seite nahezubringen, war wesentlich schwieriger. Obschon der Generalissimo durchaus vernünftige Ansichten hat, ist er letztlich doch ein ungebildeter Mann, dem es ebenso schwerfällt sich vorzustellen, daß die britische Presse aus einem schmutzigen Sexualmord eine Staatsaffäre zu machen in der Lage ist, wie zu begreifen, daß wir in einige Verlegenheit geraten würden, falls die Geheimprotokolle ans Licht kommen. Seine Meinung ist ganz einfach die: Downing Street ist so antikommunistisch wie er; was macht es also schon, wenn herauskommt, daß die S.A.S. seine Todesschwadronen ausgebildet oder der persönliche Wirtschaftsberater des Premierministers ihm geholfen hat, eine Wirtschaft zu managen, bei der vierundneunzig Prozent des Bruttosozialprodukts auf ganze acht Familien entfallen? Zusätzlich erschwert wird die Sache dadurch, daß die Junta sehr empfindlich auf alle Hinweise reagiert, die ihren Umgang mit den Menschenrechten betreffen, was es überaus schwierig macht, ihr das Kernproblem nahezubringen – nämlich daß wir zwar durchaus willens sind, überall auf der Welt mit unseren ideologischen Verbündeten zusammenzuarbeiten, es uns jedoch nicht immer leisten können, daß man uns dabei auf die Finger sieht.

Bei einer aufreibenden Zweistundenaudienz im Präsidentenpalast plagte ich mich redlich ab, diese Botschaft an den Mann zu bringen und vor allem auch auf die – angesichts des augenblicklich im Vereinigten Königreich herrschenden politischen Klimas – destabilisierende Wirkung jedweder Enthüllung hinzuweisen. Ich ging sogar soweit, mit dem Zaunpfahl zu winken und anzudeuten, daß ein negatives Ergebnis zu der sehr realen Möglichkeit einer sozialistischen Regierung in Westminster und eines abrupten Endes der für beide Seiten doch so vorteilhaften Beziehungen zwischen unseren Ländern führen könne. Dies ließ zwar S. E. eine Augenbraue heben, löste jedoch auf der anderen Seite keinerlei wahrnehmbare Reaktion aus.

Um ganz ehrlich zu sein: Ich denke, die Initiative wird von dort ausgehen müssen. Die hier verbrachte Zeit ist aber trotzdem keineswegs vergeudet. Der Boden ist bereitet worden, und alles, was nun noch vonnöten ist, wäre ein Raunen der Stimme seiner Herrin. Der Zeitfaktor ist allerdings von entscheidender Bedeutung. Die mündliche Verhandlung beginnt in der kommenden Woche, und das Justizministerium muß baldmöglichst informiert werden, damit entsprechend sichergestellt werden kann, daß ein günstiger Spruch gefällt wird. Dem Auslieferungsbegehren müßte zwar eigentlich auch ohne direkte Intervention stattgegeben werden können (die Beweislage erscheint ziemlich eindeutig), aber da so viel auf dem Spiel steht, wäre es nicht weise, ein unnötiges Risiko einzugehen. Ein kurzes Telefongespräch sollte wohl schon ausreichen. Der Generalissimo mag ja in mancherlei Hinsicht schwierig sein, aber letzten Endes ist schließlich auch er einer von uns.

Mit herzlichen Grüßen
Tim

I

Lassen Sie mich zunächst einmal betonen, daß alles, was ich Ihnen erzählen werde, die vollständige und absolute Wahrheit ist. Nun, das mußte ich ja wohl sagen, nicht wahr? Da ich gerade einen entsprechenden Eid geschworen habe, mag es sinnlos erscheinen, noch weitere diesbezügliche Versicherungen abzugeben, zumal ich ihre Glaubwürdigkeit durch nichts belegen kann. Ich kann keine Zeugen aufrufen, keine Beweismittel vorlegen. Ich kann Ihnen nur meine Geschichte erzählen. Und sie können mir entweder glauben oder auch nicht.

Gleichwohl *werde* ich die Wahrheit sagen. Nicht, weil ich etwa unfähig wäre zu lügen. Ganz im Gegenteil, meine Geschichte steckt, wie Sie sehen werden, voller Irreführungen, Ausflüchte, Verleumdungen und Verfälschungen jeglicher Art. Ich erwarte auch nicht, daß Sie mir schon deshalb Glauben schenken, weil meine Manier aufrichtig und das von mir Gesagte plausibel ist. Solche Dinge können vielleicht die Richter in meinem eigenen Land beeinflussen, wo die Leute noch immer vorgeben, an das Gute im Menschen zu glauben – oder zumindest so tun, als gäben sie es vor. Dieses Land hier hat jedoch in seiner kurzen und an Gewalt reichen Geschichte keine Zeit gehabt, einen Geschmack an solch dekadentem Luxus zu entwickeln. Sie verfügen hier noch über die klare, durch nichts zu beirrende Sichtweise der Alten, die das Leben und die Menschen als das nahmen, was sie sind, und vor diesem Wissen nicht zurückschreckten.

Ich sage deshalb nicht: »Glauben Sie mir, denn ich kann nicht lügen.« Ich würde keinen Augenblick zögern zu lügen, daß sich die Balken biegen, wenn es entweder nützlich oder notwendig wäre. Nur ist es das nicht. Wie es sich so trifft, bin ich wirklich unschuldig an den Morden, die in dem Auslieferungsantrag aufgeführt sind, der da vor Ihnen liegt. Deshalb ist es ganz einfach in meinem ureigensten Interesse, Ihnen gegenüber die Wahrheit zu sagen.

Es fing alles – wo sonst – bei einem Abendessen an. Dort spielt sich in meinem Land und bei Menschen meiner sozialen

Klasse das gesellschaftliche Leben ab. Die eine Hälfte der Engländer ißt schnell und früh zu Abend, um dann in den Pub zu gehen und Bier zu trinken, die andere Hälfte ißt langsam und spät und trinkt vor, bei und nach dem Essen Wein. (Es liegt mir daran, daß Sie die Sitten und Gebräuche des Landes verstehen, in dem sich die fraglichen Ereignisse zugetragen haben, die entscheidenden Unterschiede. Andernfalls könnte es schwerfallen zu erkennen, wie *natürlich* es ist, daß sich alles genauso entwickelt hat, wie es der Fall war.) Wenn ich »Abendessen« sage, meine ich ein Trinkgelage mit einem Essen als Zugabe. Und mit Karen Parsons und ihrem Zustand an diesem Abend schien es höchst wahrscheinlich, daß es genau darauf hinauslaufen würde. Sowohl sie als auch Dennis tranken sozusagen Kette. Das war völlig normal. Aber selbst damals, noch bevor ich sie näher kennengelernt hatte, ahnte ich, daß die Normalität Karens Sache eigentlich nicht war. Sie konnte sie bis zu einem gewissen Grade vortäuschen, sie konnte sie sich zulegen wie einen schicken Akzent, aber sie mußte sich alle Mühe geben.

Ich hatte die Parsons eine Woche zuvor bei einer Party zur Feier des Trimesterendes kennengelernt, zu der das Sprachinstitut, für das ich arbeitete, geladen hatte. Wir fuhren zur gleichen Zeit vor – ich auf meinem Fahrrad, die Parsons in ihrem BMW. Ich dachte erst, sie seien Studenten. Von den Leuten, die ich kannte, konnte sich niemand einen solchen Wagen leisten. Aber sobald sie ausstiegen, wurde mir klar, daß ich mich geirrt hatte. Was ist es nur, das uns Engländer so unübersehbar von anderen abhebt? Die Kleidung? Die Haltung? Was immer es sein mag, ich wußte in dem Moment, als ich die Parsons sah, mit so absoluter Sicherheit, daß es sich um Briten handelte, als sei ihnen dieses Wort wie einem Schinken auf die Haut gestempelt worden. Der Mann war untersetzt und muskulös wie ein Rugbyspieler, die Frau hager und knochig. Ich schenkte ihnen keinen zweiten Blick.

Die Parties des *Oxford International Language College* wurden

– wie alles andere auch – nach Gesichtspunkten der Wirtschaftlichkeit geplant. Clive mußte sie geben, weil es die Konkurrenz tat, aber da der Nutzen im besten Falle indirekt war, hatte er sich etwas einfallen lassen: Er forderte die Studenten aus den verschiedenen Ländern auf, sich zusammenzutun und jeweils ein »typisches Nationalgericht« zuzubereiten. Diese Gerichte wurden dann zu einem Büfett vereint und den Studenten zusammen mit einem kostenlosen Softdrink ihrer Wahl offeriert. Weitere oder andere Getränke mußten zu überhöhten Preisen erstanden werden, so daß es Clive gelang, den Abend mit Gewinn abzuschließen.

In den zurückliegenden Jahren hatte er den Mitgliedern des Lehrkörpers untersagt, sich ihre eigenen Getränke mitzubringen, um »unfaire Unterschiede auszuschließen«. Das hatte aber milden Protest ausgelöst. Mehr nicht, denn wir arbeiteten alle mit auf ein Jahr befristeten Kurzzeitverträgen, und Clive wurde niemals müde, uns daran zu erinnern, wie viele beflissene Bewerber sich beim letztenmal gemeldet hatten, als er jemanden »hatte gehen lassen müssen«. Gleichwohl hatte er sich erweichen lassen, den Lehrern das Mitbringen einer Flasche zu gestatten, solange sie nur vor den Augen der zahlenden Gäste verborgen blieb. Das Ergebnis war, daß wir alle beständig verstohlene Abstecher zum Lehrerzimmer machten, um unsere Plastikbecher nachzufüllen. Ich lungerte gerade in der Nähe der versammelten Flaschen herum und fragte mich, wer in aller Welt wohl den Bourgueil mitgebracht haben mochte, als sich mir der Mann zugesellte, den ich aus dem BMW hatte steigen sehen. Er trat mit ausgestreckter Hand auf mich zu.

»Dennis Parsons. Ich bin Clives Steuerberater.«

Aus der Nähe sah er weniger kräftig und fit aus, als ich gedacht hatte, weniger nach Rugby und mehr nach Darts. Meinen leeren Becher bemerkend, griff er nach der Flasche, die ich gerade bewundert hatte, und deckte das Etikett sorgsam mit der Hand ab.

»Probieren Sie mal den.«

In seiner Stimme lag ein selbstzufriedener Nachdruck. Ich steckte die Nase in den Becher und saugte das Bouquet in der anerkannten Weise in mich hinein.

»Mögen Sie es?«

»Sehr.«

Ich schnüffelte wieder an dem Becher herum, nahm dann einen Schluck und ließ ihn eine Weile im Mund umherrollen.

»Wofür halten Sie das?«

Ich runzelte die Stirn wie jemand, der gerade in Verlegenheit gebracht worden ist und Angst hat, sich zum Narren zu machen.

»Cabernet?« schlug ich zögernd vor.

Dennis grinste spitzbübisch. Die Sache machte ihm Spaß.

»Hm, ja und nein. Ja und dann auch wieder nicht.«

Ich nickte.

»Ich verstehe, was Sie meinen. Cabernet Franc, nicht Sauvignon.«

Das verblüffte ihn.

»Aber ist es Bergerac oder Saumur?« überlegte ich, als spräche ich zu mir selbst. »Ich glaube, ich tendiere zur Loire, im großen und ganzen. Aber etwas von einiger Qualität. Das hat Klasse. Chinon?«

Dennis Parsons stieß einen Seufzer der Erleichterung aus.

»Nicht schlecht«, nickte er herablassend. »Gar nicht schlecht.«

Er zeigte mir das Etikett.

»Ah, Bourgueil! Die kann ich nie auseinanderhalten.«

»Sehr wenige können das«, bemerkte Dennis in einem Ton, der anklingen ließ, daß er zu ihnen gehöre.

Danach konnte ich ihn einfach nicht mehr loswerden. Der Mann stellte sich als einer dieser Weinexperten heraus, die einen mit ihrem Fachjargon zu Tode langweilen können. Ich muß jedoch ganz gut mitgehalten haben, denn kurz bevor Dennis ging, suchte er nach mir und lud mich für den folgenden Freitag zum Abendessen ein.

»Zum Essen kann ich nichts sagen, das gehört zu Kays Ressort, aber ich denke, ich kann versprechen, daß die flüssige Nahrung nichts zu wünschen übriglassen wird.«

Was Karen angeht, so machte sie nicht den geringsten Eindruck auf mich. Abgesehen von diesem ersten Anblick, wie die beiden ihrem Auto entstiegen, habe ich buchstäblich keinerlei Bild von ihr. Ich hebe dies hervor, um klarzumachen, daß das, was am folgenden Wochenende geschah, so unvorhersehbar war wie ein Flugzeug, das einem aufs Haus fällt.

Dennis hatte gesagt, daß er in Nordoxford wohne, aber das war eine geographische Übertreibung. Gewiß, die Straße, in der er wohnte, liegt nördlich der Stadtmitte, aber das heißt noch lange nicht, daß sie zu Nordoxford gehört. In meinem Land gibt es eine Fülle von Unterscheidungen dieser Art, und im geistigen Klima Oxfords gedeihen sie zu einem semantischen Dschungel, in dem sich allein die Eingeborenen zurechtfinden. So sind es dort die Isis und nicht die Themse, der Charwell und nicht der Cherwell, die Parks und nicht der Park – und Carfax ist nicht das allerneueste Spielzeug für Manager, sondern eine Straßenkreuzung. Da gibt es eine Straße namens South Parade und – eine halbe Meile *südlich* von ihr – eine mit Namen North Parade. Das Gebiet, in dem die Parsons lebten, lag nicht in der begehrten gemäßigten Zone, die als Nordoxford bezeichnet wird, sondern weiter nördlich, viel zu weit nördlich, in der eisigen Tundra der Vorkriegsstadt nahe der Umgehungsstraße, jenseits derer die arktische Wüste von Kidlington liegt, wo sich Erstkäufer in ihren Backsteiniglus zusammendrängen und gebannt zuschauen, wie die Hypothekenzinsen steigen.

Nichtsdestoweniger hatte es Dennis, obwohl es noch nicht ganz das Wahre war, zu etwas gebracht. Als ich jung war, waren Steuerberater noch Spottfiguren. Zu den größeren der vielen Überraschungen, mit denen ich mich nach meiner Heimkehr konfrontiert sah, gehörte es, daß sich dies gründlich geändert hatte. Für die Kids von heute sind die Leute, über die wir uns nur lustig zu machen pflegten, Leitfiguren, verwegene Piraten, die die Meere der Hochfinanz befahren, Firmenausschlachter, deren Motto lautet: »Steig ein, steig aus, steig auf.« Dennis Parsons war ein Steuerberater der neuen, der »kreativen« Art, für die der tatsächliche Umsatz einer Firma nur die Grundidee darstellt, auf der die abgeschlossene Steuererklärung basiert. Was das Frisieren der Bücher anging, gehörte Dennis zur Klasse eines Raymond Blanc. Sozial gesehen entstammten er und Karen, die als Teilzeitkraft an einer Mädchenschule in Headington unterrichtete, allerdings der unteren Mittelklasse mit kaufmännisch-technischem Hintergrund, und es mag nicht nur der furchteinflößende Preis von Immobilien im Kernland Nordoxfords gewesen sein, der sie davon abgehalten hatte, dorthin zu ziehen. Selbst nach fünf Jahren fanden sie es noch immer ein bißchen schwierig in Oxford, ein wenig *heikel*, verstehen Sie?

Es waren jedoch nicht diese feinen Unterschiede, die mich beschäftigten, als ich an jenem Freitagabend im April von der Banbury Road in die stille, baumbestandene Straße einbog, in der die Parsons wohnten – es war der weit offenkundigere Kontrast, die gähnende *Schlucht* zwischen dieser vornehmen Umgebung und jener, in der ich damals hauste. Denn wenn nördlich von St. Giles Besitz und sozialer Status zu unmerklichen Abstufungen im Mikroklima beitrugen, so hatten sie auf der anderen Seite des Cherwell schlichtweg jede Bedeutung verloren. Drüben in Ostoxford hatten wir keine Zeit für subtile Unterschiede. Das war nicht unser Stil. Wir waren auf Agitprop-Karikatur und groteske Übertreibung aus. Heruntergekommene Stadtstreicher, die sich die Lunge aus dem Leib husteten, während eine Gruppe Studenten im Abendanzug vorübergeht und Champagnerflaschen schwenkt, so etwas. Es wunderte mich immer, daß man die Magdalen Bridge überqueren konnte, ohne seine Papiere vorzeigen zu müssen, daß man einfach so *hinübergehen* durfte. Man kam sich vor wie am Checkpoint Charlie, aber in Wirklichkeit versuchte niemand, einen aufzuhalten, ausgenommen die Säufer, die von ihren pissefleckigen Bänken mit irgendwelchen Geschichten hochgetaumelt kamen, daß sie Geld für den Bus zurück nach Hause, nach Sheffield, bräuchten.

Als ich mein aus zehnter Hand stammendes Fahrrad durch das Tor und über den kiesbestreuten Vorplatz des großen Einfamilienhauses schob, vorbei an den geparkten Volvos und Audis der Gäste, begann ich mich auf unbehagliche Weise fehl am Platz zu fühlen. Diese Leute waren bewaffnet und gefährlich. Sie hatten Häuser, Frauen, Autos, Karrieren, Altersversorgungen. Sie kauften und verkauften, produzierten und verbrauchten, heuerten und feuerten. Sie liefen Ski und segelten, ritten und schossen. Früher hätte ich ihnen standhalten können, indem ich mir weismachte, keinerlei Interesse an diesen Dingen zu haben und lieber von der Hand in den Mund zu leben, unbehindert durch Besitz und Verantwortlichkeiten. Aber das klappte nicht mehr, nicht in meinem Alter. Das wäre, als wollten die Stammgäste der Magdalen Bridge behaupten, sie tränken ihren Penner-Wermut lieber als Tio Pepe, weil er ihnen geschmacklich mehr zusage.

Als ich erst einmal im Haus drin war, hellte sich meine Stimmung allmählich wieder auf. Die Parsons hatten sich alle Mühe gegeben, das konnte man sehen. Sie hatten sich alle Mühe gegeben und waren gescheitert. Das Mobiliar stellte ein wahlloses Durcheinander dar – ein bißchen Habitat hier, ein Schuß Laura Ashley dort –, ein paar Beinah-Antiquitäten, ein bißchen skandinavischer Minimalismus, ein Designersessel mit verstellbarer Rückenlehne und dazu noch ein Glasbehälter mit japanischen Kampffischen in die Ecke gehauen. Sie wußten, daß es ihr eigener Geschmack nicht bringen würde, die Armen, waren aber auch nicht ganz sicher, was sonst. Nun ja, schon mal gar nicht diese Fische, um damit anzufangen. Oder der aufgezogene Manet-Druck unten im Klo. Da war die Sammlung von Demi-Roussos- und Richard-Clayderbuck-LPs und die in Kunstleder gebundene Reihe »Große Klassiker der Weltliteratur«, die von *Ulysses* auf der einen Seite bis zu *HMS Ulysses* auf der anderen reichte. Nichts davon brachte es. Ganz zu schweigen von Karens Liverpooldialekt und ihrem übereifrigen Lachen. Ganz zu schweigen von *Karen*.

Wie ich schon sagte, gab es reichlich zu trinken. Dennis war ein aufmerksamer Gastgeber, ständig in Bewegung – er entkorkte Flaschen, räumte leere fort, schenkte allen ständig nach und reichte Salzgebäck herum, auf daß niemandem der Durst verging. Aber ein einziger Blick auf Karen bestätigte einem, daß sie nicht erst seit Ankunft der Gäste sozusagen auf der Überholspur trank. Vielmehr war sie schon seit der Teezeit dabei, seit dem Mittagessen, seit dem Aufstehen. Wahrscheinlich barg die Aussicht, ein Abendessen geben zu müssen, so viele Schrecken, daß sie schon am Vorabend begonnen hatte, sich zu betrinken. Die anfängliche Hochstimmung, in der wir anderen uns noch befanden, war für sie schon so lange dahin wie ihre Kindheit. Sie war hinübergewesen und zurückgekehrt, dann wieder hinüber. Es ist beim zweiten Mal nicht mehr ganz so gut, gar nicht zu reden vom vierten oder fünften Mal. Inzwischen hatte sie das Aussehen eines Flüchtlings, einer Heimatlosen. Sie war *woanders*. Die Leute, die sie so aus dem Häuschen gebracht hatten, waren ein Anwalt, ein Computerfachmann und jemand aus der Werbebranche. Die Parsons wollten Leute wie diese kennen. Sie wußten nicht warum. Sie wußten nicht, was sie mit ihnen anfangen sollten. Sie waren ganz einfach gesellschaftlich geil: Sie hatten das Bedürfnis, sich mit den großen Tieren zu paaren.

Als Dennis zu Tisch bat, landete ich zwischen Karen auf der einen Seite und der Frau des Computeranalysten auf der anderen. Marisa? Marika? Die britischen Behörden können Ihnen den Namen zweifellos nennen, wenn er Sie interessiert. Was Dinge dieser Art anbetrifft, sind sie ohne Fehl und Tadel.

»Und was machen Sie?« flötete meine Nachbarin.

Ich erklärte ihr, daß ich Englisch als Fremdsprache unterrichte.

»Oh, das muß aber interessant sein«, sagte sie und meinte damit, daß der Job langweilig *und* schlecht bezahlt sein müsse.

»Und Sie?« erkundigte ich mich höflich.

Sie machte eine kleine, wegwerfende Handbewegung.

»Oh, ich bin nur Hausfrau!«

Was heißen sollte, daß die wöchentlichen Lunchrechnungen ihres Mannes mein monatliches Einkommen überstiegen.

Ich beteiligte mich kaum an der Unterhaltung. Es gibt

bestimmte Themen, zu denen ich nichts zu sagen weiß, und an diesem Abend wurden sie so gut wie alle abgehandelt. Die Kinder der Gäste, jüngste Beschwerden, erreichte Ziele, Erwerbungen und zum Schreien komische Aussprüche von Soundso. Die Kindergärten Oxfords, die Frage, ob sie ihr Geld wert seien. Das Bildungssystem, sein sinkender erzieherischer und gesellschaftlicher Standard. Ein guter Start ins Leben, die Wichtigkeit, seinen Kindern einen solchen zu ermöglichen, vor allem heutzutage. Sie hätten aus der Art, wie die Parsons sprachen, nie und nimmer schließen können, daß sie kinderlos waren. Das Thema war ein Muß, und sie wußten es. Wir gingen dann zu den in Oxford stetig steigenden Immobilienpreisen über, kamen zum Kaufpreis des Parsonsschen Hauses im Vergleich zu seinem augenblicklichen Schätzwert, zum kürzlich im Hause des Anwalts erfolgten Ausbau des Dachstuhls und so weiter, und so fort.

Es war gegen Ende des Hauptgangs (irgendeine Geschichte *en croûte*, die Karen ofenfertig bei Marks & Spencer besorgt haben mußte), als sich plötzlich die Muskeln in meinem rechten Fußgewölbe verkrampften. Der schick spartanische Eßtisch der Parsons war zu niedrig, um mir die richtige Beinstellung zur Lockerung des Krampfes zu ermöglichen. Die Schmerzen waren qualvoll. Ich suchte mit meinem Fuß nach dem Tischbein und drückte ihn fest dagegen, bis sich die Verkrampfung allmählich löste. Einen Augenblick später spürte ich zu meinem Erstaunen auf meinem Fuß einen antwortenden Gegendruck.

Ich brauchte eine Weile, um dahinterzukommen, was da vor sich ging. Diese Dinge sind ja der Mode unterworfen. Als ich aufwuchs, benutzten junge Leute die unterschiedlichsten Methoden, um einander von dem Wunsch in Kenntnis zu setzen, sich näher kennenzulernen, aber das »Füßeln« unter dem Tisch gehörte im allgemeinen nicht dazu. Genau das aber war gerade im Gange, und der füßelnde Fuß gehörte niemand anderem als meiner Gastgeberin.

Mir war das entsetzlich peinlich, doch Karen blickte nicht einmal annäherungsweise in meine Richtung, und nach einer Weile fing ich an zu argwöhnen, daß wohl auch sie einen Fehler gemacht hatte. Der Werbemann ihr gegenüber hatte schon den ganzen Abend bedeutungsvolle Blicke auf sie geworfen, und die wahrscheinlichste Erklärung schien zu sein, daß sie und Roger ein Techtelmechtel miteinander hatten und ich versehentlich in das Kreuzfeuer hineingeraten war. Bei dem Zustand, in dem sich Karen befand, war es ein Wunder, daß sie überhaupt noch wußte, wem ihre eigenen Füße gehörten, geschweige denn die irgendeines anderen. Ich stürzte mich mit augenscheinlicher Begeisterung in eine Unterhaltung zwischen Marietta und dem Anwalt über die Schwierigkeit, zuverlässige Raumpflegerinnen zu finden und zu halten.

Kurze Zeit später stand ich auf, um zur Toilette zu gehen. Karen erhob sich ebenfalls und murmelte etwas, daß sie mal nachsehen müsse, was die Baisers machten. Ich blieb stehen und hielt ihr die Tür auf. Als diese hinter ihr zufiel, sprang Karen mich an.

Ich meine das ganz wörtlich. Karen war Sportlehrerin und deshalb gut in Form. Als ich mich umdrehte, sprang sie vor wie eine Katze, dann hoch und umspannte mit ihren gespreizten Beinen meine Taille. Um zu verhindern, daß sie zu Boden fiel, packte ich ganz instinktiv mit beiden Händen ihren Hintern. Schon bedeckte ihr Mund den meinen, ihre Zunge schnellte rein und wieder raus. Ich stand einfach da wie ein angeschlagener Boxer und steckte die Prügel ein, die sie austeilte. Ich hatte keine Ahnung mehr, wer sie oder wer ich war oder wo wir uns befanden. Was da geschah, stand ganz eindeutig in keinerlei Beziehung zu dem, was vorher geschehen war oder wahrscheinlich danach geschehen würde.

Erst als ich Dennis sagen hörte: »Ich hol' mal grad noch 'ne Flasche von dem *Hunter Valley* rauf«, wurde mir bewußt, daß die Frau, die mich da in der Zange hatte und sich an meiner Gürtelschnalle einen runterholte, niemand anderes war als

Karen Parsons, die Frau von Dennis Parsons, der sich im Augenblick zwei Meter von uns entfernt auf der anderen Seite der Eßzimmertür befand und rasch näherkam.

Karen reagierte schneller als ich. Irgendeinem primitiven Fluchtinstinkt gehorchend, zog sie mich ins Klo und verriegelte die Tür hinter uns. Wir hielten im Dunkeln Händchen, während draußen jemand am Türknopf drehte.

»Augenblickchen noch«, sagte ich.

»Oh, sind Sie immer noch da drin?«

Es war Dennis, der auf seinem Weg zur Auffüllung des sozialen Sauerstoffs eine Pinkelpause einlegen wollte und sich schon Sorgen machte, was die anderen wohl hinter seinem Rücken über ihn redeten. Derweil waren auf der anderen Seite der Tür, die er ungeduldig beäugte, Karen und ich in einem fensterlosen, etwa zwei mal drei Meter kleinen Raum eingeschlossen, aus dem es kein Entrinnen gab – es sei denn, wir hätten uns durchs Klo gespült. Ich habe mir seither oft auszumalen versucht, was wohl geschehen wäre, wenn wir uns in diesem Augenblick ergeben hätten. Es wäre, denke ich, zu einer häßlichen Szene gekommen. Ich wäre mit Sicherheit nicht wieder bei den Parsons eingeladen worden, aber damit hätte ich leben können. Im allerschlimmsten Fall hätte vielleicht ihre Ehe nicht überlebt. Sie jedoch hätten's.

Statt dessen betätigte ich die Spülung und öffnete die Tür gerade weit genug, um durch den Spalt schlüpfen zu können. Dennis schenkte mir das unbestimmt komplizenhafte Lächeln, das Männer im Pissoir austauschen. Ich packte ihn fest am Arm und zog ihn fort.

»Könnte ich Sie mal einen Augenblick sprechen?«

Er runzelte die Stirn.

»Unter vier Augen«, fügte ich hinzu und führte ihn in die Küche. Ich schlug die Tür laut hinter uns zu, um Karen wissen zu lassen, daß die Luft rein sei.

»Dieser Knabe am Tisch mir gegenüber, wissen Sie zufällig, ob der schwul ist?«

Dennis' Brauen zogen sich noch weiter zusammen.

»Roger? Das ist doch wohl nicht Ihr Ernst.«

»In diesem Falle glaube ich, daß er gerade einen Annäherungsversuch bei Ihrer Frau gemacht hat.«

Man merkte sofort, daß er das nicht wissen wollte. Alles lief gut, der Abend war ein Erfolg. Dennis wollte nicht, daß ihm da irgend etwas dazwischenkam.

»Wie meinen Sie das?«

»Nun, er fing an, mit mir rumzufüßeln«, erklärte ich. »Aber wenn er keine entsprechenden Neigungen hat, dann muß er meinen Fuß mit Karens verwechselt haben.«

Ich blickte auf den Körperteil hinab, den ich zur Verdeutlichung hin und her bewegte, nur um zu entdecken, daß eine unfreiwillige Erektion meine Hose ausbeulte wie ein anklagender Finger.

»Nicht Roger«, tat Dennis die Sache kurz ab. »Nach allem, was man so hört, ist der viel zu sehr damit beschäftigt, es seiner Sekretärin zu besorgen.«

Ich zuckte die Achseln.

»Wahrscheinlich hatte er einen Krampf oder so etwas. Aber ich dachte, ich sollte es Sie wissen lassen.«

»O ja, klar, ist schon recht. Übrigens, haben Sie Karen gesehen?«

»Ist nach oben gegangen, glaube ich.«

Ich hatte die Tür aufspringen und die Treppenstufen knarren hören, als sie entflohen war. Sie spritzte sich jetzt vermutlich kaltes Wasser ins Gesicht und schwor sich dabei, nie, nie wieder so viel zu trinken, daß sie in derart peinlicher, zutiefst erschreckender und unter Umständen gefährlicher Weise die Selbstbeherrschung verlor.

Ach Karen, wie falsch habe ich dich damals eingeschätzt! Aber wissen Sie, ich war jemandem wie ihr noch nie zuvor begegnet. Selbst die kleine Manuela, von der ein andermal die Rede sein soll, konnte Karen Parsons nicht das Wasser reichen. Nach allem, was ich heute weiß, dürfte Karen sich auf ihrem ehelichen Lager ausgestreckt und die Sache zum Abschluß gebracht haben. Und dabei hatte sie vermutlich die Tür offenstehen und das Licht auf dem Treppenabsatz brennen lassen, damit sie von dort aus deutlich zu sehen war. Wenn Dennis gekommen wäre, um nach ihr zu schauen, hätte sie ihn rechtzeitig hören können – oder auch nicht. Das würde ihr den entscheidenden Kick verschafft haben, diese Ungewißheit.

Irgend etwas hatte es jedenfalls getan, denn als sie kurze Zeit später ins Eßzimmer zurückkehrte, waren die hektische Lebhaftigkeit und die kaum unterdrückte Hysterie einer trägen, benommenen Ruhe gewichen. Damals dachte ich, die Trinkerei hätte am Ende vielleicht doch ihren Tribut gefordert. Das Zeug, das zu diesem Zeitpunkt in ihren Adern zirkulierte, muß bereits ein Cocktail gewesen sein, bei dem das Blut eine der eher nebensächlicheren Zutaten war. Es konnte nicht im geringsten erstaunen, daß sich ihr Tempo ein wenig verlangsamt hatte. Es war ja schon ein Wunder, daß sie nicht im Koma lag. Sie schenkte mir keine besondere Beachtung. Ich für mein Teil hatte ganz andere Probleme. Dank Karens Attacke war ich ja nicht zum Pinkeln gekommen, und als mein Organ von Fortpflanzung auf Harnlassen zurückschaltete, wurde mir klar, daß meine Blase kurz vor dem Platzen war. Schließlich täuschte ich die Sorge vor, meine Fahrradlampe brennen gelassen zu haben, und schoß hinaus, um mir in einem der Blumenbeete Erleichterung zu verschaffen.

Durch das Eßzimmerfenster hörte ich drinnen jemanden sagen: ».. . auf einem *Fahrrad!*«

»Der ewige Student«, bemerkte Dennis. Alle lachten.

Ich stand da und bebte vor Scham und Zorn. Einen Augenblick lang dachte ich daran, mich auf mein Witzgefährt zu schwingen und in die Slums von Ostoxford zurückzukehren, wo ich hingehörte. Nur war das Problem, daß ich eigentlich eben nicht dorthin gehörte. Wenn irgendwohin, dann gehörte ich zu diesen Leuten, zur *Lumpenbourgeoisie*, in deren Augen ich gerade das Gesicht verloren hatte, total und unwiderruflich.

Außerdem hatte es angefangen zu regnen, und die Aussicht, bis auf die Haut durchnäßt zu Hause anzukommen, um dort meine Hausgenossen Trisha und Brian in postkoitaler Benommenheit zusammengekuschelt vor dem Fernseher anzutreffen, war mehr, als ich ertragen konnte; weshalb ich meinen Stolz vergaß und wieder hineinging.

Dennoch nagte Dennis' Bemerkung immer noch an mir, und im Rückblick auf das, was früher an diesem Abend geschehen war, spielte ich mit der Idee, seine Frau zu verführen und so meine Rechnung mit ihm zu begleichen. Sie war von mir angetan, das war klar – das Problem lag bei mir. Karens Persönlichkeit als Hinderungsgrund mit ins Spiel zu bringen, wäre unfair, aber selbst unter rein körperlichen Gesichtspunkten war sie nicht mein Typ. Ich mag meine Frauen groß und rund und weiblich. Karen Parsons war nichts von alledem. Sie war magersüchtig dürr, ihr Busen kaum wahrnehmbar, ihr Hintern flach und hart. Was ihr Gesicht anbetraf, so war es eines, das ich schon unzählige Male in Bussen und Supermärkten, in Arbeitslosenschlangen und Pubs, vor Schulen und Fabriken und in jedem Alter zwischen fünfzehn und fünfzig gesehen hatte. Sein einziges auffallendes Merkmal war ein großer, räuberischer Mund, der an den Kühlergrill eines billigen, aber protzigen Autos erinnerte. Ich kam zu dem Schluß, daß sie ganz entschieden nicht mein Typ war, auch wenn das bedeutete, daß meine Rechnung mit Dennis offenbleiben mußte. Ich machte mir einfach nichts aus ihr, das war alles.

Wie einfach wäre doch das Leben, wenn es so einfach wäre, wie wir glauben!

**E**s regnete heftiger denn je zuvor, als ich nach Hause radelte – die Banbury Road hinunter, durch das Wissenschaftsgetto der Parks Road und hinein in eine Zeitverwerfung. Es war das Jahr 1964, und ich kehrte von einem Besuch bei Jenny zurück, einer sehr hübschen, sehr süßen und sanften Geschichtsstudentin vom Somerville College. Ich wohnte in diesem Jahr im College, weshalb ich nicht ostwärts die High Street entlangfuhr, sondern geradeaus weiter, durch die Magpie Lane, von der aus ich in die Merton Street einbog – vorsichtig, denn Kopfsteinpflaster ist bei Nässe äußerst gefährlich. Von dem gewaltigen Glockenturm schlug es gerade die halbe Stunde, aus der Kirche drang gedämpft die Orgelmusik eines Übenden, das Licht brannte im Pförtnerhaus, und das Tor stand offen – aber nicht für mich.

Ich radelte zurück zur High Street, vorbei am Magdalen College und über die Brücke in den »The Plain« genannten Ortsteil. Es war jetzt ein Jahr später. Jenny hatte eine Bude in der Iffley Road, und ich war auf dem Weg zu ihr, um es ihr zu sagen, um es ihr beizubringen, um ihr zartes, vertrauensvolles Herz zu brechen. Ich war in leidenschaftlicher Liebe zu einer anderen entbrannt, müssen Sie wissen. Liza studierte nicht an der Uni. Ehrlich gesagt, machte vor allem das sie so attraktiv. Es waren nicht die Universitäten, wo die wichtigen Dinge passierten, und Oxford war es schon gar nicht. Die Post ging in Liverpool ab, wo die rumkichernde Karen gerade auf die Oberschule gekommen war, und in London, wo Dennis Parsons schnell lernte, daß die Eins die wichtigste Zahl ist, und Liza an der *Slade Academy of Art* Kunst studierte. Die Sachen, die jetzt *in* waren, waren urbane Dinge, klassenlose, zur Straße gehörende Dinge. Oxford – das war wie ein Ozeandampfer im Zeitalter der Sonderangebote und verbilligten Charterflüge.

Ich hätte um ein Haar auf einen Studienabschluß verzichtet, denn der erschien so sinnlos. Liza teilte diese Ansicht. Sie wies darauf hin, daß Francis Bacon nie eine Kunsthochschule besucht hatte. Schließlich raffte ich mich aber doch noch auf und bestand die Prüfungen mit Ach und Krach, im wesentlichen, um die grauenvollen Szenen zu vermeiden, die es mit meinen Eltern gegeben hätte, wenn ich mit leeren Händen aus dem Tempel der Gelehrsamkeit heimgekehrt wäre. Es hatte für sie einen beträchtlichen Statusgewinn bedeutet, als ich einen Studienplatz am Merton College bekommen hatte, wissen Sie. Wir gehörten zur ehrbaren Mittelklasse der Home Counties, waren aber nichts Besonderes, nichts, womit sich groß was hermachen ließ. Nicht, daß Leute unseres Schlages etwa zur Angeberei neigen würden, nein, aber es hatte meinem Papa – er war Zweigstellenleiter bei einer der Banken in der High Street – zu der stillen Befriedigung verholfen, seinen Angestellten sagen zu können, daß sein Sohn nach Oxford »gehe«. Ich glaube, er hatte letztlich mehr davon als ich. Ihm war das alles wegen des Krieges entgangen, und er wurde nicht müde, Anspielungen auf »nullte Wochen«, »Gründungsfeste«, »Fakultäten« und »Maibälle« fallenzulassen. Mir aber bedeuteten diese Bälle nichts, und die schüchterne, anspruchslose Jenny konnte nicht mit der phantasievollen Experimentiererei Lizas konkurrieren, genausowenig wie die feuchte, triste Studentenbude in der Iffley Road mit dem räucherstäbchenduftenden, mit fauvistischen Kleckereien ausgekleideten Nest, wo Liza und ich nach unserem schweißtreibenden Schmuddelsex beinanderlagen, kifften, redeten und die Welt umkrempelten.

Dort hatte ich mir in der Mitte der sechziger Jahre mein Bett gemacht. Und jetzt, ein Vierteljahrhundert später, lag ich noch immer darin. Ich hatte Oxford den Vorzug vor London gegeben, und das hatte ich mir dafür eingehandelt. Die Cowley Road ist nicht Oxford, sondern Südlondon ohne dessen Glanz. Aber selbst das war für mich noch zu schick, und so bog ich in die Winston Street ein. Im Vergleich zur Winston Street war die Cowley Road geradezu gepflegt. Ich wohnte in der Winston Street. Ich kettete mein Fahrrad am Geländer an und stieg die auf der Nordseite liegenden Stufen hinauf; sie waren von schleimigem Moos bedeckt, und die Wasserlachen trockneten nie richtig weg. Trish und Brian waren zu Bett gegangen. Ich machte mir einen Becher kastrierten Kaffee, saß da und besah mir die zerbröckelnde Stuckdecke, die abplatzende Farbe, den schmuddeligen Teppich und die schäbigen Möbel.

Das Haus gehörte Clive Phillips, dem auch die Schule gehörte, an der wir drei unterrichteten. *Wir* gehörten ihm praktisch auch. Wir zahlten jeder eine Monatsmiete von 120 Pfund, Gas, Strom und Wasser noch nicht eingerechnet. Clive hatte das Haus vor fünf Jahren gekauft, bevor die Preise nach oben geschnellt waren. Selbst wenn er noch immer ein Darlehen abzahlte, mußte er mindestens um die 2500 Pfund jährlich aus uns rausholen, ganz abgesehen davon, daß der Wert des Grundstücks inzwischen auf das Vierfache gestiegen war. Man munkelte, daß er in verschiedenen Gegenden Oxfords mehr als ein Dutzend solcher Häuser besaß, alle auf kurzfristiger Basis an Studenten und Lehrer vermietet. Dazu kam noch sein eigenes Haus in der Divinity Road. Mit allen diesen Häusern und der Schule mußte er annähernd eine Million Pfund wert sein, plus–minus das eine oder andere Tausend.

Clive war 29.

Doch Geld ist nicht wichtig, oder? Zu dieser Ansicht war ich jedenfalls erzogen worden. Was im Leben zählte, war Wohlanständigkeit, nicht Geld. Ich wurde dazu erzogen, so an die Wohlanständigkeit zu glauben wie andere Leute an den lieben Gott. Ich verlor meinen Glauben, als meine Eltern starben. Sie hatten sich immer etwas darauf zugute gehalten, für alle Eventualitäten vorgesorgt zu haben, aber das half ihnen auch nicht viel, als ein Autofahrer auf der Gegenfahrbahn am Steuer einen Herzinfarkt erlitt und geradewegs in ihren großen Rover hineinfuhr. Der Wert ihres Besitzes war, wie sich herausstellte, erheblich niedriger, als ich gehofft hatte. Mein Haupterbe bestand in der Rechtfertigung für jede Unverantwortlichkeit, die ich mir fortan zu gönnen gedachte. Ich würde nicht den gleichen Fehler begehen wie meine Alten, die sich die Erfüllung ihrer Wünsche stets versagt hatten, um ihrem Lebensabend sorgenfrei entgegensehen zu können. Da ganz offensichtlich jeder Tag mein letzter sein konnte, sollte für mich jeder einzelne zählen. Erfahrung war alles, und so machte ich mich daran, sie mit beiden Händen einzuraffen, ließ mich von einem Land ins andere treiben, von einer Beziehung zur nächsten, begab mich auf eine hedonistische, von jedem Gedanken an das Morgen freie Jagd. Aber obwohl *ich* mich weigerte, älter zu werden, wurden die Studenten und Kollegen von Jahr zu Jahr jünger. Schließlich beschloß ich, daß es genug sei. Es war Zeit, sich zur Ruhe zu setzen, zurückzukehren nach England, in die gepflegte und behütete Heimstatt, aus der ich über ein Jahrzehnt zuvor entflohen war.

Im Augenblick meiner Rückkehr schon wurde mir klar, daß sich alles verändert hatte. Das Abbruchunternehmen war dagewesen, seine Abreißer und Sprengkommandos, die Ausschlachter und Neueinrichter. Die Einstellungen und Glaubenssätze, mit denen ich groß geworden war, waren weggefegt worden, und an ihrer Stelle war eine kühne neue Gesellschaft entstanden, eine frei unternehmende, bedarfsorientierte Hast-du-was-dann-bist-du-was-Gesellschaft, die sich ganz dem Verdienst und der Leistung verschrieben hatte. Etwas ganz Neues, Unerhörtes! Geschaffen allein von dieser einen Frau! Sie hatte das heuchlerische Gewäsch, das die Politiker so lieben, verschmäht und sich direkt an die Leute gewandt, hatte bewiesen, wie gut sie sie kannte und ihnen gesagt, was sie insgeheim fühlten, aber nicht laut auszusprechen wagten, hatte sie gezwungen, Farbe zu bekennen. »Ihr wollt doch gar keine fürsorgliche Gesellschaft«, hatte sie ihnen praktisch gesagt. »Ihr *behauptet* das zwar, aber in Wirklichkeit stimmt es doch gar nicht, nicht eigentlich. Bildungswesen und Gesundheitspolitik und das alles sind euch doch scheißegal. Und kommt mir um Gottes willen nicht mit Kultur. Ihr schert euch doch einen Dreck um die Kultur. Alles, was ihr wollt, ist zu Hause sitzen und fernsehen. Nein, versucht gar nicht erst zu widersprechen!

Ich *kenne* euch. Ihr seid selbstsüchtig, habgierig, dumm und selbstzufrieden. Also gebt mir eure Stimme.«

Und das hatten sie getan, wieder und wieder, so oft, daß sich niemand außer mir noch daran zu erinnern schien, wie anders doch alles einmal gewesen war. Ich kam mir vor wie Rip van Winkle, eine anachronistische Spottfigur, ein ausgeflippter Spinner. Ein Scheitern war nicht mehr vorzeigbar, schon gar nicht bei jemandem mit meinen Fähigkeiten. Ich hatte die Chancen weggeworfen, die mir das Leben geboten hatte, sie für ein paar billige Nervenkitzel versetzt. Und es war zu spät, noch etwas daran zu ändern. In dem neuen Großbritannien gehörte man mit fünfundzwanzig zum alten Eisen, von vierzig ganz zu schweigen. Der Schlüssel zum Erfolg war, wie mich ein Artikel in der Lokalpresse belehrte, sich so teuer wie möglich zu verkaufen –, aber ich hatte nichts anzubieten, was irgend jemand haben wollte,

Ausgenommen, vielleicht, Karen Parsons.

**M**ein Anruf bei den Parsons am nächsten Tag entsprach deshalb ganz den besten Traditionen der Gesellschaft, in der ich mich wiedergefunden hatte. Ja, ohne mich meiner Verantwortung für die nachfolgenden Ereignisse im geringsten entziehen zu wollen, darf ich wohl behaupten, daß ich mich in allem, was ich mit Blick auf Karen und ihren Mann unternahm, marktgerecht verhielt. Da war ein Loch, das darauf wartete, zugestöpselt zu werden. Ich hatte einen Bedarf festgestellt und war bestrebt, ihn zu befriedigen.

Dennis meldete sich. Ich dankte ihm für die Einladung und sagte, wie gut ich mich unterhalten hätte.

»Der eigentliche Grund, warum ich anrufe, ist, daß mir anscheinend meine Brieftasche abhanden gekommen ist und ich mich frage, ob ich sie vielleicht bei Ihnen liegengelassen habe.«

»Augenblickchen, ich frage mal Kay.«

Ich stand da und blickte auf die Pflastersteine zu Füßen des Münzfernsprechers hinab, während Dennis über den Teppichboden trottete und in der Ferne nach seiner Frau rief. Halbgegessene Pommesstücke ruhten auf einem Lager aus erbrochenem Curry. Ich sah zum zementgrauen Himmel empor, der erstaunlicherweise noch frei von Graffiti war. Ich versuchte, nichts von dem zu sehen, was dazwischen war.

»Alles in Ordnung, wir haben sie«, sagte Dennis.

»Bitte?«

»Wann wollen Sie herkommen und sie abholen?«

Ich zog meine Brieftasche heraus und hielt sie mir vor die Augen.

»Sie haben sie?«

»Kay hat sie beim Aufräumen gefunden. Sie wollte Sie schon anrufen, aber wir haben Ihre Nummer nicht. Hören Sie, wir fahren heute vormittag zum Einkaufen und könnten sie bei Ihnen vorbeibringen. Wo wohnen Sie?«

Das brachte mich zur Besinnung. Ich wäre lieber gestorben, als die Parsons sehen zu lassen, wo ich wohnte.

»Bitte, ich möchte Ihnen keine Ungelegenheiten machen.«
»Kein Problem.«
»Also, um ehrlich zu sein, ich bin heute vormittag auch unterwegs.«

Ich sprach jedoch zu mir selbst. Am anderen Ende war erneut ein gedämpfter Meinungsaustausch zu hören.

»Warum schauen Sie nicht heute nachmittag vorbei und holen sich die Brieftasche ab? Ich muß noch mal kurz weg, aber Kay wird dasein.«

Sehr gut, dachte ich, als ich nach Hause ging. Ich fing an, Gefallen an Karen Parsons zu finden. Ich konnte schon immer gut denken, wenn es ums Improvisieren ging. Es ist diese andere Art des Denkens, mit der ich nie zurechtgekommen bin, dieses langfristige Zeug. »Verwechsle nie Strategie und Taktik«, riet mir einmal einer meiner Tutoren, aber ich kann mich nicht mal mehr daran erinnern, was diese Worte bedeuten. Auf der kurzen Distanz bin ich aber ganz schön gut, und ich bewundere diese Fähigkeit auch bei anderen. Mir gefiel die Art, wie Karen mitbekommen hatte, daß die Geschichte mit meiner Brieftasche eigentlich eine Botschaft war – und die Botschaft, die sie mir zurückgeschickt hatte, gefiel mir noch weitaus besser. Es war riskant. Wenn ich dort auftauchen und vor Dennis' Augen meine Brieftasche einfordern sollte, würde sie ganz schön in der Klemme sitzen. Sie vertraute darauf, daß ich eben das nicht tun würde, legte diese Macht in meine Hände. Auch das gefiel mir. Es empfiehlt sich, in Fragen der Macht getrennte Kasse zu machen. Ich habe meine Frauen seit jeher schon gleich zu Anfang unserer Beziehung angepumpt, um ihnen eine gewisse Macht über mich zu geben. Das hilft auch, wenn der Zeitpunkt gekommen ist, die Affäre zu beenden, weil man dann über Geld reden kann, statt über Gefühle und Liebe und all dieses verzwickte, schmerzliche Zeug.

Um Viertel vor drei bezog ich hinter dem dreckbespritzten Glas einer Bushaltestelle an der Banbury Road Stellung. Die Einmündung zum Ramillies Drive befand sich ungefähr dreißig Meter entfernt auf der anderen Straßenseite. Ich stand da und wartete darauf, daß Dennis' Wagen dort auftauchte. Es nieselte stetig, also hatte ich das Fahrgeld für den Minibus springen lassen, der teurer ist als hierzulande ein Taxi. Der Nachmittag war kalt und unfreundlich, und ich bereute schon bald, daß ich einen leichten Leinenanzug angezogen hatte, der aus meiner Zeit in Ihrem Lande stammte. Aber ich wollte Karen einen exotischen Anblick bieten, den Anblick eines Mannes von Welt, der aus fernen Ländern hereingeschneit kommt, um den dringend erforderlichen Glanz in ihr ödes Vorstadtleben zu bringen.

Ich hatte gehofft, sie würde in der Lage sein, Dennis schnell loszuwerden, aber es war fast schon vier Uhr, als der rote BMW endlich erschien und in Richtung Umgehungsstraße davonbrauste. Zu diesem Zeitpunkt war ich bereits bis auf die Knochen durchgefroren, erschöpft von dem gnadenlosen Getöse des Verkehrs, verdrossen und deprimiert. Da wird besser was Gescheites draus, dachte ich grimmig, als ich die Straße überquerte, in die Sackgasse hinein und zum Haus der Parsons ging. Da wird besser was *verdammt* Gescheites draus!

Ich mußte mehrmals klingeln, bevor Karen endlich in Erscheinung trat. Ich wußte sofort, daß irgend etwas nicht in Ordnung war.

»Ach, Sie sind es.« Sie klang überrascht und verärgert. »Dennis ist nicht da.«

Sie trug hautenge Jeans und einen gerippten Pullover, der die Umrisse ihres Körpers betonte. Es war noch immer keiner, wie er mir vorschwebte, aber so gekleidet sah er schon ganz anders aus – es war der Körper einer Sportlehrerin, gelenkig, fest und fit.

»Ich weiß«, sagte ich. »Ich habe gerade eineinviertel Stunden darauf gewartet, daß er nicht da ist.«

»Warum denn das?«

Ach, dachte ich bei mir, schön. Wenn du das Spiel so spielen möchtest, auch gut.

»Tut mir leid, falls ich da etwas mißverstanden habe. Geben Sie mir einfach meine Brieftasche, und schon bin ich wieder weg.«

»Ich habe Ihre Brieftasche nicht.«

»Ich weiß.«

Wir maßen uns gegenseitig mit den Augen.

»Was suchen Sie dann hier?« fragte sie.

Das war nicht das erstemal, daß ich mich mit Ehebruch befaßte. Ich hatte schon immer etwas für verheiratete Frauen übrig (das hat vermutlich etwas damit zu tun, daß ich ein Einzelkind war, irgend so ein ödipaler Drang, Papas Rolle bei Mama zu spielen), und ich wußte aus Erfahrung, wieviel Sorgfalt und Takt da erforderlich sind. Wie brüchig eine Ehe auch geworden sein mag, wenn sie bedroht wird, kann sie sich leicht in ein Territorium verwandeln, das um jeden Preis verteidigt werden muß – wie die Falklandinseln. Keiner der Partner hat seit Jahren einen Gedanken daran verschwendet, aber es braucht bloß einer von draußen hereinzuplatzen, als ob alles ihm gehöre, und schon ist der Krieg da. Vielleicht war ich zu dreist gewesen, dachte ich, hatte zuviel als selbstverständlich vorausgesetzt. Nach allem, was am Vorabend geschehen war, war mir übertriebene Feinfühligkeit unnötig erschienen.

»Ich hatte angenommen, Ihnen sei an meinem Kommen gelegen. Warum hätten Sie sonst gesagt, daß Sie meine Brieftasche haben?«

Sie zuckte verdrießlich die Achseln.

»Sie sind spät dran. Ich dachte, Dennis würde noch dasein.«

Ich unternahm mehrere Deutungsversuche, aber das wollte noch immer keinen Sinn ergeben.

»Wenn man vom Teufel spricht«, sagte Karen.

Draußen knirschte der Kies, als der BMW vorfuhr. Dennis stieg mit mißmutigem Blick aus.

»Das verdammte Ding geht allmählich zu Bruch. Es gibt noch eine irgendwo in Ihrer Gegend, aber das soll mir wurscht sein.«

Er bemerkte meine Verwirrung, schätzte ihren Grund jedoch völlig falsch ein. »Waschanlage«, fügte er hinzu. »Ich fahr' jeden Samstag hin. Verhindert Krustenbildung.«

Er ergriff mich beim Ellbogen, führte mich durch die Diele und in einen Raum, der die ganze Länge des Hauses einnahm. Couchgarnitur und Tisch füllten die vordere Hälfte, eine Einbauküche mit Eßecke die hintere. Dies war der eigentliche Wohnraum der Parsons – im Gegensatz zu den Repräsentationsräumen auf der anderen Seite des Hauses, wo sie ihre Gäste empfingen. Dennis rechnete mich offensichtlich zur »Familie« oder sah zumindest jemanden in mir, den er nicht zu beeindrucken brauchte. Was ich noch immer nicht begriff war, was er überhaupt von mir wollte.

So gut wie der größte Schock von den vielen, die ich bei meiner Heimkehr hatte aushalten müssen, war der Verlust des sozialen Ansehens gewesen, das ich so viele Jahre hindurch genossen hatte. In Spanien, in Italien, in Saudi... na ja, lassen wir Saudi-Arabien... und vor allem hier bei Ihren warmherzigen und gastfreundlichen Landsleuten war ich stets überaus gefragt, ja, ich wurde regelrecht gefeiert. Als Ausländer und Lehrer stand ich im Mittelpunkt des allgemeinen Interesses und erfreute mich großer Wertschätzung. Zum Abschluß des Kurses »Englisch als Fremdsprache«, den ich in London absolvierte, richtete ein Heini vom *British Council* aufmunternde Worte an uns, bevor wir uns nach Ankara oder Kuala Lumpur aufmachten. »Vergessen Sie nie, daß Sie nicht nur Lehrer sind«, erklärte er uns, »Sie sind auch Kulturbotschafter.«

Das Witzige daran ist, daß der Blödmann irgendwie recht hatte. Wir kamen gesellschaftlich in den Genuß einer Art diplomatischer Immunität. Wir waren exterritorial. Die lokalen Spielregeln waren auf uns nicht anwendbar. Ich wußte diese Freiheit erst richtig zu schätzen, als ich sie verloren hatte. Ich sah es als selbstverständlich an, daß ich mit Menschen aller Lebensbereiche, aus allen sozialen Schichten Umgang pflegen konnte. Es erschien mir vollkommen natürlich, daß ich an einem Abend im Hause eines bedeutenden Industriellen, dessen Sohn ich unterrichtete, von livrierten Lakaien bedient wurde und am nächsten in einer schäbigen Bar mit einer Gruppe seiner Arbeiter Bier trank, denen ich Privatunterricht in technischem Englisch erteilte. Jemand hat einmal sehr zutreffend bemerkt, die Sprache sei dazu da, uns an der Kommunikation zu hindern – und das gilt für mein Land mehr als für jedes andere. Ich habe niemals so leicht so viele Freundschaften geschlossen wie unter Menschen, deren Sprache ich nur schlecht beherrschte und die die meine fast gar nicht sprachen. In einem Land, wo schicke Lokale neonerleuchtete Namen wie SMACK BAR oder SNATCH BAR tragen, kriegt niemand die linguistischen und sozialen Merkmale mit, die den eingeborenen Briten so fest auf der Stelle halten, als sei er mit den Tauen der Liliputaner gefesselt. Subtile aber verurteilende Unterschiede im Ideolekt zählen vermutlich wenig in einem Land, wo die Leute in T-Shirts herumlaufen, auf denen Dinge stehen wie: *»The essence of brave's aerial adventure: the flight's academy of the American east club with the traditional gallery of Great Britain diesel.«* Verstehen Sie, was das heißen soll? Ich nicht. Es muß aber für irgend jemanden irgend etwas bedeutet haben. So etwas kann man nicht einfach *erfinden*.

Aber wieder daheim im Land der Schmuddeligkeit und Freudlosigkeit, der Schäbigkeit und Trübsal und Häßlichkeit, sah alles ganz anders aus. Lehrer sind in meinem Land keine Respektspersonen. Sie befinden sich weit unten im Haufen der beruflichen Tätigkeiten, irgendwo zwischen Krankenschwestern und Gefängniswärtern. Und ich war noch nicht einmal ein richtiger Lehrer. Das einzig Bemerkenswerte an mir war, daß ich noch im Alter von vierzig Jahren einen Ferienjob machte. Ich war nichts als ein Transportschaden des Bildungssystems, ein Außenseiter mehr, ein weiterer überqualifizierter, untermotivierter Versager, der seine Chance verpaßt hatte und in die Sargassosee des Sprachunterrichts abgedriftet war.

Und dennoch – da war ich nun, im ruhigen und halbexklusiven Ramillies Drive, gedrängt, den Rest des Nachmittags mit einem erfolgreichen Steuerberater und seiner Frau zu verbringen, zu teurem Wein und Chips mit Garnelengeschmack genötigt, *umworben*. Was ging da vor? Waren die Parsons auf einen flotten Dreier aus? »Vorstadtpaar sucht aufgeschlossenen Partner, m. oder w., für fröhliche Sexspiele zu dritt.« Ich konnte mir gut vorstellen, daß das etwas für Denny und Kay war, zumindest theoretisch. Es würde zum Dekor passen. In der Praxis aber war Dennis viel zu gehemmt, um so etwas durchzuziehen. Selbst seine Trinkerei mußte ja als ästhetische Erfahrung verkauft werden.

»Fruchtig die Blume. Jung und rassig. Weiche, runde, cremige Frucht auf der Zunge, verliert sich ein wenig schnell. *Sehr* typisch für Chardonnay. Wunderschöner, straffer Körper. Überraschend fest.«

Er kaufte seinen Wein bei einem Versandhandel, wie ich später herausfand. Jeder Kiste waren entsprechende Geschmacksbeschreibungen beigegeben, die Dennis mit Wonne ausgiebig zitierte. Zweck der ganzen Vorstellung war nur zum Teil die übliche Demonstration von Snobismus, der Nachweis der Überlegenheit. Eigentliches Ziel war es, die Tatsache zu vertuschen, daß Dennis Alkoholiker war. Er war nicht etwa darauf erpicht, sich zu betrinken – Gott bewahre! –, sondern er wollte die einzigartige Individualität eines jeden Weines voll auskosten. Dennis trank nicht, er degustierte. Na schön, meinetwegen. Aber wenn er sich noch nicht mal in seinem eigenen Wohnzimmer ohne dieses ganze Gequatsche vollaufen lassen konnte, war es schwer vorstellbar, daß er mich ganz beiläufig fragen würde, ob ich nicht Lust hätte, zu ein paar abartigen Sexspielchen mit nach oben zu kommen.

Dennoch beklagte ich mich nicht. Ich wußte zwar nicht, was da eigentlich ablief, aber ich war schon zufrieden, dort zu sein, Dennis' acht Pfund teuren Wein zu süffeln, Blicke mit seiner rassigen, jungen – na ja, einigermaßen jungen – Frau zu wechseln und ganz offen die Reize ihres wunderschönen, straffen Körpers zu bewundern. Da ich nicht in der Lage war, die Gastfreundschaft der Parsons zu erwidern, fühlte ich mich verpflichtet, für das Geld einen Gegenwert an Konversation zu liefern, weshalb ich eine Reihe von Anekdoten aus meinem Leben im Ausland zum besten gab, von denen einige wahr, alle übertrieben und ein paar reine Erfindung waren. Sie, sagte ich damit, mögen ja das Haus und den Wagen und den Job und die Sicherheit haben, ich aber habe *gelebt*. Jedenfalls sagte ich das zu Dennis – die Botschaften, die zwischen Karen und mir hin und her gingen, waren komplexer. Als der Wein seine Wirkung tat, blickte ich mit zunehmender Häufigkeit in ihre Richtung und entdeckte dabei oftmals, daß sie ihrerseits schon zu mir herübersah. Oder sie wandte sich mir zu, als spüre sie meinen Blick auf ihrer Haut, und für einen Moment, der so kurz, aber bedeutungsvoll war wie die Pause in einem Musikstück, tauschten unsere Augen schmutzige Gedanken aus. Dann saß sie wieder zusammengesackt in ihrem Sessel und mümmelte auf dem nikotinhaltigen Kaugummi herum, den sie an Stelle von Zigaretten benutzte. Ich mußte mir da wohl etwas eingebildet haben, dachte ich dann, eine Intensität, zu der sie bestimmt nicht fähig war. An diesem Abend waren die Parsons mit Freunden zu einem frühen Essen verabredet und wollten danach noch in die Oper. Wie sich doch die Zeiten geändert hatten! In meiner Jugend hatte die Oper noch den ganzen Zauber eines *thé dansant* auf dem Pier von Bournemouth besessen. Jetzt war sie so etwas wie Wimbledon. Leute, die Weber nicht von Webern unterscheiden konnten, gingen hin, um ihrem Lieblingstenor zuzujubeln und mit ihren Ärschen auf 50 Pfund teuren Sitzen gesehen zu werden. Dennis erbot sich zuvorkommenderweise, mich in der Stadt abzusetzen.

»Spart dreißig Pence, Kleinvieh macht auch Mist«, sagte er und verwies damit meine glanzvoll kosmopolitische Persönlichkeit wieder auf den ihr in der Oxforder Lebensordnung zukommenden Platz.

Das mußte er jedoch bezahlen. Kurz bevor wir aufbrachen, während Dennis auf dem Klo war, schnappte ich mir seine Frau und küßte sie auf den Mund. Karen machte keinerlei Versuch, sich mir zu entziehen oder darauf einzugehen. Sie stand einfach nur da und zitterte am ganzen Körper. Dann rauschte die Wasserspülung, und wir rissen uns mit einem heftigen Ruck voneinander los, als hätten wir uns beide schon die ganze Zeit bemüht, uns dem anderen zu entwinden.

Dennis erschien in der Tür und grinste fröhlich.

»Alles klar?«

**Al**s ich noch im Ausland arbeitete, lebte ich ganz wie ein vornehmer Müßiggänger. Wenn ich nicht gerade von einer Bettgenossin geweckt wurde, die – armes Mädchen – arbeiten oder studieren mußte, fing mein Tag so gegen neun Uhr an, und zwar mit einem gemächlichen Duschbad und einem kleinen schwarzen Kaffee. Den Rest des Vormittags verbrachte ich während der Saison am Strand, im Park oder in einem Café, las, arbeitete meine Korrespondenz auf oder plauderte mit Freunden und Bekannten, ganz nach Lust und Laune. Dann kam der köstliche Augenblick des *aperitivo*, dieses Gefühl, daß sich die ganze Stadt allmählich auf das Mittagessen vorbereitete. Ich nahm es in einem der zahlreichen hervorragenden und einladenden Restaurants ein, wo ich sicher sein konnte, freudig begrüßt und an den einen oder anderen Tisch gebeten zu werden. Nach einem gemütlichen Essen ging es dann wieder hinaus auf die von Sonnenlicht überfluteten Straßen, satt und entspannt, in ausgelassener und netter Gesellschaft, um einen exzellenten Kaffee zu trinken und eine teure Zigarre zu rauchen.

Übersättigt von einem Vormittag voller Freiheit und Genuß, schien die Arbeit fast schon ein Vergnügen zu sein, um so mehr, als sich meine Studenten in der gleichen nachmahlzeitlichen Benommenheit befanden wie ich. Alle ernsthaften Geschäfte erledigte man am Morgen. Niemand erwartete, nach dem Mittagessen noch viel vollbringen zu können, und deshalb war die Stimmung träge und unbeschwert, als täten wir einfach nur so als ob. Die Stunden verstrichen fast unbemerkt. Draußen vor den Fenstern hatte sich die Abenddämmerung herabgesenkt, der Himmel glühte in leuchtenden Abstufungen von Grün und Rosa. Bald war mein Arbeitstag vorbei, aber die Nacht hatte gerade erst begonnen; die Straßen und Plätze fingen soeben erst an, zum Leben zu erwachen. Wo würde ich wohl an diesem Abend die kostbaren, unvergeßlichen Stunden verbringen – und mit wem?

Nach seiner Heimkehr aber sah das Leben des verlorenen

Sohnes einigermaßen anders aus. Der Unterricht fand nicht mehr nur nachmittags oder abends nach der Arbeit statt. Er selbst war nun Arbeit, und die Studenten, die sich dafür dumm und dämlich zahlten, waren verbiestert, empfindlich und boshaft. Mein Tag begann um sieben mit dem unerwünschten Anblick von Trishs und Brians Intimitäten, gefolgt von in der Gemeinschaftsküche geschlürftem Tee und hastig runtergemampftem Toast. Dann hieß es rauf aufs Fahrrad und ab die Post, um den Rest des Tages eingesperrt mit einem Haufen mürrischer, verzogener Gören zu verbringen und Clive Philipps noch reicher zu machen, als er eh schon war. »Der ewige Student«, hatte Dennis gespöttelt. Der Witz dabei war natürlich, daß augenblicklich Jagd auf die echten Studenten gemacht wurde, um sie für Posten mit Anfangsgehältern von 20 000 Pfund und mehr zu gewinnen.

In diesem Trimester bescherte mir die zweite Hälfte jedes Vormittags eine zweistündige geistige Sauna mit meinen »falschen« Fortgeschrittenen. Sie waren sieben an der Zahl, und es war mir ein Quell fortwährender Verwunderung, wie sie je ihre eigene Sprache gelernt hatten, geschweige denn irgendeine andere lernen sollten. Die einzige Ausnahme bildete Helga, die Euronutte aus Köln, die schon sehr viel weiter hätte sein sollen, aber mit Absicht durch die Zwischenprüfung rauschte, um bei Massimo bleiben zu können, einem Urbild mediterraner Männlichkeit, dessen gleichbleibende Antwort auf jede Verbesserung ein ungeduldiges »Issesselbe!« war. Massimo verband eine überwältigende Eitelkeit mit totaler Unfähigkeit und einem gewinnenden, selbstgefälligen Charme, der schon bei einem Kleinkind schwer zu ertragen gewesen wäre, ganz zu schweigen von einem bulligen Zwanzigjährigen. Er und Helga saßen ganz hinten, befummelten sich mit blödem Grinsen und unablässigem Gekicher. Vor ihnen saßen Tweedledum und Tweedledee, türkische Zwillinge, deren weiches, blasses, formloses, parfümiertes Fleisch unweigerlich an die klebrigen Süßigkeiten ihres Heimatlandes erinnerte. Dann war da Kayoko, das Mädchen, das nicht nein sagen konnte. Wenn man sie beispielsweise fragte, ob sie aus New York sei, antwortete die in Tokio geborene Maid errötend: »Ja, bin ich nicht.« Yolanda und Garcia vervollständigten diese erlesene Gruppe. Yolanda war ein pickliges, bebrilltes Mädchen aus Barcelona, das seine Zeit damit zubrachte, jedes Wort, das ich sagte, zum Nutzen von Garcia ins Spanische zu übersetzen. Garcia war ein Missing-link-Anthropoid aus einem Ihrer unmittelbaren Nachbarländer. Aus Gründen, die sich zu gegebener Zeit noch erweisen werden, ziehe ich es vor, nicht genauer anzugeben, um welches es sich handelt. Garcia ist auch nicht sein richtiger Name. Betrachtet man seine Vorgeschichte (dazu später mehr), war wahrscheinlich nicht einmal sein richtiger Name sein richtiger.

Das war nicht so wie bei meiner Arbeit hier, wo ich immer ins Spanische überwechseln konnte, wenn die Sache zu zähflüssig wurde, und wir hinterher in eine Bar gingen, um bei ein paar Drinks die Gruppendynamik wieder auf Vordermann zu bringen. Die einzige *lingua franca*, die dieser Haufen gemeinsam hatte, war Englisch – und sie alle sprachen kein Englisch. Nicht nur das, sondern sie würden es auch niemals sprechen. Ich wußte das, und sie wußten das, aber wir konnten nicht zugeben, daß wir es wußten. Wir hätten einander ja auch gar nicht verstanden, was das betrifft. Es blieb mir also nichts anderes übrig als herumzuhüpfen, mit Illustrationsmaterial und Gegenständen zu wedeln wie ein zweitklassiger Zauberkünstler bei einer Kinderparty und zu versuchen, dabei nicht öfter als einmal pro Minute auf die Uhr zu sehen.

Hauptpunkt der Tagesordnung des kommenden Montags war eine Übung zum Hörverstehen, die auf einer auf Band aufgezeichneten, »authentischen« Unterhaltung basierte. In Wirklichkeit hatte ich die ganze Geschichte natürlich zusammengeschrieben und dabei den sprachlichen Schwierigkeitsgrad so bemessen, daß er nicht über die Fähigkeiten meiner Studenten ging. »Falsche« Fortgeschrittene waren Studenten, die den

Anfängerkurs zwar absolviert, dort jedoch nichts gelernt hatten. Die meisten von ihnen hatten in Wirklichkeit eher so etwas wie einen negativen Fortschritt gemacht. Sie hatten nicht nur noch immer keine Ahnung von der Sprache, sondern hatten nun auch noch ein Gefühl persönlicher Unzulänglichkeit (absolut zu Recht, wie ich hinzufügen könnte), das sich in einer beharrlichen Weigerung manifestierte, überhaupt noch etwas zu lernen. Ziel der besagten Hörverstehensübung war der Versuch, diese Feindseligkeit zu überwinden und der Gruppe zu zeigen, daß sie durchaus in der Lage war, zwei Muttersprachler zu verstehen, die sich ganz »natürlich« miteinander unterhielten; in diesem Fall über einen Einkaufsbummel. Idealerweise sollten die Studenten mitbekommen, daß die Frau (Trish) den Mann (mich) um Geld bat – eine nur allzu authentische Situation. Der erste Durchgang ging total daneben. Selbst die einfachste vorgegebene Frage (»Wie viele Leute sprechen da miteinander?«) erwies sich als zu schwer für sie, weshalb ich das Band zurückspulte und einen neuen Versuch unternahm. Wenn alles andere versagte, konnte ich mich für gewöhnlich darauf verlassen, daß Massimo von Helga – die von der Teilnahme ausgeschlossen war – einen Hinweis bekam, um sein Selbstgefühl zu heben. Wir waren ungefähr in der Mitte des zweiten Durchgangs, als sich die Tür öffnete und Karen Parsons hereinkam.

Ich war nicht sonderlich erfreut, sie zu sehen. Es war schon schlimm genug, meine Tage als Beschäftigungstherapeut für einen Haufen linguistisch Hirnamputierter zubringen zu müssen, ohne daß meine Bekannten hereingeschneit kamen, um Zeuge meiner Erniedrigung zu werden. Kam hinzu, daß zu Clives vielen drakonischen Regeln das absolute Verbot von Privatbesuchen während der Unterrichtszeit gehörte. Es gab da sogar die – nicht notwendigerweise apokryphe – Geschichte, daß Clive, als für einen der Lehrer die Nachricht vom Tode seines Vaters einging, verfügt hatte, mit der Weiterleitung der Unglücksbotschaft sei bis zur Mittagspause zu warten. Ich hatte eh schon Grund zu vermuten, daß ich vom *Oxford International Language College* nicht unbedingt als »Lehrer des Monats« ausgezeichnet werden würde. Wenn Clive mich nun auch noch dabei erwischte, daß ich eine Freundin im Unterrichtsraum empfing, würde er mich in Null Komma nix auf die Straße setzen.

Als ich Karen fragte, was sie hier eigentlich wolle, verlieh ich also lediglich meiner Irritation und Besorgnis über diese Unterbrechung Ausdruck. Wie immer waren wir von Anfang an auf Kollisionskurs.

»Ich mach's nicht hinter seinem Rücken«, sagte sie. »Das mag ja töricht sein, aber so ist es nun mal. Was neulich passiert ist, war nicht richtig. Ich war total betrunken, und ich...«

Sie schwieg und sah unsicher die Studenten an.

»Keine Angst«, sagte ich. »Die verstehen kein Wort, solange Sie schnell genug sprechen.«

Ich war um Takt bemüht. Bei Karens gequetschten Vokalen und ihrer gestauchten Intonation hätten die Studenten sie selbst dann nicht verstanden, wenn sie ihnen alles vorbuchstabiert hätte.

»Sie meinen, ich kann hier alles sagen?« fragte sie mit einem boshaften Lächeln.

Ich blickte zu Helga hin, aber sie war gerade damit beschäftigt, ihre Zunge in Massimos Ohr zu stecken. Karen zog etwas aus ihrer Handtasche und schob es hastig in den Mund wie eine Kommunikantin, die sich ihre Hostie selbst verabfolgt.

»Peinlich, was?« murmelte sie, meinen Blick auffangend.

»Bitte?«

»Nicorette. Denny will nicht, daß ich rauche. Macht den Geschmack des Weins kaputt, sagt er.«

Sie schwieg. Dann brach irgendwo ein inneres Schott, und sie platzte heraus: »Wir machen's nicht mehr miteinander, nicht wirklich. Nicht genug. Ich brauch das aber, und manchmal...«

Sie brach ab.

»Oha, das *ist* aber ein Spaß, was?«

Als sie gespannt die verständnislosen Gesichter betrachtete, die uns wie Sonnenblumen zugekehrt waren, fühlte ich mich kurz einer Ohnmacht nahe, überwältigt von ihrer Erregung und meinem Verlangen. Es war mir inzwischen schnuppe, ob Clive uns hier erwischte. Mir war inzwischen alles schnuppe, bis auf die sexuelle Hochspannung, die zwischen uns herrschte.

»Ich will dich, Karen«, murmelte ich. »Ich will dich richtig.«

Sie kaute wie ein Eichhörnchen auf ihrem nikotinhaltigen Kaugummi herum.

»Ich weiß. Aber ich kann nicht. Schließlich und endlich ist er immer noch mein Mann.«

»Ach so, dir würde also kotzelend, wenn wir's miteinander trieben?«

Ich kam zu dem Schluß, daß dies der Ton war, den man Karen gegenüber anschlagen mußte. Wenn man ihr eingeschüchtert und respektvoll kam, würde man ihr nur Angst einjagen. Die meisten Frauen haben keine hohe Meinung von sich selbst, und wenn man anfängt, sie als was Besonderes zu behandeln, denken sie bloß: ›O Gott, früher oder später wird er die Wahrheit herausfinden und mich dann verachten.‹ Man macht ihnen besser von Anfang an klar, daß man sie durchschaut hat, sie aber *trotzdem* noch mag.

Sie zuckte störrisch die Achseln.

»So ist das halt nun mal.«

»Hast du meinen Unterricht unterbrochen, nur um mir das zu sagen?«

»Was? Nein, ich bin nur vorbeigekommen, um dich für Samstag zum Abendessen einzuladen. Wir haben doch deine Nummer nicht. Ich wollte eine Notiz am Empfang hinterlassen, aber da war niemand, und dann hörte ich deine Stimme hier drin. Thomas und Lynn werden auch kommen. Er ist Dennys Partner. Du wirst sie mögen. Zwischen halb sieben und acht.«

Ich nickte kurz.
»Na schön.«
An der Tür drehte sie sich um.
»Und es tut mir leid. Wegen der anderen Sache. Ich kann's einfach nicht. Ich mag dich, aber ich kann nicht.«
Die Tür schloß sich hinter ihr. Ich wandte mich wieder der Klasse zu, und mein Finger schwebte bereits über dem Tonbandgerät.
»Also schön, versuchen wir's noch mal. Wie viele Leute haben wir da, und worüber reden sie?«
Helga hob die Hand.
»Da sind ein Mann und eine Frau«, formulierte sie sorgfältig. »Er möchte sie... wie sagt man... ›vögeln‹? Und sie, glaube ich, möchte auch mit ihm vögeln. Ja, ich bin sicher, daß sie das möchte. Aber ihr Mann ist ein Problem.«
Ich nickte kühl.
»Verstehe. Und warum ist ihr Mann ein Problem?«
Zu meinem Erstaunen streckte sich ein ganzer Wald von Händen in die Höhe.
»Isse die Gelde«, sagte Massimo. »Isse immasselbe mit die Weibers.«
»Sie möchte mehr wollen«, wagte sich Yolanda vor.
»Ja«, fiel Kayoko ein, »kann nich genug kriegen.«
Wie ein Krake, der sich in seinem urzeitlichen Schlaf regt, fand einer der türkischen Zwillinge zu rumpelnder Sprache.
»Ainkaufn«, sagte er.
Ich starrte sie völlig verwirrt an. Ich war der einzige, der nichts verstanden hatte.

Kennen Sie diese Tage, an denen Sie's *haben*? An denen jedermann Sie erwartungsvoll anschaut, und alles, was Sie tun, bedeutungsvoll ist, Tage, an denen Männer sich vor Ihnen beugen und Frauen Ihnen kühle, abschätzende Blicke zuwerfen? Was bewirkt das? Vielleicht ist es die Kleidung, denken Sie bei sich, aber das nächste Mal tragen Sie das gleiche Outfit und sind der große Unsichtbare. Nein, es war nicht die Kleidung. Aber was dann? Bestimmt nicht der strahlende Glanz des Selbstvertrauens und Erfolgs, denn dann hätte ich es an jenem Sonnabend im Ramillies Drive todsicher nicht gehabt. Ich hatte es aber.

Ich war einfach unwiderstehlich. Ich hätte frei über dem Boden schweben, in Zungen reden und Perrier in Dom Perignon verwandeln können. Ich hielt jedoch einen derart vulgären Exhibitionismus für unter meiner Würde. Ich unternahm keinerlei Versuch, Eindruck zu schinden oder mich lieb Kind zu machen. Als mich Thomas Carter fragte, wie es mir in Oxford gefalle, verzog ich das Gesicht und sagte: »Hmmm...« Normalerweise hätte ich mich wie ein sprachbehinderter Halbidiot angehört, aber an diesem Abend schien meine Antwort auf die unsagbare Tiefe und den Nuancenreichtum meines so unendlich komplizierten Verhältnisses zu dieser Stadt zu verweisen, wobei diese Antwort zugleich auch einen milden Tadel für eine Frage enthielt, die entweder albern oder unbeantwortbar war. Es war, kurz gesagt, die Oxforder Masche, bei der es ganz allein darum geht, damit durchzukommen.

An diesem Samstagabend hätte ich mir auch einen Mord erlauben können, obwohl ich angesichts der gegebenen Umstände wohl besser hinzufügen sollte, daß ich auch dazu keinen Versuch unternahm. Was ich mir tatsächlich erlaubte, war etwas viel Schlimmeres als Mord und offenbarte erstmals etwas von dem, was ich mir eingebrockt habe, als ich mich mit Karen Parsons einließ. Man könnte sogar sagen, daß, hätte sich nicht der trügerische Mantel der Attraktivität ausgerechnet an diesem Abend um meine Schultern gelegt...

Aber der Konditionalis der Vergangenheit ist ein bekanntermaßen schwieriges Gebiet, selbst für Muttersprachler, und es hat keinen Sinn, darüber nachzugrübeln, wie das Spiel ausgegangen wäre, wenn wir nicht dieses erste Tor erzielt hätten, Sportsfreund. Tatsache ist, daß ich es, bevor dieser Abend noch vorüber war, mit Karen nicht bloß getrieben hatte – wir hatten uns auch königlich auf Dennis' Kosten amüsiert, was möglicherweise noch weit wichtiger war. Wenn du sie zum Lachen bringen kannst, sagt man, bist du schon halb am Ziel. Wenn du sie zum Lachen bringen kannst, während du gerade in ihrem Mund kommst, kann man wohl sagen, daß du das Ziel erreicht hast. Und wenn du das alles schaffen kannst, während ihr Mann nur wenige Schritte entfernt ist und in seliger Unbekümmertheit nicht mitbekommt, daß der Witz auf seine Kosten geht, dann ist das Haus und alles, was darinnen ist, dein, mein Sohn.

Die anderen Gäste des Abends waren der Partner von Dennis bei den *Osiris Management Services*, Thomas Carter, seine walisische Frau Lynn und eine wechseljährige Kollegin von Karen namens Vicky. Im Vergleich zu der vorherigen Abendgesellschaft der Parsons war dies eine ganz entspannte Angelegenheit. Als Amerikaner war Carter nicht aktiv am Klassenkampf beteiligt, der den Parsons soviel Angst machte. Das war auch gut so, denn als Einheimischer wäre er nur schwer zu verkraften gewesen. Thomas Carter machte aus seinem Herzen keine Mördergrube und erklärte einem, England sei das einzige zivilisierte Land der Erde und Oxford als englischste aller englischen Städte sein Herz und seine Seele, Ausgangspunkt all dessen, was uns geformt habe, Quelle unserer Werte und Garant unserer Normen, steingewordener Ausdruck unserer gesamten westlichen Zivilisation, ein kulturelles Stonehenge, das... und so weiter, und so fort.

In England gehört diese Art von Patriotismus zu den Dingen, die man mit gleichgesinnten Erwachsenen unter der Decke und bei gelöschtem Licht treibt, und gewöhnlich ist er mit verschiedenen unangenehmen Nebenwirkungen wie Fremdenhaß, Antisemitismus, Anglokatholizismus und dergleichen verbunden. Thomas Carter stammte jedoch aus Philadelphia, und seine Liebe zu Oxford und England entsprang ausschließlich einer jungenhaften Begeisterung, die so unschuldig war wie die Leidenschaft für historische Eisenbahnen oder echtes Ale. Zudem besaß er eine Menge Charme, lächelte leicht, war witzig, entspannt und lebhaft. Bei den Briten steht am Anfang jeder Beziehung eine tiefe Verschuldung. Es bedarf vieler Jahre, um die anfänglichen Rückstände an Argwohn und Zurückhaltung abzuarbeiten, ehe man auch nur aus den roten Zahlen herausgekommen ist oder gar so etwas wie positive Ergebnisse seiner Bemühungen zu sehen bekommt. Die Begegnung mit Thomas erinnerte mich daran, daß zwischenmenschliche Beziehungen nicht notwendigerweise so aussehen müssen, daß man in anderen Ländern einen Vertrauensvorschuß bekommt und, wenn man in anderen Ländern einen Vertrauensvorschuß bekommt und, wenn man sich die Gutwilligkeit der Mitmenschen nicht dadurch verscherzt, daß man sich wie ein Riesenarschloch aufführt, die Herzlichkeit auf beiden Seiten mit jeder Begegnung größer wird, so, als sei es ganz *natürlich* , daß menschliche Wesen gut miteinander auskommen.

Lynn Carter bildete einen auffallenden Gegensatz zu ihrem extrovertierten Mann. Sie war langweilig, ernst und humorlos, ihre Erscheinung von wohlkalkulierter Unattraktivität. Direkter ausgedrückt: Sie sah so aus, als habe sie es aufgegeben, Frau zu sein. Nicht, daß ich das irgend jemandem zum Vorwurf machen könnte. Seien wir doch mal ehrlich – würden *Sie* diesen Job haben wollen? Lynn Carter hatte ihren Beitrag zur sexuellen Produktion geleistet (zwei halbwüchsige Söhne lieferten den Beweis dafür) und war dann in den vorzeitigen Ruhestand getreten. Schön und gut, aber was wurde dabei aus ihrem Mann, der so voller Saft und Kraft war? An wen wandte sich Thomas derweil, um sich überholen zu lassen? Wer ließ ihm das Altöl ab und stellte ihm die Zündung hoch? Karen nahm ich an. Ich war nicht so eitel zu glauben, daß die Art und Weise, wie sie sich an dem ersten Abend auf mich gestürzt hatte, einzig und allein meinen unwiderstehlichen Reizen zuzuschreiben war. Wie bei den Carters, so befand sich auch bei den Parsons die Ehe im Umbruch, nur daß hier Dennis der Partner war, der sich aufs Altenteil zurückgezogen hatte. Das hatte Karen ja bei ihrem Besuch in der Schule zugegeben. Womit sie als Visavis von Thomas übrigblieb.

Bei anderer Gelegenheit hätte mir dieser Verdacht wohl nur ein lähmendes Gefühl der eigenen Wertlosigkeit vermittelt. Wer war ich denn schließlich, mich einem Konkurrenten wie Thomas Carter zu stellen, einem Managementberater, dem Besitzer und Bewohner eines 500 000 Pfund teuren Anwesens im zugänglichen Arkadien von Boars Hill? Meine Studenten hatten unwissentlich auf die Parallelen zwischen Karens Weigerung, es »hinter Dennys Rücken zu treiben«, und der auf Band aufgezeichneten Unterhaltung über Geld und Einkäufe hingewiesen, die ich ihnen vorgespielt hatte. Mit anderen Worten: Der Grund für das seltsame Ehrgefühl, das meine spröde Herrin an den Tag legte, war nicht mehr und nicht weniger als finanzielle Besonnenheit. Wie auch immer die Unzulänglichkeiten von Dennis aussehen mochten – er bezahlte die Rechnungen. Mein Einkommen reichte kaum aus, um mir Toastbrot und saubere Unterwäsche zu garantieren, geschweige denn Mrs. Dennis Parsons den Lebensstil zu erhalten, an den sie sich gewöhnt hatte.

Wie um das ganz deutlich zu machen, war der andere aus Mildtätigkeit geladene Gast dieses Abends Vicky, eine Karrierejungfer mit dörrfleischiger Haut und einem Mund, der so stark ummuskelt war wie ein Anus. Als Vicky gerade mal wieder aus dem Zimmer war, schüttelten alle den Kopf und waren sich einig, daß sie »ein sehr trauriger Fall« sei. Das implizierte Urteil über mich, den ihr zugedachten Partner, hätte ausreichen sollen, mich in eine kreischende Spirale paranoider

Depression hineinzutreiben. Aber an diesem Abend konnte mich nichts berühren. Die einzige Wirkung dieser Demütigungen und Provokationen war, daß sie mich in meinem Entschluß bestärkten, Karens Skrupel zu überwinden.

Das Essen selbst war eine relativ schmerzlose Angelegenheit. Karen versuchte nicht, irgend jemanden zu beeindrucken, und deshalb speisten wir pünktlich und recht gut. Sie hatte mich zu ihrer Rechten plaziert, und ich machte meinen ersten direkten Vorstoß, sobald wir uns gesetzt hatten. Der erste Gang bestand aus Avocados mit Krabben-Cocktail-Dressing. Kein Problem. Während meine rechte Hand den süßen Brei löffelte und das Glas mit Elsässer Riesling hob, erkundete meine linke die Waden und Kniekehlen meiner Nachbarin. Ich war auf ein demonstratives Widerstreben gefaßt gewesen, auf ein bißchen Stuhlrutscherei und so weiter. Sehr viel mehr hätte sie nicht tun können, ohne Aufmerksamkeit zu erregen, aber ich erwartete ganz entschieden ein bißchen von der üblichen Ziererei, bevor sie mich zur Sache kommen ließ. Ich meine, das ist schließlich Tradition, nicht wahr?

Aber Karen hatte nicht viel Sinn für Tradition. Sie erstarrte zwar, als ich sie berührte, aber nur für einen ganz kurzen Augenblick, ganz so, wie man es tut, wenn man etwas auf seinem Bein fühlt und nicht weiß, was es ist. Danach war der einzige verräterische Hinweis ihr intensiviertes Eingehen auf alles *andere*, was um sie her vor sich ging, eine allzu eifrige Zustimmung, ein allzu beflissenes Lachen. Als ob sie high wäre, nicht von Alkohol oder Pillen, sondern von diesem guten, angenehmen, milden Shit, der bei den ersten Abendessen, zu denen ich je eingeladen worden war, die Runde gemacht hatte, damals bei Liza, als die Welt noch jung und liebenswert war.

Ich möchte kurz zwei Aspekte von Karens Reaktion auf meine Aufmerksamkeiten herausstellen, da sie beide für ein richtiges Verständnis der späteren Ereignisse wichtig sind. Der erste Aspekt ist das, was ich einmal ihre physische Freimütigkeit nennen möchte. Karen Parsons war in einem ganz erstaunlichen – ja, beunruhigenden – Maße offen, wenn es darum ging, was sie mit ihrem Körper machen und was sie gern mit ihm gemacht haben wollte. Die Eigenschaft, auf die ich mich beziehe, ist hier in Südamerika einigermaßen verbreitet, jedoch sehr selten im Lande des Alkohols und der tierischen Fette, wo sich die Frauen offenbar den Rat des verrückten Hamlet zu Herzen genommen haben, die Tugend keinen Umgang mit der Schönheit pflegen zu lassen. Selbst im Bett sind sie Heuchlerinnen. Karen war es nicht. Wenn man ihr den Finger in den Hintern schob, während sie kam, gab sie nicht vor, etwas dagegen zu haben, bloß damit man nicht mit der Vorstellung loszog, sie sei eine dieser Frauen, die nichts dagegen haben, daß man ihnen den Finger in den Hintern schiebt, wenn sie kommen. Andererseits war sie aber auch keine Manuela. Es gab Grenzen bei dem, was sie mit sich anstellen ließ. Nur machte sie weder sich noch anderen etwas darüber vor, wo diese Grenzen lagen.

Meine zweite Beobachtung zeigt die Absurdität der Vorstellung, unsere Beziehung sei – um mich der eleganten Formulierung zu bedienen, die einer unserer Nachrichtenkomiker gewählt hat – »die pervertierte Leidenschaft zweier Sexsüchtiger, die für ihren Fix alles tun würden, auch töten«, gewesen. Was das gleiche Revolverblatt in einem bezeichnenden Rückzug in die Prüderie dann den »Geschlechtsakt« nennt, war für uns nie mehr als ein *terminus ad quem*. Das zeigt schon Karens ekstatische Reaktion auf meine Aufmerksamkeit an diesem Abend. Es mag ja mild erregend sein, während des Abendessens eine Hand auf seinem Knie zu spüren, aber allein davon geht einem ja noch keiner ab, nicht wahr? »Der Sturm ihrer alles verzehrenden Lust aufeinander«, fährt unser übererregter Schreiberling fort, »fegte alles weg, was ihm im Weg stand.« Der Autor dieser Zeilen hatte offensichtlich seine Feder in der einen Hand und seinen Pimmel in der anderen und vergessen, was denn nun was war.

Genau das Gegenteil entspricht der Wahrheit. Karen und ich gaben uns alle erdenkliche Mühe, uns Hindernisse in den Weg zu legen. Wir entwickelten uns zu wahren Hinderniskennern. Wir sammelten sie wie seltene Orchideen, teilten freudig unsere neuesten Erwerbungen und Entdeckungen. Das war das Geheimnis von Karens *empressement*. Nicht das, was ich tat, brachte sie in Fahrt, sondern daß ich es dort tat, zu diesem Zeitpunkt, im Beisein ihres Mannes und des Partners ihres Mannes und der Frau des Partners ihres Mannes und ihrer eigenen Kollegin. Karen wollte nicht hinter dem Rücken ihres Mannes Ehebruch begehen, aber nichts erregte sie mehr, als es direkt vor seiner Nase zu tun. Meine Hand auf ihrem Bein zu spüren, die sich spreizenden Finger, das Streicheln, das Lust erregt, den Druck, der Verlangen anzeigt – ein kleines, stummes Spiel der Liebe, das auf ihrer Haut inszeniert wurde. Und in der Zwischenzeit über dem Tisch...

»Jane Grigson meint, man solle sie leicht in Butter schwitzen.«

»Transpirieren, wollten Sie wohl sagen?«

»Ich schwöre nach wie vor auf Delia.«

»Wußten Sie eigentlich, daß man Wein auch in der Mikrowelle temperieren kann?«

Während Lynn und Thomas und Dennis und Vicky plauderten, lehnte ich mich zurück und überließ das Reden meinen Fingern. Gleichwohl begann meine Hand auf Karens Knie sich nach etwa zehn Minuten anzufühlen wie ein Fleischklumpen, der auf einem anderen ruht. Es war Zeit zum Rückzug, bevor die Sache auch den letzten Reiz verlor, und in Gedanken an die Möglichkeit, daß dies vielleicht schon geschehen war, beschloß ich, ihr weh zu tun.

Man könnte einen Gentleman als jemanden definieren, der niemals absichtlich Schmerz zufügt, und ich habe mir, was Frauen anbetrifft, stets zugute gehalten, ein vollendeter Herr zu sein. Von Manuela einmal abgesehen (wir müssen wirklich bald mal Zeit finden, ein paar Worte über Manuela zu verlieren), hat es mir noch nie irgendeinen Kick verschafft, Frauen weh zu tun. Ich denke, es handelt sich da um einen kulturellen

Unterschied. Hier in Lateinamerika ist traditionellerweise jede Beziehung mit einer Menge Schmerzen verbunden, von der Familie bis zum Staat, für den sie das Modell abgegeben hat. Dafür gibt es ebenso komplexe historische Gründe wie für die Unterschiede in der Menge der Gewürze, die beim Kochen verwendet werden. Die Menschen hier sind an ein ziemlich hohes Maß an Schmerz gewöhnt, genau wie sie an ziemliche Mengen Chili im Essen gewöhnt sind. Das Leben wäre fade ohne das. Ich war erstaunt über die Schmerzmenge, die Manuela allem Anschein nach überhaupt erst aufblühen ließ. Erst wenn ich aufhörte, ihr weh zu tun, machte sie sich Sorgen. Sie dachte dann wohl, daß ich sie betrüge, wissen Sie, daß ich hinter ihrem Rücken eine andere Frau quäle.

Wie dem auch sei, bevor ich meine Hand wegnahm, kniff ich Karen noch in das weiche Fleisch auf der Innenseite ihres Schenkels, bis sie aufstöhnte. Die Unterhaltung verstummte sofort, und alle waren entsetzlich besorgt. Karen wimmelte sie mit irgendeinem Gerede über ein »kleines Zwacken« ab, das sie gelegentlich verspüre, und stand betont lebhaft auf, um den Tisch abzuräumen. Ich murmelte etwas von Hilfestellung geben und folgte ihr hinaus. Ich fand sie an der Spüle, in die sie heißes Wasser einließ.

»Wo ist der Wundersaft?« fragte sie, ohne sich umzudrehen.

Das letzte, was ich von Karen erwartet hatte, war ein imaginativer Umgang mit der Sprache, aber dies war ja schon die feinste Poesie! In einer plötzlichen Anwandlung von Zärtlichkeit nahm ich sie in die Arme.

»Ach, du bist's«, sagte sie und rammte mir ein Knie zwischen die Beine.

»Kann ich was helfen?« erkundigte sich Vicky, die in der Tür erschienen war. »Was machen Sie denn da unten?«

Ich lächelte ihr durch zusammengebissene Zähne zu.

»Hab' mir den Musikantenknochen gestoßen.«

»Ah, da ist er ja!« rief Karen und griff nach einer Plastikflasche mit grüner Aufschrift. Der »Wundersaft«, so wurde mir zu spät klar, war einfach ihre Art, ein bekanntes Spülmittel anzusprechen, dessen Verwendung ihr von der Werbung anempfohlen worden war.

»Mein Gott, ist der groß!«
»Gewaltig!«
»Eindrucksvoll auf der Zunge. Kolossale Länge!«
Dennis sah auf seine Geschmacksbeschreibungen.
»›Das Aroma springt Sie aus dem Glas heraus an, während Ihre Sinne noch in herrlicher Rassigkeit und einem langen, langen Sichausgeben schwelgen.‹«
Er sog die Luft tief ein.
»Groß, hart, heiß, rassig, aufdringlich fruchtiges Bukett.«
»Großzügiger, aber wohlgebauter Körper.«
»Sanft, jedoch herrlich körperreich. Sehr fest.«
»Wenig Säure.«
»Sich hinziehendes Finish.«
»Lang anhaltender Nachklang.«
Wir befanden uns im Wohnzimmer der Parsons. Nicht im Salon auf der anderen Seite der Eingangshalle, in den wir uns nach dem Essen zurückgezogen hatten. Der war für die Gäste, und die Gäste waren gegangen, Vicky um halb elf, die Carters eine Stunde später. Inzwischen war es fast eins, aber Dennis wollte weitermachen. Karen lag mir gegenüber auf dem Sofa ausgestreckt und starrte zur Zimmerdecke hoch. Seit Thomas und Lynn fort waren, hatte sie viel getrunken und wenig gesagt. Dennis lümmelte in dem Sessel, der zwischen uns stand, und hatte die Füße inmitten einer beachtlichen Anzahl leerer Flaschen auf die Glasplatte des Couchtisches gelegt. Im Laufe des Abends hatten wir eine Vielzahl von Weinen verkostet und waren nun von einem Gefühl benommener Losgelöstheit erfüllt, als wären wir betrunken und verkatert zugleich. Dennoch war es ein ziemlicher Schock, beim nächsten Blick in Karens Richtung bemerken zu müssen, daß sie masturbierte.

Ich sah instinktiv weg, wie Kinder, wenn sie etwas Unanständiges sehen, als könnte sie ihr Zuschauen belasten. Dann blickte ich wieder hin. Es gab keinen Zweifel. Ihre linke Hand war unter den Saum ihres Rockes gebogen, den sie auf dieser Seite hochgeschoben hatte. Sie trug eine kurzärmelige Bluse, die ihre Unterarme frei ließ. Die Handarbeit verursachte ein leichtes Muskelspiel. Sie hatte das rechte Knie angezogen, um vor Dennis abzuschirmen, was da vor sich ging, aber sie machte keinerlei Versuch, es auch vor mir zu verbergen. Ganz im Gegenteil, sie starrte mich mit einer fast krankhaften Intensität an.

Ich hatte mir immer eingebildet, mehr oder weniger die gesamte Palette der sexuellen Erfahrungen ausgekostet zu haben, aber so etwas hatte ich noch nie erlebt. Ich fand es unglaublich erotisch, und je länger Dennis von »verführerischen Düften« und »eindrucksvollem Körper« faselte, desto erotischer wurde es. Der Kopf seiner Frau sank langsam zurück, ihr Mund war geöffnet und ihr Blick noch immer auf mein Gesicht geheftet, wobei das Weiß der Augäpfel sichtbar war wie bei einem verängstigten Pferd. Ihre Beine waren leicht geöffnet, und ihre Zehen bogen sich konvulsivisch, als suchten sie in ihrer schwindelerregenden Zwangslage eine Stütze.

»Dein Glas ist leer«, gähnte Dennis. »Schläft Kay?«

»Ich glaube nicht.«

Sie starrte mich flehend an, unfähig, sich so zu bewegen, wie sie wollte, wie sie gemußt hätte. Sie konnte es allein nicht ganz schaffen, nicht, solange sie so stilliegen mußte und keinen Laut von sich geben durfte. Aber sie konnte natürlich auch nicht aufhören. Ich hob die Hand zum Mund, als wolle ich höflich ein Gähnen verbergen. Mein Blick bohrte sich in den Karens, und ich streckte die Zunge heraus, bewegte die Spitze flatterzungig schnell auf und ab. Sie kam fast sofort, mit einer Reihe von unterdrückten, krampfhaften Zuckungen, die sie gedämpft aufstöhnen ließen.

»Ach, du bist auch noch da?« murmelte Dennis.

»Bis daß der Tod uns scheidet.«

Ihr Mann plierte sie mit verschwommenen Augen an.

»Dachte, du würdest uns gleich deine Imitation einer schlafenden Sau vorführen.«

Sein Ton verriet die ganze Heftigkeit seines Ekels – ihn

widerte nicht nur die Schnarcherei seiner Frau an, sondern ihre Körperlichkeit überhaupt. »Wir machen es nicht mehr«, hatte Karen gesagt. Das konnte ich mir gut vorstellen.

Sie erhob sich unsicher.

»Gute Nacht«, sagte sie.

»Du brauchst nicht zu warten«, sagte Dennis. »Da komm' ja doch bloß ich.«

Er holte eine Flasche von der Anrichte.

»Also, das wird uns guttun. Dreißig Jahre alter Armagnac. Erzeugerabfüllung. Du hast da einen Wert von mehr als einem Riesen vor dir..., und weißt du, was der mich gekostet hat? Nicht einen Penny. Freund eines Freundes. Eine Hand wäscht die andere. So 'ne Art von Bezahlung. Kommt oft vor.«

Verdammt bezeichnend, dachte ich. Es reicht nicht, daß die Reichen reich sind, nein, sie müssen auch noch mit ihren Vergünstigungen und Manipulationen und Gaunermethoden rumprahlen. Auf diese Weise hau'n sie dich gleich doppelt übers Ohr. Sie sind reich genug, um die Sachen bezahlen zu können, und schlau genug, sie trotzdem umsonst zu bekommen. Was dich selbst angeht, so bist du nicht nur arm, sondern auch dumm. Weshalb du ja auch arm bist, du Dummerchen.

»Was war das mit sie soll nicht warten?«

»Wie bitte?«

»Du hast zu Karen gesagt, sie solle nicht warten, es wärst doch nur du. Ich meine, wer sollte es denn sonst sein?«

Ich dachte natürlich, er wäre uns auf die Schliche gekommen.

»Hast du's nicht gemerkt?« Er lächelte spitzbübisch. »Sobald er weg war, war bei ihr die Luft raus.«

Auf der anderen Seite des Zimmers erschien Karen im Durchgang zur Küche, ein Glas in der Hand.

»Du meinst, zwischen ihr und Thomas ist was?« fragte ich.

Dennis schüttelte den Kopf, tippte dann mit zwei Fingern dagegen.

»Alles bloß hier oben. Bei manchen läuft das halt so. Es wäre alles anders, wenn wir Kinder hätten haben können.«

Ich runzelte die Stirn.

»Du meinst, Karen...«

Dennis nickte.

»Armes Kind. Schwer für sie.«

Ich blickte in Richtung Küche. Karen war wieder verschwunden.

»Eine Schande, das auf die Reste draufzuschütten«, sagte Dennis, trübsinnig sein Glas betrachtend.

»Ich hol' andere.«

Sobald ich die Reihe der Einbauelemente umrundet hatte, welche die Küche den Blicken entzog, sah ich sie in der Ecke auf dem Boden hocken, zusammengekauert, wie um sich gegen die Kälte zu schützen. Einen Augenblick lang dachte ich, sie sei ohnmächtig geworden. Dann aber nahmen ihre Augen meine Anwesenheit wahr und wurden feucht. Sie sah so mitleiderregend aus, daß ich mich zu ihr niederbeugte und sie schweigend tröstete, ihr Haar streichelte, ihr Gesicht küßte. Sie erwiderte meine Küsse – und dann war sie ganz und gar nicht mehr mitleiderregend.

»Links von der Spüle«, rief Dennis laut.

Ich richtete mich auf, öffnete wahllos irgendeinen Wandschrank und nahm zwei Gläser heraus. Während ich das tat, öffnete Karen den Reißverschluß meiner Hose.

Meine erste Reaktion war Verlegenheit. Ich hatte noch nicht einmal die Möglichkeit gehabt, ihn zu *waschen*! Meine Mutter hatte mir dauernd gesagt, ich solle immer frische Unterwäsche anziehen, für den Fall, daß ich mal überfahren würde und dann ins Krankenhaus käme. Aber die Möglichkeit, daß irgendeine betrunkene Ehefrau beschließen könnte, sich an ihrem Gatten zu rächen, indem sie mir einen ablutschte, war kein Szenario, das wir je erörtert hatten. Die andere Ursache meiner Verlegenheit war die sehr reale Möglichkeit, daß Dennis jeden Augenblick herbeischlurfen und uns dabei erwischen konnte.

Ich sah mich schon dastehen, sprachlos und einfältig grinsend, Star einer Schlafzimmerposse, die ganz bös in die Hose gegangen war. Obschon es eine offensichtliche Übertreibung wäre zu behaupten, die Sache habe mir überhaupt kein Vergnügen bereitet, bestand doch mein Hauptanliegen darin, sie hinter mich zu bringen. Nur konnte ich nicht. Und wenn es auch Situationen gibt, in denen der Mann einen Orgasmus simulieren kann – Fellatio gehört nicht dazu.

»Nein, nein!« rief Dennis. »Die *Schwenker*, Mann! Die *Schwenker*.«

Er hatte sich im Sessel umgedreht und starrte gereizt zu mir herüber. Dennis haßte es, wenn er auf seinen Drink warten mußte. Im Gefühl, in einen Film geraten zu sein, wo zwei Handlungsstränge gleichzeitig auf einer geteilten Leinwand abliefen, öffnete ich einen anderen Schrank und nahm zwei Cognacgläser heraus. Es wollte mir noch immer nicht kommen, aber mich zurückzuziehen, ohne daß es passiert war, wäre wohl, so dachte ich, der Gipfel der Unhöflichkeit gewesen. Ich gab vor, auf den Gläsern einen Fleck entdeckt zu haben, spülte sie aus, trocknete sie ab und hielt sie prüfend ans Licht.

»Willst du die ganze Nacht dort zubringen?« erkundigte sich Dennis.

»Ich komm' ja gleich.«

Das war nicht gerade ein toller Witz, aber schließlich brauchte es auch nicht allzuviel, um Karen zum Lachen zu bringen. Wie auch immer, sie lachte, und diese zuckenden Bewegungen führten zum Erfolg, wo ihre gewollten Bemühungen versagt hatten. Ich griff mit beiden Händen in ihr Haar und preßte ihren Kopf gegen meine Lenden, während ich in ihrem Mund kam, lautstark und einigermaßen anhaltend.

»Was, zum Teufel, ist denn nun los?«

Dennis war jetzt auf den Beinen und kam auf uns zu. Ich winkte ab, während Karen ihn mir aufmerksamerweise wegstopfte und den Reißverschluß zuzog.

»Krampf. Alles in Ordnung, schon vorbei.«

Ein paar Augenblicke später hörte ich mir, das Ballonglas mit Armagnac in der Hand, den von Dennis mit großer Selbstzufriedenheit vorgetragenen Bericht darüber an, wie er an diese unbezahlbare Spirituose gekommen war, als laufendes Wasser in der Küche unsere Aufmerksamkeit auf sich zog. Karen stand dort und ließ ein Glas vollaufen.

»Ich dachte, du wärst im Bett«, sagte ihr Mann.

Karen spülte sich den Mund aus und spuckte ins Spülbecken.

»Hab' noch ein bißchen aufgeräumt.«

»Du meinst aufgegessen! Nie zufrieden, wenn sie nicht irgendwas im Mund hat«, vertraute er mir an. »Nicht zu glauben, wenn man sie so sieht, was?«

»Oh, ich weiß nicht.«

Karen kicherte hysterisch und prustete den ganzen Spültisch mit Wasser voll.

In diesem Moment wußte ich, daß wir dazu verdammt waren, den Weg zu Ende zu gehen, wohin er uns auch führen würde, ob wir wollten oder nicht. Und was Dennis betrifft – naja, danach wäre es doch eigentlich eine Gefälligkeit gewesen, ihn umzubringen, oder?

Es gibt Zeiten, da wünscht man sich nichts sehnlicher als eine Videokamera. All diese Worte! Das ist doch heutzutage völlig absurd, so, als gäbe man zusammen mit seinem Reisepaßantrag ein Porträt in Öl von sich ab. O ja, sehr geschmackvoll, Sir, wie aus dem Gesicht geschnitten, gewiß doch, und ein Strich von solcher Plastizität, aber was wir eigentlich brauchen, ist ein Paßbild aus dem Photomaton, ein Pfund für den Viererstreifen. Die Kids heute geben sich nicht mehr mit der Sprache ab. Selbst das Leben bedeutet ihnen nicht mehr viel. Es ist einfach nicht mehr angesagt: das Leben. Wie kann man sicher sein, was wirklich passiert ist, wenn man's nicht in Zeitlupe nochmal durchlaufen lassen kann? Ganz zu schweigen von den öden Teilen, die man mit einem Fingerdruck blitzschnell verschwinden lassen kann.

Das ist es, was ich jetzt gern tun würde. Was bekämen Sie zu sehen? Karen und mich auf dem Sofa, Karen und mich auf dem Rücksitz des BMW, Karen und mich am Fluß, droben im Gäßchen, drunten im Garten, um die Ecke, im Pub. Unsere Bewegungen sind verstohlen, hektisch und zwanghaft. Unser Vergnügen ist kurz und unvollständig. Unsere Frustrationen sind gewaltig. Denn wenn Sie sich mal den Hintergrund jeder Szene genau betrachten, erkennen Sie immer Dennis.

Glauben Sie das? Ich tat's nicht – und ich war dabei. Selbst als es mir widerfuhr, konnte ich es nicht glauben. Da war eine Frau, der es nichts ausmachte, mir in Gegenwart ihres Mannes an die Wäsche zu gehen, die mich aber nicht anfassen wollte, nicht mit mir sprechen, mich nicht treffen, wenn er nicht in der Nähe war. Und als ich sie fragte, warum...

»Er ist mein Mann, oder?«

»Karen, du hast mir einen geblasen. Erinnerst du dich? Du hast dir vor meinen Augen einen runtergeholt. Es ist ein bißchen zu spät, hier noch die züchtige Hausfrau zu mimen.«

»Ich betrüge ihn nicht, ganz egal, was du sagst. Ich tu's einfach nicht. Ich mag dich wahnsinnig gern, wirklich, aber nach wie vor gilt, daß ich mit Dennis verheiratet bin.«

Es ist ein Wunder, daß ich sie *damals* nicht umgebracht habe, von später nicht zu reden. Es war schon schlimm genug, so gnadenlos aufgereizt und gequält zu werden, ohne sich auch noch diesen ganzen Humbug anhören zu müssen. Denn bei all diesen Sprüchen lief es letztlich aufs bare Geld hinaus. Wenn Dennis sie fallenließ, würden sich Karen und ich den Paaren à la Trish und Brian zugesellen. Ich konnte verstehen, daß sie das nicht wollte. *Ich* wollte es ja auch nicht. Ich wünschte mir nur, sie würde sich den ganzen Scheiß von wegen Dennis betrügen schenken. Wir hätten uns viel Zeit und Kummer sparen können.

Meine Beziehung zu Karen mag ja stürmisch gewesen sein, aber mit ihrem Mann kam ich hervorragend aus. Ich hatte endlich auch herausgefunden, warum Dennis so viel an mir lag. Obwohl er im Grunde seines Herzens ein Straßenhändler war, verlangte ihn nach den höheren Dingen dieses Daseins. Bedingung war allerdings, daß die Transaktion nach den Gesetzen des Bordells ablief – er bezahlte die Nummer, er hatte das Sagen. Was das anbetraf, war nichts sonderlich Bemerkenswertes an ihm. Sie brauchen heute bloß in irgendeine Kunstgalerie hineinzuspazieren, um zu sehen, daß das Entscheidende letztlich die Kohle ist. Die meisten Leute möchten Kunstfreunde sein – sie wissen, daß Kunst gut für einen ist oder einem doch zumindest gut zu Gesicht steht. Aber vor einem bedeutenden Gemälde fühlen sie sich wie ein Prolet, der gerade in einen Mayfair-Empfang hineingeplatzt ist. Zurück im Bildersupermarkt, können sie frohgemut aussuchen wie unter einer Reihe von Pin-ups, Brieftasche in der Hand, wieder ganz der zahlungskräftige Kunde, der alles im Griff hat.

Das war die Bedeutung, die ich für Dennis hatte. Ich verkörperte alles, was er nie sein würde: Ich hatte in Oxford studiert, war weitgereist und höchst belesen, ein Mann von Welt, in mehreren Sprachen zu Hause. Das alles wurde jedoch durch meine Armut wieder wettgemacht. Hätte ich über das zu meinen Ansprüchen passende Geld verfügt, wäre ich für unseren

Dennis eine Bedrohung gewesen. So wie die Sache stand, war ich billig zu haben. Eine zusätzliche Flasche Wein und ein bißchen überschüssiges Futter, und schon hatte er einen harmlosen Hofnarren, dessen geistreiche Ausfälle garantiert schokkierten oder amüsierten. Herbei, nur herbei! Seht den ewigen Studenten! Schaut euch an, wie er sein Repertoire an Zitaten und Bonmots abspult! Hört nur, wie er für sein Essen singt! Hat er das nicht fein gemacht? Jetzt seht, wie er durch den Regen nach Hause radelt. Er ist fast 42, denkt euch, und lebt noch immer in einer Studentenbude!

Mir war natürlich völlig wurscht, was Dennis Parsons von mir hielt. Wenn mir sein Urteil zu schaffen machte, dann nur, weil es sich vollkommen mit meinem eigenen deckte. Es war diese innere Stimme, die mich peinigte, wenn ich schlaflos auf meiner klumpenden Matratze lag und dem Geknarre des Bettgestells an der Wand nebenan lauschte, wo meine lieben Mitmieter auf ihrer allnächtlichen Suche nach dem flüchtigen Gral von Trishs Orgasmus waren. Ich war mir selbst gegenüber schonungslos, aber das einzige, worum ich Dennis beneidete, war sein Geld. Auf diese Weise verband uns eine perfekte Beziehung – wir hatten beide das Gefühl, den anderen von oben herab behandeln zu können.

Okay, legen wir mal etwas zu. Die Zeiger der Uhr sausen im Kreis herum, die Blätter fallen vom Kalender, Bootspartien und Cricket treten an die Stelle von Rudern und Rugby. Es ist Sommer, und die britische Mittelklasse bereitet sich auf die Fahrt ins Land ihrer mutmaßlichen Ahnen vor. In Wahrheit haben die Vorfahren von Dennis und Karen wahrscheinlich zwischen Viehzeug und Kühen in einem schäbigen *barrio* gehaust, gleich unter dem Abtritt der Burg. Ihre Nachkommen aber kultivierten einen Geschmack für Wein und kontinentale Küche, gingen zum Reiten und verbrachten die obligatorischen zwei Wochen pro Jahr in einem gemieteten Landhaus in der Dordogne. Sie und die Carters hatten es sich in diesem Jahr mit dem Computerspezialisten und seiner Frau teilen wollen, aber eines von deren Kindern hatte einen Unfall gehabt, und die beiden mußten in letzter Minute absagen. Zu meiner großen Überraschung fragte mich Dennis, ob ich an ihrer Statt mitfahren wolle.

»Du brauchst nichts zu bezahlen, nur das Essen und die Getränke. Ihre Reiserücktrittsversicherung kommt für die Miete auf, und da Thomas und ich beide den Wagen mitnehmen, haben wir Platz genug. Ist eigentlich vor allem, um die Gesellschaft wieder aufzufüllen. Es wird ein bißchen langweilig mit nur uns vieren, und natürlich haben alle anderen schon eigene Pläne gemacht.«

Das einzige Problem war meine Arbeit. Juni bis September – das ist die Jagdzeit für Sprachstudenten. Im Winter brachte sich Clive so gut er konnte über die Runden, sackte ein reiches Gör hier, eine Gruppe von Geschäftsleuten dort ein; aber sobald es Sommer wurde, sahnte er ab. Dann gingen ihm die armen, verschreckten, einfältigen Kids gleich scharenweise ins Netz. Um sie alle zu verarbeiten und einzudosen, brauchte er Mitarbeiter, weshalb zu unseren Vertragsbedingungen ein Minimum von zwei Sommermonaten und die stillschweigende Voraussetzung gehörten, daß beim Verlängern der Verträge denen der Vorzug gegeben wurde, die sich bei dieser Ausbeuterei am heftigsten ins Zeug gelegt hatten.

Ich fürchtete mich jedoch nicht mehr vor Clive. Hatten wir nicht schon zusammen gespeist? Und war ich mit diesem kleinen Scheißer nicht schon Schlitten gefahren, um es mal umgangssprachlich zu formulieren? Nach seinem Gesichtsausdruck zu schließen, war es Clive gar nicht lieb gewesen zu sehen, wie ich es mir an jenem Abend im Salon der Parsons bequem gemacht hatte. Er hatte durchaus nichts gegen gesellschaftlichen Umgang mit seinen Mitarbeitern, solange er die Bedingungen diktierte und sie die Kosten trugen, aber mit ihnen als mit Gleichgestellten auf neutralem Boden zusammenzutreffen, war etwas ganz anderes. Niemand schließt andere so unbarmherzig aus wie derjenige, der sich hochgearbeitet hat. An dem bewußten Abend konnte Clive nur gute Miene zum bösen Spiel machen, aber als ich ihm mitteilte, daß ich für den zweiten Sommerkurs nicht zur Verfügung stünde, reagierte er entschieden kühl. Ich erklärte ihm, daß ich schon einen Ersatz für mich gefunden hätte (einer der Carter-Söhne suchte einen Ferienjob), aber er hatte tausend Einwendungen von wegen unqualifizierter Mitarbeiter. Unter anderem erwähnte er einen Fall, wo sich vor Jahren einmal ein unzufriedener Lehrer gerächt hatte, indem er einer Gruppe junger Italiener beibrachte, die Engländer begrüßten einander auf der Straße mit »Piss off, wanker«, was soviel heißt wie »Verpiß dich, du Wichser«. Die halbe Klasse mußte in bettlägerigem Zustand nach Hause verfrachtet werden, und Clives Name wirkt in der Emilia Romagna noch immer wie ein rotes Tuch. Ich versicherte ihm, daß Nigel Carter nicht im Traum daran denken würde, ihm so üble Streiche zu spielen, aber die Entdeckung, daß mein Ersatzmann der Sohn eines Freundes von Freunden und einer aus seiner Kiste war, bedeutete einen weiteren Schlag. Und zudem fand er ganz und gar keinen Gefallen an dem Gedanken, daß ich mit den Parsons zusammen nach Frankreich gondelte.

»Höre ich da jemanden ›Alle meine Entchen‹ singen?«
»Wie bitte?«
»Rangerausbildung. Wer wagt, gewinnt. Köpfchen unter Wasser, Schwänzchen in die Höh'.«
»Wovon reden Sie eigentlich?«

Clive fuhr sich mit der Hand durchs Haar und schenkte mir sein Lächeln der Marke »Heller Bursche«. »Unser heißes Törtchen. Hübsche Lippen, häßliche Zähne. Laßt, die ihr hier eingeht, alle Hoffnung fahren. Asbest schützt vor des Feuers Brunst.«

Er machte noch eine Weile so weiter, aber ich war nicht bereit, auf diese Provokationen einzugehen, und schließlich mußte er mich ziehenlassen. Ich eilte hinaus zu einem Münzfernsprecher, um Karen die gute Nachricht mitzuteilen. Ihre Reaktion war nicht eben ekstatisch.

»Freust du dich nicht?«
»Ich denke schon. Nur...«
»Was?«
Sie seufzte.
»Es wird nicht leicht werden, das ist alles.«
Im Gegensatz dazu war ihr Mann aufrichtig erfreut darüber, daß ich mitkam. Aber er hatte natürlich auch nichts zu verlieren, soweit er wußte. Karen schon, und ich konnte ihre Besorgnis durchaus verstehen. Ihre strengen Anstandsregeln aufrechtzuhalten würde schwierig werden – unter der heißen Sonne des Südens, in festlicher Urlaubsatmosphäre und mit uns beiden vierundzwanzig Stunden am Tag unter demselben Dach.
Wenn Sie mich fragen – ich gab ihr keinerlei Chance.

Nur in der Vorfreude und in der Rückschau kommen Ferien zu ihrem wahren Recht. Dann werden wir alle zu Verkäufern, bewaffnet mit Broschüren, Videos und amüsanten Anekdoten. Die Echtzeit ist weitaus problematischer. Im Rückblick markiert dieser Urlaub in Frankreich – was das Verhältnis zwischen mir und Karen anbetrifft – den Punkt, von dem aus es kein Zurück mehr gab. Vor Ort sah das alles ganz anders aus: verwirrend, anstrengend, vertrackt, ermüdend, unvollständig, frustrierend.

Das »Landhaus« hatte sich als umgebaute Scheune mit restaurierten Steinwänden, kummervollem Eichenmobiliar und einer riesigen Einwohnerschaft von Ratten, Fledermäusen, Wespen, Fliegen, Spinnen und Schaben herausgestellt, die allesamt unser Eindringen in ihren Lebensraum ganz entschieden ablehnten. Ein Bauernhof auf der anderen Straßenseite lieferte frische Eier, den Gestank von Kuhmist und den Lärm einer rabiaten Promenadenmischung, die an einen Baum gekettet war und jedesmal, wenn ein Auto vorbeikam, zwanzig Minuten lang wütend kläffte. Hauptattraktion war ein heftig gechlorter Swimmingpool, in dem wir badengingen (mit Ausnahme von Dennis, der nicht schwimmen konnte) und eine Menge Insekten ertranken. Die gefliste Terrasse, komplett mit metallenem Klapptisch, buntem Sonnenschirm und Ricard-Aschenbecher, bot einen weiten Ausblick über ein Tal, das mit ähnlichen Villen und ähnlichen Urlaubern übersät war.

Thomas Carter hatte das Haus »über einen Freund« gefunden, und seine Wahl führte zu einigen Äußerungen des Unmuts. Aus meiner Sicht war jedoch nicht das Haus das Problem, sondern die Leute darin. In Oxford hatte sich Karens Forderung, unsere Affäre in aller Öffentlichkeit durchzuziehen, so gerade eben noch realisieren lassen. In dem Landhaus aber war das ganz unmöglich. Wir waren dort zu siebt, da sich noch im letzten Augenblick der älteste Sohn der Carters und seine Freundin eingeladen hatten, und die Bewegungen all dieser Leute waren absolut unvorhersehbar. Ich hätte eine Luftüberwachungszentrale gebraucht, um feststellen zu können, wer sich zu welchem Zeitpunkt wo befand. Außerdem war ich als der Joker im Spiel, das heißt als die einzige Person ohne Partner, Gegenstand des allgemeinen Interesses; und um die Sache noch schlimmer zu machen, war ich obendrein zum Gegenstand der bleichen, intellektuellen Schwärmerei Lynn Carters geworden, die dauernd in meiner Nähe herumlungerte und versuchte, mich in ein Gespräch zu ziehen. »Es wird nicht leicht sein«, hatte Karen bemerkt, als sie hörte, daß ich mitfahren wollte. Nicht leicht für sie, hatte ich damals gedacht, nicht leicht, sich auch weiterhin zu verweigern. Aber Karen hatte schon mehrere Urlaube dieser Art hinter sich. Sie wußte Bescheid. Nicht leicht für *uns*, hatte sie mir sagen wollen, einander so nah und doch so fern, so quälend unerreichbar zu sein.

Derweil bekam ich zum erstenmal ihre Brüste zu sehen. Wie übrigens alle anderen auch, was das betrifft. Im Grunde genommen war der Rest von ihr ebenfalls nackt. Karen kleidete sich nicht gut und versuchte vergeblich, ihre wölfische Sexualität unter schafswollenen Pullovern und geblümten Röcken zu verbergen. War aber der Schafspelz erst einmal herunter, ergab ihr Körper einen atemberaubenden Sinn. Wenn ich sie so beobachtete, wie sie sich drehte und bog und zurückbeugte, eingeölt und gebräunt, ihre feinen Konturen von einem wahnsinnigen Verlangen erfüllt, von dem nur ich wußte, erschien mir der Gedanke, Karen sei »nicht mein Typ«, seltsam unerheblich. Ich fühlte mich wieder wie ein Halbwüchsiger – von Verlangen durchbohrt, jedes vorübergehende Mädchen ein Tritt in die Eier, erniedrigt und gequält von Wollust. Frauen können nicht verstehen, wie weh das tut. Sie haben nie den Schmerz verspürt, der hinter all dem Haß liegt, den wir ihnen gegenüber empfinden können, nie unser Bedürfnis, sie dafür zu verletzen.

Es zeigte sich bald, daß ich nicht die einzige Motte war, die

Karens Licht umschwärmte. Jonathan, der Sohn der Carters (aus unerfindlichen Gründen wurde er Floss gerufen), ging dazu über, lange Stunden am Pool zu verbringen – und dies in einem kaum verhüllten Zustand voyeuristischer Erregung. Er und seine Freundin Tibbs waren eigentlich auf dem Weg zu Campingferien in Italien gewesen, aber Karens Nacktheit erwies sich als eine zu große Verlockung, weshalb das Vorhaben auf unbestimmte Zeit verschoben wurde. Das schamlose Luder ermutigte ihren jugendlichen Verehrer in aller Öffentlichkeit, bat ihn, ihr etwas zu trinken zu holen, den Sonnenschirm umzusetzen, ja, ihren bloßen Rücken mit Sonnenöl einzureiben. Alles selbstverständlich völlig harmlos – nicht einmal Karen würde den minderjährigen Sohn des Partners ihres Mannes verführen. Aber mir gefiel es trotzdem nicht sonderlich, zumal Tibbs kein entsprechendes Interesse an mir bekundete. Als tatkräftiges Mädchen verbrachte sie den ganzen Tag mit Schwimmen, Joggen, Radfahren und Wandern, um sich dann in ihr Zelt zurückzuziehen – segensreicherweise merkte sie nicht, daß die nächtlichen Vorstöße von Floss gar nicht ihr galten, sondern der Buhlteufelin, die auch mich bis in meine Träume verfolgte.

Daß mich die Frau von Thomas bewunderte, machte alles nur noch schlimmer. Nicht nur, daß man nicht immer bekommen kann, was man sich wünscht – meistens bekommt man auch noch das, womit man nichts anfangen kann. Es stand fest, daß ich Lynn Carter, eine Frau von wenig anregender Erscheinung und obendrein eine gräßliche Langweilerin, weder wollte noch brauchte. Da mir Karen Parsons versagt blieb, machte ich mich daran, mein Französisch mit *Thérèse Racquin* aufzupolieren, aber kaum hatte ich mich niedergelassen, um zu lesen, ließ sich auch Lynn irgendwo in meiner Nähe niederplumpsen und holte meine Meinung über Abfall-Recycling oder chemische Nahrungsmittelzusätze ein. Das einzig Interessante an unseren Kolloquien war, daß sie Karens Eifersucht erregten.

»Ihr beide unterhaltet euch ja ganz schön viel miteinander«, bemerkte sie eines Tages. Sie war neben meinem Stuhl aufgetaucht, während Lynn gerade auf der Suche nach Tee ins Haus schlurfte, um dem dionysischen Einfluß der südlichen Sonne zu begegnen.

»Lynn redet eine Menge, ich höre eine Menge zu.«

»Du redest auch, ich hab's doch gesehen.«

Karen war im Wasser gewesen. Ihre Brüste waren jetzt bedeckt, aber ich konnte den Umriß ihrer Aureolen durch den nassen Stoff hindurch sehen. Wasser tropfte ihr von Schritt und Hüften und rieselte ihre Beine hinunter. Ich wagte nicht, sie zu berühren. Lynn konnte jeden Augenblick zurückkommen, Thomas streifte irgendwo in der Nähe in den Wäldern umher, Floss und Tibbs spielten gleich um die Ecke Federball. Ironischerweise stellte nur Dennis, der ein schweres Mittagessen wegschlief, keine Bedrohung für mein Verlangen dar.

»Über was redet ihr denn so?« wollte meine Peinigerin wissen.

Meine Augen liebkosten träge ihren Körper.

»Mrs. Carters Sinn steht nach Themen von aktuellem Belang. Ihre Position ist im wesentlichen unkontrovers, denn sie scheut alle extremen Vorstellungen, die ihren ansonsten vorhersagbaren Ansichten möglicherweise einen Hauch des Interessanten verleihen könnten. Ich sitze da und mache im geeigneten Augenblick ›hm‹ oder ›hm?‹ und nehme jedes Zukken und Erschauern von dir dort am Pool begierig in mich auf. Mein inneres Auge sieht dich dick beschmiert mit einer Mischung aus Walnußöl und Nutella. Ich entferne sie ganz langsam mit der Zunge.«

Karen blickte düster auf das Mosaikpflaster hinab, wo eine Ameise, ein Stück toten Schmetterling geschultert, auf dem Heimweg war.

»Mit mir redest du nie.«

»Ich war davon ausgegangen, daß ich das nicht darf, wenn Dennis nicht in Hörweite ist.«

»Mit mir redest du nie so!« wiederholte sie schrill.

Ich habe das Schrille noch nie gemocht – speziell wenn es von einer Frau kommt, die einen idiotischen Akzent spricht und offensichtlich Spaß daran hat, einen erst aufzugeilen und dann doch nicht dranzulassen.

»Karen«, erwiderte ich kalt, »es gibt absolut nichts, worüber du und ich reden könnten.«

Aber ich darf Sie nicht mit dem Eindruck davonlassen, ich hätte meine gesamte Zeit nur am Pool vertrödelt. In Wirklichkeit waren solche Augenblicke des Müßiggangs sogar relativ selten. Obwohl dieses Thema nie direkt angesprochen wurde, ließ man doch auf verschiedene Weise zart durchblicken, daß ich den Parsons verpflichtet sei, die mir ja schließlich einen kostenlosen Urlaub ermöglichten, und man deshalb erwarten dürfe, daß ich mehr als meinen Teil tue, was das Chauffieren, Beaufsichtigen, Einkaufen und ähnliche häusliche Pflichten anging. Ganz besonders pikant wurde das alles dadurch, daß dieser Urlaub keineswegs kostenlos war, sondern mich langsam aber sicher bankrottgehen ließ. »Bis aufs Essen und die Getränke kostet dich das nichts«, hatte Dennis gesagt. Was er nicht erwähnt hatte, war, daß wir in Restaurants speisen würden, die ein zustimmendes Nicken vom Michelin, eine milde Verurteilung durch Gault-Millau oder einen in schlüpfriger Prosa gehaltenen Absatz in einer britischen Sonntagszeitung auf sich gezogen hatten. Mein Anteil an der Rechnung belief sich nur selten auf weniger als 30 Pfund. Nahm man die Beiträge zur Haushaltsführung dazu, würde mich dieser Urlaub am Ende gut 500 Pfund gekostet haben.

Es hatte natürlich keinen Zweck, Einwände zu erheben. Die Parsons und die Carters konnten sich einfach nicht vorstellen, daß jemand durch die Rechnung für ein Mittagessen in finanzielle Verlegenheit gebracht werden könnte, erst recht nicht durch eine, die – wie Dennis immer wieder betonte – »verdammt annehmbar« war. Wenigstens hatte ich das Geld; ich hatte es mühsam in der Absicht zusammengekratzt, damit eines Tages einen Aufbaukurs zu finanzieren, um meine Qualifikation zu verbessern und so Clives Macht entfliehen zu können. Jeder Penny dieses dürftigen Kapitals stellte ein Vergnügen dar, auf das ich verzichtet, eine Versuchung, der ich widerstanden hatte – und jetzt vergeudete ich es für Mahlzeiten, die ich eigentlich gar nicht essen wollte, und mit Leuten, die mich als ihren armen Verwandten ansahen. Auf diese Weise befand ich mich in der interessanten Lage, dafür zu bezahlen, daß man auf mich herabblickte, die Vermögenswerte meiner Zukunft auszuschlachten und dennoch eine verächtliche Figur abzugeben. Dennis würde mich nie vergessen lassen, was er alles für mich getan hatte – und sobald es September wurde, hatte ich nichts anderes mehr vor mir als ein weiteres Jahr der Sklaverei in Clives Tretmühle.

Eines Tages – es war ungefähr um die Mitte unserer zweiten Urlaubswoche – kehrte Thomas Carter von einem Trip zum nächstgelegenen Marktflecken zurück und erzählte uns, er sei rein zufällig einer alten Freundin begegnet, die nicht weit von uns entfernt wohne. Wir seien alle für den folgenden Tag zum Mittagessen eingeladen, sagte er. Es können nicht einfach nur die Verzerrungen der Rückschau sein, die Alison Kraemer in der Rolle der Spielverderberin erscheinen lassen, denn ihre Wirkung auf uns war die, daß sie uns alle in schlechte Laune versetzte und die bestehenden Spannungen noch verstärkte, bis sie sich dann ein paar Tage später mit verheerenden Folgen entluden.

Schon der erste Anblick des Hauses versetzte unserer Stimmung einen Dämpfer. Nicht weit von einer Nebenstraße entfernt und über eine gewundene, von Pappeln gesäumte Auffahrt zu erreichen, war es genau das, was sich jedermann unter der »kleinen Hütte in Frankreich« vorstellt – rustikal und doch gut proportioniert, beherrschbar geräumig, bescheiden, aber nicht karg, ein englisches Bauernhaus mit französischem Akzent. Soweit der Besitz, wie er jedermann zugänglich war, sofern er über das nötige Kleingeld verfügte – wobei es wenig half, zu entdecken, daß Alison und ihr verstorbener Mann, seinerzeit Philosophieprofessor am Balliol College, ihn in den frühen sechziger Jahren für weniger als 2000 Pfund gekauft hatten. Was niemand hätte kaufen können, was man zu keinem Preis erwerben konnte, war die Art und Weise, wie Alison das alles hergerichtet hatte. Jede Geranie, jedes Huhn, jede dösende Katze, alles war exakt am richtigen Platz, als handele es sich um Filmkomparsen. Das erweckt jedoch einen falschen Eindruck, denn die Wirkung des ganzen hatte überhaupt nichts Künstliches an sich. Wäre es doch nur so gewesen! Welch eine Erleichterung es bedeutet hätte, das alles als sorgfältig arrangiertes Schöner-Wohnen-Photo abtun zu können, als Inszenierung, die den Besucher einfach umhauen sollte.

Wenn ich mehr tun soll als bloß hilflos mit den Händen wedeln und bekräftigen, daß Alison Kraemer auf eine undefinierbare Weise »das Wahre, das Richtige« war, dann würde ich sagen, daß das charakteristische Merkmal ihrer Überlegenheit die Art war, in der sie einen jeder Möglichkeit beraubte, diese in Zweifel zu ziehen. Die meisten Menschen gehen ebendieses kleine Stückchen zu weit, schaffen damit einen willkommenen Randstreifen des Exzesses, über den sich unsere verwundeten Egos schleunigst in Sicherheit bringen können. Bei Emporkömmlingen wie den Parsons war dieser Randstreifen natürlich so breit wie eine ganze Autobahn, aber selbst Thomas Carter, Gentleman von Natur, konnte nicht verhindern, daß auch er immer ganz leicht danebenlag, was in seinem Falle hieß, daß er sich übergroße Mühe gab, die eigenen Leistungen zu schmälern und seine Kultiviertheit verächtlich zu machen, um einem den schmerzlichen Vergleich mit dem eigenen, ach so glanzlosen Dasein zu ersparen. Beide maßen – auf ihre so unterschiedliche Art – die Entfernung zwischen sich und den anderen. Alison Kraemer schien sich ihrer einfach nicht bewußt zu sein.

Das Mittagessen bestand aus einem Omelette mit Salat, Käse und Brot, und es war die beste Mahlzeit, die wir bisher in diesem Urlaub zu uns genommen hatten. Die Eier stammten von Alisons Hühnern, der Salat und die Kräuter aus ihrem

Garten und ihrer Hecke, der Käse von der Ziege eines Nachbarn, das Brot hatte Biß und schmeckte nach Holzofen. Alison war eine entspannte Gastgeberin, fand Dinge, die ihre Gäste beschäftigt hielten, lockte sie aus sich heraus, bezog sie ein. Sie offerierte keine Führung durchs Haus. Sie legte keinen Vivaldi auf. Sie nötigte uns keine Getränke auf. Alles war in höchstem Maße angenehm.

Ich kann mir vorstellen, was Ihnen jetzt durch den Kopf geht. Die Antwort ist: Nein, ich warf kein Auge auf sie. Nicht im entferntesten. Nicht damals, nicht später, zu keiner Zeit. Alison war ganz entschieden unerotisch. Das hatte nichts mit ihrem Aussehen zu tun, das typisch für die gehobene englische Mittelklasse war: weich und rund, liebreizend und doch robust. Wenn sich der Dämon, der Karen trieb, Alisons Körper bemächtigt, seine Schildkrötenschale über ihr Gesicht gestülpt hätte und wie ein flinker, parasitärer Alien in ihre Kehle eingedrungen wäre, hätte sie sich augenblicklich in Mae West verwandelt. Das Material war da, aber Alison brachte sich einfach nicht zur Geltung, körperlich gesehen. Gleichwohl übte sie eine starke Wirkung auf mich aus, und eine eigenartige dazu. In ihrer Gegenwart hatte ich nach fast einem Jahr und dazu noch im Ausland das Gefühl, endlich nach Hause gekommen zu sein.

Als wir an diesem Nachmittag zu unserem aufgemotzten Kuhstall zurückkehrten, erschien uns alles geschmacklos, vulgär und zweitklassig. Und wichtiger noch: So kamen auch wir selbst uns vor. All die nagenden Unzufriedenheiten, die sich in zehn gemeinsam verbrachten Tagen aufgestaut hatten, brachen mit einem Mal in einer Reihe von Streitereien hervor, die im Laufe des Abends an Heftigkeit und Dauer zunahmen. Abgebrochene Korken und unbrauchbare Dosenöffner lösten schwere Zwischenfälle aus. Unverzeihliche Dinge wurden geäußert, und dann von der gekränkten Partei mit morbider Befriedigung in der Art von Bettlern wiederholt, die ihre Schwären vorweisen. Als die Dunkelheit hereinbrach und der

Alkohol seinen Tribut forderte, fingen die Beteiligten an auszusteigen. Zuerst zogen sich Floss und Tibbs in ihr Zelt zurück, um diesen Vorgeschmack der Gewöhnlichkeit, die sie in ihren späteren Jahren erwartete, durch die Betätigung ihrer jungen, gesunden Körper zu vertreiben. Lynn saß eine Weile in katatonischer Schwermut zusammengesunken da, kratzte an Mückenstichen von der Größe geschwollener Lymphdrüsen herum, las in einer Zeitschrift von *Amnesty International* über fremdländische Greueltaten und ging dann auch ins Bett. Nur die Parsons hielten verbissen an ihrem blutigen Sport fest, umrundeten einander wie Bullterrier im Ring, während Thomas und ich als Zuschauer und Schiedsrichter fungierten.

Der Anlaß solcher Streitereien ist natürlich eher zweitrangig gegenüber dem Bedürfnis des streitenden Paares, sich gegenseitig zu verletzen, aber in diesem Falle schien sich alles immer mehr auf die Kinderlosigkeit der beiden zu konzentrieren. An jenem denkwürdigen Abend im Ramillies Drive hatte ich den betrunkenen Andeutungen von Dennis entnommen, daß der Grund dafür Karens Sterilität sei, und deshalb war ich einigermaßen überrascht, als ich sie in die Offensive gehen sah.

»Gott weiß, warum du mich eigentlich geheiratet hast! Der Sex war es mit Sicherheit nicht.«

Dennis grinste.

»Du hast mich an meine Mutter erinnert, Liebling.«

»Zu schade, daß du *mich* nicht zur Mutter machen konntest.«

Ich hielt die Luft an, wartete auf den K.-o.-Schlag. Wenn stimmte, was Dennis mir gesagt hatte, dann war Karen jetzt völlig ungedeckt. Aber er sagte nichts.

»Zeit, ins Bett zu gehen«, sagte Thomas.

Dennis leerte sein Glas.

»Genau.«

»Aber, verdammt noch mal, nicht mit mir«, erklärte ihm Karen und marschierte ins Haus. Die Schlafzimmertür fiel krachend hinter ihr ins Schloß.

»Du kannst mein Zimmer haben, wenn du magst«, sagte ich.

Ich erleichterte es ihm dadurch, daß ich hinzufügte, ich sei nicht müde, ich wolle noch aufbleiben und die Sterne beobachten; und außerdem sei ja das Sofa im Wohnzimmer sehr bequem. Das war alles gelogen. Worauf ich eigentlich zählte, war, den Weg in das Bett finden zu können, das Dennis versagt war. Ich hätte mir keine Sorgen machen müssen, er könne zu feinfühlig sein, mein Angebot anzunehmen. Er schien nicht einmal das Gefühl zu haben, daß irgendeine Andeutung von Dankbarkeit am Platz gewesen wäre. Warum sollte er mein Bett nicht nehmen? Ich bezahlte ja schließlich nicht dafür.

Ich saß unter dem umgedrehten Sieb des Nachthimmels, bis Dennis' Schnarchen einen gleichmäßigen Rhythmus angenommen hatte, dann ging ich ins Haus und durch das Wohnzimmer zu der Tür, hinter der Karen nackt auf dem Bett lag. Ich war sicher, daß sie auf mich wartete, aber die Tür war verschlossen. Ich versuchte es mit leisem Rufen, erhielt aber keine Antwort. Mehr Lärm wagte ich aus Angst, die anderen zu stören, nicht zu machen. Schließlich zog ich mich auf das Sofa zurück, wo ich eine kalte, unbequeme und vor Zorn so gut wie schlaflose Nacht verbrachte.

Kurz nach Tagesanbruch wurde ich von Floss und Tibbs geweckt. Sie wollten endlich los nach Italien und frühzeitig aufbrechen. Als Dennis erschien, verlangte ich mein Zimmer zurück, ließ mich auf die von seinem unverkennbaren Duft durchtränkten Laken fallen und schlief unruhig bis kurz nach zehn, als ein heißer Streifen Sonnenlicht, der sich langsam seinen Weg über das Bett gebahnt hatte, mein Gesicht erreichte.

Das Haus war still. Die Wasseroberfläche des Swimmingpools war fast unbewegt, zeigte nur ein paar kleine Ringe um eine ertrinkende Fliege. Ich sprang hinein und planschte ein bißchen herum, ging dann wieder ins Haus und machte Kaffee. Das Schweigen war – wie das Sonnenlicht – fühlbar, sinnlich. Ich legte mich auf das heiße Segeltuch des Liegestuhls zurück und schloß die Augen, saugte die Stille in mich ein. Mag sein, daß ich für kurze Zeit einnickte.

Irgendwann später hörte ich das Klirren von Glas, blickte auf und erkannte Dennis, der mit einer halbleeren Flasche gekühlten Rosé an einem Tisch in meiner Nähe saß. Lynn und Thomas seien mit Alison zu einem Spaziergang aufgebrochen, sagte er. Wo Karen war, sagte er nicht. Wir saßen rum, tranken Wein und knabberten Oliven. Dennis kippte das Zeug runter wie Dünnbier, hielt sich nicht einmal mit seinem üblichen Geschwätz auf. Nach einem Mittagessen aus Roquefort-Sandwiches und den Salatresten vom Vorabend ging er hinein, um sich hinzulegen. Ich machte es mir im Schatten des Sonnenschirms bequem und lauschte nach innen.

Ein metallisches Klappern ließ mich hochfahren. Für meine unangepaßten Augen wirkte die Szene so ausgebleicht wie ein überbelichteter Schnappschuß. Ich konnte nur so eben eine Gestalt erkennen, die ein Fahrrad die Zufahrt zum Haus hochschob. Sie verschwand um die Ecke. Ich setzte mich auf und rieb mir ein Stück wunde Haut, wo die Sonne an meine Schulter gelangt war. Im Haus wurden Türen geöffnet und geschlossen, Wasserleitungen rauschten, Abflüsse gurgelten, der Gasboiler trat mit dumpfem Knall in Aktion. Ich hüpfte über die glühendheißen Fliesen, die Augen gegen das brutale Sonnenlicht fest zugekniffen. Im Wohnzimmer lag Dennis bäuchlings auf dem Sofa, das zur Seite gedrehte Gesicht von einem Kissen gestützt, den Mund weit aufgesperrt. Ich schlich an ihm vorbei zum Badezimmer. Die Tür war offen. In der Duschkabine zischte Wasser auf die Keramikfliesen oder spritzte gegen den grünen Plastikvorhang, je nach den Drehungen des nackten Körpers darin.

Niemand, der der Nach-*Psycho*-Generation angehört, möchte gern unter der Dusche überrascht werden, deshalb schloß ich die Badezimmertür geräuschvoll hinter mir. Der Vorhang ruckte zur Seite und Karens Gesicht erschien.

»Bin gleich fertig.«

Ich zog die Badehose aus. Ihr Ausdruck verhärtete sich.

»Ich schreie!« sagte sie warnend.

Ich zog den Duschvorhang zur Seite, enthüllte sie ganz. Wir standen nur wenige Zentimeter voneinander entfernt, getrennt nur von dem herabregnenden lauwarmen Wasser, ohne einander zu berühren, die Blicke mit fast beischläferischer Heftigkeit ineinandergebohrt. Und dann, ohne jede Vorwarnung, genau wie beim ersten Mal vor vielen Monaten, sprang Karen mich an. Ihre Beine umklammerten die meinen, ihre Arme schlangen sich um meinen Nacken. Ich hatte schon eine leichte Erektion gehabt, aber als unsere Münder kollidierten (wir hatten uns die ganze Woche nicht einmal *küssen* können!), wurde die Versteifung schmerzhaft. Selbst in diesem Augenblick hatte ich noch den Verdacht, daß sie mich nur reizen wollte, aber dann war es doch sie, die sich wand und drehte, bis wir angedockt hatten.

Danach ist mir nicht mehr sehr viel erinnerlich, nur daß uns in unserer Ekstase zum ersten Mal das verhängnisvolle Wort »Liebe« über die Lippen kam. Ich weiß nicht mehr, wer von uns es zuerst ausgesprochen hatte, aber als wir uns dem Ende näherten, stießen wir es beide so flehentlich hervor wie ein Gebet, wie ein Zauberwort. Inzwischen hatten sich unsere nahenden Orgasmen zu einer emotionalen Wahnsinnswoge hochgeschaukelt, die den letzten Rest unseres Verstandes fortzuschwemmen drohte. Dann kam der Höhepunkt, und wir ließen uns von der Woge tragen, und unsere Worte waren jetzt jubelnd, beschwörend. Ob ich nun in diesem rauschhaften Zustand eine Vorahnung von dem hatte, was folgen sollte, oder mich lediglich an den leichenhaft erstarrten Dennis nebenan erinnerte, jedenfalls verspürte ich einen perversen Kitzel, so als schändete ich den heiligsten aller Altäre. Denn was wir gerade gezeugt hatten, war kein Leben, sondern ein Tod, und dazu noch einer, den auszutragen es weit weniger als neun Monate brauchte.

II

»Der Liebe Pfeil, mit Widerhaken wohlversehen, kann nicht zurück, nur tiefer in die lechzend' Brust eindringen«, um einen Vers zu zitieren, den hier jedes Schulkind kennt. Oder wie sie in der Umkleidekabine sagen: Wenn du drin bist, bist du drin. Was an diesem Nachmittag geschah, war das Resultat unzähliger Details, von denen jedes einzelne haargenau stimmen mußte. Wenn es nicht so heiß gewesen wäre, wenn es am Vorabend keinen Streit gegeben hätte, wenn Dennis nicht umgekippt wäre, wenn ich eingeschlafen wäre, wenn einer der anderen zu Hause gewesen wäre, wenn Karen erst später zurückgekommen wäre, wenn sie geradewegs zum Pool statt unter die Dusche gegangen wäre – falls auch nur ein einziges Glied dieser Kette von »Wenns« gefehlt hätte, dann wäre es nicht zum Verkehr gekommen. Da es nun aber einmal dazu gekommen war, war es relativ einfach, Karen von der Unvermeidbarkeit der ganzen Sache zu überzeugen. Niemand möchte gern als ein Geschöpf des bloßen Zufalls erscheinen. Es war einfach viel zu entwürdigend anzunehmen, daß das, was wir zusammen erlebt hatten, von solch banalen Dingen wie der Alkoholmenge abhing, die sich Dennis an diesem Mittag reingezogen hatte. Wir mußten uns ganz neu erobern, was das Schicksal uns auf dem Tablett serviert hatte, und die einzige Möglichkeit dazu lag in der Behauptung, wir hätten es schon die ganze Zeit nicht anders gewollt. Als ich Karen das bei unserer Rückkehr an Deck der Fähre klarmachte, versüßte ich natürlich die Logik der Umkleidekabine mit einer Sprache, die schon eher den eleganten Wendungen des illustren Barden entsprach.

»Wir können die Uhr nicht zurückstellen, Karen. Was geschehen ist, ist geschehen. Wie könnten wir uns nun, da wir wissen, wie es ist, so ganz zusammenzusein, noch mit etwas Geringerem begnügen?«

Dickes britannisches Gewölk ballte sich über uns zusammen. Die Kanalbrühe schwappte und platschte um uns herum. Dennis und die anderen taten etwas für die Bar, Karen war angeblich dabei, im Duty Free Parfüm zu kaufen. Niemand scherte sich darum, was ich trieb.

»Ich weiß«, seufzte sie.

Karen Parsons hörte nie auf, mich zu erstaunen. Ich hatte erwartet, daß sie mir ein zähes Nachhutgefecht liefern würde, beteuern, Urlaub sei eins und der Alltag etwas anderes, daß sie sich mir nur in einem Augenblick der Schwäche hingegeben habe, den sie für den Rest ihres Lebens bedauern würde, und so weiter, und so fort. Ich war zuversichtlich, sie am Ende kleinkriegen zu können, aber ich hatte nie und nimmer damit gerechnet, daß sie so ohne weiteres nachgeben würde. Statt Ausflüchte zu machen und alles vor sich herzuschieben, wurde sie ganz rührselig, streichelte meine Hand, drückte meinen Arm und sagte, sie wolle mich nicht verlieren, fürchte sich aber, fürchte sich und sei ganz durcheinander, wisse nicht, was sie machen solle.

Das war eine Karen, wie ich sie noch nie erlebt hatte, und eine, für die ich nicht viel übrig hatte, um ehrlich zu sein. Nach der verspäteten Abkehr von den überlebten Jämmerlichkeiten meiner Jugend wollte ich bei Karen einen Schnellkurs in Habgier, Unersättlichkeit, billigem Nervenkitzel und oberflächlichen Gefühlen machen. Was mich zu ihr hin zog, war ihre Animalität. Das letzte, was ich brauchen konnte, war, daß sie mir menschlich kam. Karen war als läufige Hündin großartig, aber wenn sie versuchte, menschlich zu sein, verwandelte sie sich in ein Walt-Disney-Hündchen: kitschig, vulgär und sentimental.

Als ich sie küßte, schmiegte sie sich drängend an mich, und da verstand ich. Nicht Worte, sondern Taten waren der Weg zu Karens Herz. Auf der Ebene der Sprache fürchtete sie sich, war sie verwirrt und ratlos, ihr Körper aber sprach laut und deutlich. Ich sah mich um. Es war niemand da außer ein paar Jugendlichen, die mit leeren Bierflaschen nach den Möwen schmissen. Ich führte Karen einen schmalen Niedergang hinauf, über dem CREW ONLY stand, zu einem geschützten

Achterdeck, daß den Blicken teilweise durch die an ihren Kränen hängenden Rettungsboote entzogen war. Wir taten es auf dem abgeschrägten Deckel einer großen Kiste, Jeans und Schlüpfer um unsere Fußgelenke. Es war das, was man als Pflichtgevögel bezeichnen könnte. Eine bleiche Sonne erschien wie eine neugierig hinter Spitzengardinen hervorspähende Nachbarin. Der Wind fuhr über das Deck und machte uns eine Gänsehaut. Eine Möwe, die auf einem der Rettungsboote saß, beäugte uns wie ein Voyeur. Es machte keinen sonderlichen Spaß, aber wir taten es, und das war die Hauptsache. Solange wir uns nicht erneut geliebt hatten, drohte das eine Mal im Landhaus zu der Ausnahme zu werden, die die Regel bestätigt. Wäre es ein einmaliges Vorkommnis geblieben, hätte Karen es als einen der interessanten Momente ihres Frankreichurlaubs in ihrem Fotoalbum ablegen können. Sobald es sich jedoch wiederholte, ging seine Einmaligkeit in einer Reihe auf, die sich bis in die unendliche Zukunft erstreckte. Als wir in die Bar zurückkehrten, hatte Karen ihre außereheliche Jungfräulichkeit endgültig verloren.

**W**ieder in Oxford entdeckte ich, daß ich nicht nur pleite, sondern auch arbeitslos war. Clive Phillips, dieser Ausbeuter, der sich auf sein Rad geschwungen hatte und auf die Überholspur gewechselt war, hatte mich gefeuert. Nun ja, er brauchte mich genaugenommen gar nicht zu feuern. Wie alle Lehrkräfte, hatte ich einen Einjahresvertrag, den Clive nach eigenem Gutdünken verlängern konnte, wozu er sich in meinem Fall einfach nicht in der Lage sah.

»Ich glaube, ich kann's nicht machen«, drückte er sich aus, als ich ihn anrief. »Ich denke, um ehrlich zu sein, daß da zum gegenwärtigen Zeitpunkt nichts drin ist.«

Der Fachausdruck für das sprachähnliche Geräusch, das Babys von sich geben, bevor sie richtig sprechen lernen, ist »brabbeln«. Das tat ich jetzt.

»Tatsache ist«, erwiderte er, »daß einige der Lehrkräfte des Kurses, bei dem Sie nicht mitwirken konnten, weil Sie sich ja in die Ferien verdrücken mußten, also, ein paar von denen haben mich gefragt, ob sie fürs Herbsttrimester bleiben können. Vergleiche sind hinterhältig, ich weiß, aber ich muß sagen, es sind gute Leute. Clever, hungrig, scharf wie Mostrich. Kinder Thatchers. Lassen mich mein Alter spüren, muß ich schon zugeben. Wie auch immer, wo Sie nun nicht da waren, habe ich mich genötigt gesehen, denen eine Chance zu geben. Ist nur fair, wirklich.«

Sie haben gewußt, daß das passieren würde, oder nicht? »Paß auf!« haben Sie im Geiste gerufen, als ich in die Ferien aufbrach. »Dreh dich um!« Sie haben es lange kommen sehen. Ich nicht. Ehrlich nicht. Als ich den Hörer auflegte, brach ich in Tränen aus. Ich konnte nicht glauben, daß mir das Universum so etwas antun würde. Im tiefsten Innern war ich noch immer überzeugt, daß das Leben im Prinzip *gütig* ist, verstehen Sie? Ich war nicht so naiv zu glauben, daß die Guten immer gewinnen, aber irgendwie rechnete ich doch schwach, unbestimmt und unschuldigerweise damit, daß sich auf lange Sicht, bestimmt aber im letzten Akt, stets alles doch noch zum Guten wendet. Dabei hätte mir klar sein müssen, daß mich Clive bei erstbester Gelegenheit fallenlassen würde, daß er eigentlich schon lange nach einem Vorwand gesucht hatte. Clive legte bei seinen Lehrkräften keinen Wert auf Qualität oder Erfahrung. Qualität erwartet Lohn, Erfahrung stellt Vergleiche an. Was Clive haben wollte, war grünschnäbelige Jugend.

Manche Menschen wenden sich in solchen Augenblicken der Krise dem Alkohol zu. Da ich mir nun keinen Alkohol leisten konnte, wandte ich mich statt dessen Karen zu. Von Clive fallengelassen worden zu sein, hatte einen einzigen Vorteil: Es vereinfachte diese Zuwendung ganz erheblich. Die Vormittage von Dennis waren vollständig ausgefüllt – er mußte mit Klienten sprechen, Aufgaben delegieren, Zahlen verarbeiten und Daten auswerten. Seine Nachmittage waren da schon weit weniger voraussagbar, und das war auch die Zeit, in welcher der Hauptteil von Karens Kontaktstunden vergeben war. Wenn ich also weiterhin den besten Teil meiner Tage Clive geschenkt hätte, wären die Gelegenheiten, mit ihr zu schäkern, rar und riskant geblieben. Für einen Privatier aber, der über Zeit verfügte, war es ein Kinderspiel. Dennis Parsons war mit Verhaltensmustern gesegnet, die seinem Hirn eingraviert waren wie Schaltkreise einem Mikrochip. Wenn es um die Einzelheiten des alltäglichen Lebens geht, wursteln sich die meisten von uns halt irgendwie so durch, Dennis jedoch war Platoniker. Wenn er beispielsweise zur Toilette ging, war sein Ziel nicht einfach, sich zu erleichtern – es bestand darin, die größtmögliche Annäherung in dieser unvollkommenen Welt an die ewige Idee des Dennis-geht-zur-Toilette zu erreichen. Dies war für Karen und mich in unserer präkoitalen Phase von etwas mehr als nur philosophischem Interesse gewesen, hatte es doch bedeutet, daß wir mit gut neunzig Sekunden rechnen konnten, bevor er wieder erschien, oder sogar mit drei Minuten und fünfundvierzig Sekunden, wenn wir hörten, daß der Deckel zu einem großen Geschäft herungergeklappt wurde.

Jetzt, wo wir zu Größerem und Besserem vorgedrungen

waren, kam uns diese Vorhersagbarkeit weiterhin gut zustatten. Dennis ging an jedem Werktag Punkt 8 Uhr 57 den BMW aus der Garage holen. Genau eine Minute später fuhr er ihn rückwärts auf die Einfahrt hinaus und wendete. Er ließ den Motor laufen und ging sodann wieder ins Haus, um sein Aktenköfferchen und sonstige Siebensachen zu holen. Exakt um neun Uhr, wenn das Zeitzeichen verklungen war und die Nachrichten anfingen, stieg er wieder ins Auto und fuhr davon. Ich beobachtete diesen Ablauf an dem Tag, nachdem ich erfahren hatte, daß meine Dienste am *Oxford International Language College* nicht mehr gefragt waren, und ich wußte, daß ich – höhere Gewalt ausgenommen – fortan meine Uhr danach würde stellen können. Sobald Dennis in Richtung der Büros der *Osiris Management Services* davongebraust war, schlenderte ich den Ramillies Drive hinunter zum Hause der Parsons und klingelte.

Karen kam im Morgenrock an die Haustür. Ich drängte mich an ihr vorbei in die Diele und schloß die Tür.

»Was machst du denn da?«

Ich zog den Gürtel ihres Morgenrocks auf und schob meine Hände hinein.

»Nicht!«

Zu meiner Überraschung trug sie ein Höschen unter dem Nachthemd.

»Hör auf! Nicht! Ich kann nicht!«
»Du hast es doch schon mal gekonnt.«
»Nein, ich meine, ich kann *wirklich* nicht.«
Ich starrte sie an.
»Ich hab' meine Tage«, sagte sie.
»Na und?«
Sie zog die Stirn in Falten.
»Das macht dir nichts aus?«
»Nichts, wenn's dir nichts ausmacht.«

Um es ihr zu beweisen, leckte ich sie. Die Wirkung war elektrisierend. Überwältigt von diesem Beweis meiner Liebe, gab sich Karen hin wie noch nie zuvor. Die Tatsache, daß wir uns im Ehebett der Parsons liebten, die Bettücher noch warm waren und nach dem vorherigen Schläfer rochen, mochte ebenfalls etwas damit zu tun haben. Da er unvermeidlicherweise im Verkehrschaos der Parks Road festsaß, konnte Dennis zwar nicht in Person bei uns weilen, aber sein Geist war gegenwärtig – und das Ergebnis in buchstäblichem Sinne unbeschreiblich.

Dieser erste Vormittag gab unseren sexuellen Aktivitäten das Muster vor. Äußerlich gesehen, veränderten sich meine Lebensgewohnheiten kaum. Nach wie vor verließ ich jeden Morgen die Winston Street, um mit dem Fahrrad quer durch die Stadt bis zur Banbury Road zu fahren. Ungefähr zehn vor neun kettete ich meinen Drahtesel dort an einen Laternenmast und schlenderte dann gemächlich weiter zum Haus der Parsons. Im Höchstfall mußte ich zwei, drei Minuten warten, bis Dennis die Hintertür öffnete, zur Garage hinüberging, sie aufschloß, die Tür hochzog und hineinging. Wenn er vom Tor aus nicht mehr zu sehen war, lief ich rasch die Zufahrt hinauf, öffnete die Haustür mit dem Schlüssel, den Karen mir gegeben hatte, und sprang nach oben. Danach ging es zu wie bei einem Rennen. Ich erhöhte die Gewinnchancen, indem ich einen Pullover, Slipper und keine Unterwäsche trug, aber es war trotzdem noch eine spannende Sache. Die Idee war, in dem Augenblick, wo Dennis am Fuß der Treppe stehenblieb, um »Auf Wiedersehen, Liebling!« zu rufen, in Karens Bett zu sein, in Karens Armen und – idealerweise – in Karen selbst.

Dennis' unwissentliche Teilnahme an unserer Paarung war so erregend, daß wir schon bald alle schleichenden Zweifel bezüglich der damit verbundenen Risiken überwanden. Statt von unserer Tollheit abzulassen, begannen wir, sie so weit zu treiben, wie es nur gehen wollte. Dies zeigt etwa unsere spontane Reaktion, als unser Spiel eines Morgens schließlich doch aus zu sein schien. Dennis hatte sein »Auf Wiedersehen!« gerufen, war wie gewöhnlich hinausgegangen und hatte die Haustür geräuschvoll hinter sich geschlossen. Im Schlafzimmer liebten seine Frau und ich uns ohne Eile. Aber statt des vornehmen Gebrumms des davonfahrenden BMW knirschten Dennis' Schritte über den Kies zurück zum Haus, und dann öffnete sich die Haustür.

»Kay!«

Er kam langsam die Treppe hinauf. Karen preßte ihr Becken an mich und krallte ihre Nägel in meine Pobacken.

»Hast du Roger wegen Samstag angerufen?«

»Hab' ich vergessen.«

»Mein Gott, Karen! Hast du eigentlich eine Ahnung, was ich so jeden Tag im Kopf haben muß? Anrufe machen, Leute aufsuchen, Papiere wegschicken? Alles, worum ich dich bitte, ist ein Telefonanruf, um eine Einladung festzumachen, und du bringst nicht mal das!«

Während Dennis weiterfaselte, füllte Karen ihren Mund mit meiner Schulter und meinem Hals, riß sich dann los, um ihre kurzen Antworten mit so normaler Stimme wie möglich zurückzurufen. Ich bearbeitete sie inzwischen hart, versuchte, sie dahin zu bringen, daß sie die Kontrolle verlor. Mit Dennis nur ein paar Schritte entfernt auf der Treppe, war dies das sexuelle Äquivalent von Russischem Roulett.

»Tut mir leid.«

»Das ändert auch nichts, mach's endlich, verdammt noch mal. Heute noch, ja? Heute vormittag. Ruf ihn im Büro an. Hast du die Nummer?«

»Nee.«

»Steht im Buch, *Acme Media Consultants*. Und vergiß es nicht wieder, verstanden?«

»Werdsnich.«

»Was?«

Ein Schweigen trat ein. Dennis knarrte noch ein paar Stufen nach oben.

»Alles in Ordnung?«

»Allsokee.«

»Du klingst aber komisch.«

»Nugeschon«, kreischte Karen. »Isehschpät!«

Das war ein Hinweis, den Dennis nicht zu ignorieren vermochte. Einen Augenblick später hörten wir ihn die Treppe wieder hinuntergehen.

»Vergiß bloß diesen Anruf nicht!« rief er noch einmal von der Diele aus herauf.

Inzwischen war Karens Hals zu einem einzigen Baumstamm aus angespannten Muskeln geworden, die sich über ihr Gesicht verzweigten, ihre Augen schlitzten, ihre Lippen zusammenpreßten, ihre Kehle zuschnürten. Als der BMW endlich davonröhrte, ließen sie alle auf einmal los, setzten ein antwortendes Brüllen frei, das von ihrem Geschlecht und Anus zu kommen und ihr Rückgrat hochzuwogen schien, um dann aus ihrem weit geöffneten Mund hervorzubrechen.

»So gut war's noch nie«, keuchte sie, als wir nebeneinanderlagen, sich unsere Arme und Hüften nur leicht berührten. »Was würden wir wohl ohne ihn machen?«

Dazu hatte ich so meine eigenen Gedanken.

Als guter Kumpel, der sie nun einmal war, hatte Trish freundlicherweise angeboten, meinen Anteil an der Miete zu übernehmen, bis ich einen neuen Job gefunden hatte. Es war ihr zu verdanken, daß ich noch ein Dach über dem Kopf hatte, aber diese wirtschaftliche Gönnerschaft veränderte unsere Beziehung in einer Weise, die nicht dazu angetan war, meine Selbstachtung zu stärken. Ich war endlich auf dem Tiefpunkt angelangt, ganz unten bei den Schnorrern und Pennbrüdern, nicht mehr in der Lage, für meine Miete oder für mich selbst aufzukommen. Die einzige Arbeit, die ich finden konnte, war ein Job bei Clives schärfstem Konkurrenten – einer Schule, die Geschäftsleuten Kurzkurse auf Firmenkosten offerierte. Die Firmen zahlten sich dumm und dämlich für »intensiven Einzelunterricht durch qualifizierte Fachkräfte, unterstützt durch hochentwickelte Hilfsmittel auf dem neuesten Stand der Technologie«. Die Gebühren beliefen sich auf 25 Pfund pro Stunde. Ich bekam sechseinhalb Pfund, oder genaugenommen weniger als einen Fünfer nach allen Abzügen. Der Studienleiter, ein widerliches kleines Arschloch, wußte genau, woran wir beide miteinander waren, und empfing mich zu einer Audienz, nachdem er mich eine dreiviertel Stunde hatte warten lassen. Er erklärte mir mit herablassender Miene, er sei bereit, mir »probeweise ein paar Wochenstunden zu übertragen«. Wenn das zu allseitiger Zufriedenheit ausfalle, würde er mich im neuen Jahr »etwas umfänglicher verwerten«.

Das war nicht ganz, was ich Dennis erzählte, als er auf das Thema zu sprechen kam.

»Clive hat mir erzählt, daß er dich ziehen lassen mußte?«

Ich setzte ein sphinxhaftes Lächeln auf, als sei meine augenblickliche Lage Teil einer langfristig angelegten Karriereplanung, die phantastische Früchte tragen würde, wenn sie erst einmal ausgereift war.

»Sagen wir mal, wir kamen überein, getrennte Wege zu gehen.«

»Was willst du jetzt machen?«

»Kurzfristig? Freie Mitarbeit. Ich hab' mir da was zurechtgelegt. Kann im Augenblick noch nicht mehr dazu sagen. Du weißt ja, wie das ist.«

Dennis lachte wissend.

»Wie recht du doch hast. Die Hälfte meiner Klienten möchte mir nicht verraten, was sie im Schilde führen. Sehen Sie in mir ihren Psychiater, sage ich immer. Wenn Sie mir Ihre schmutzigen kleinen Geheimnisse nicht verraten, wie soll ich Ihnen dann helfen?«

Er schenkte unsere Gläser nach.

»Du hast doch eine Altersversorgung, oder nicht?«

Ich gestand, daß ich noch nicht recht dazu gekommen war, mich um diesen Aspekt des Daseins zu kümmern.

»Wenn du soweit bist, laß es mich wissen. Ich kenne da jemanden, arbeitet nicht für uns, völlig selbständig, nichts drin für mich, keine Sorge. Aber absolut brillant. Hat ein wahres Prachtstück für mich zusammengebaut, genau auf meine Bedürfnisse zugeschnitten. Die meisten Lebensversicherungen sind wie Konfektionsanzüge, sie passen alle mehr oder weniger und niemandem genau. Bei diesem Burschen ist alles maßgeschneidert. Kostet natürlich eine Winzigkeit mehr, aber wenn der Zahltag kommt, wirst du froh sein, daß du's gemacht hast, das kannst du mir glauben.«

Seine Finger fuhren zustoßend und skizzierend durch die Luft, als er mir die Einzelheiten erläuterte. Dennis konnte sich für Finanzfragen echt begeistern. Ein gut gemachter Versorgungsplan rief bei ihm die gleichen Gefühle hervor wie ein beim Erzeuger abgefüllter, aus nur einer Lage stammender Wein eines guten Jahrgangs – und etwa das gleiche Maß an Gewäsch. Ich mußte mir eine gute Stunde lang anhören, was er mir über variable Jahresbeiträge und dergleichen vorzuquasseln wußte. In seinem Eifer, mir zu zeigen, wie wunderbar der Plan war, erwähnte er jedoch auch ganz beiläufig, daß Karen im Falle seines Todes nicht nur das per Versicherung auf den Todes- und Erlebensfall voll bezahlte Haus erben würde, sondern darüber hinaus eine Pauschalsumme von fast einer halben Million Pfund. Er war nicht willens, die noch weit eindrucksvollere Summe preiszugeben, die aufgelaufen sein würde, wenn er mit 55 Jahren in den Ruhestand ging, aber das war für mich auch nur von rein theoretischem Interesse. Ich schätzte eigentlich seine Aussichten, noch so lange zu leben, nicht sehr hoch ein. Tatsache ist, daß ich bereits begonnen hatte, mich ganz ernsthaft mit der Möglichkeit auseinanderzusetzen, Dennis Parsons aus dem Weg zu räumen.

Mir ist klar, daß diese Aussage ein gewisses Maß an Kritik hervorrufen wird. Ja, mein Rechtsbeistand hat mir dringend davon abgeraten, sie zu machen. Dazu kann ich nur sagen, daß ich eine höhere Meinung von Ihrer Urteilsfähigkeit habe als er. Vor hundert Jahren noch hätten die meisten Leute heftig und empört geleugnet, je das Verlangen gehabt zu haben, mit jemand anderem als ihrem ehelichen Partner zu schlafen. Alles andere wäre darauf hinausgelaufen, sich selbst als obszönes, unmenschliches Ungeheuer, als Auswurf der zivilisierten Gesellschaft zu brandmarken. Wir wissen jedoch inzwischen, daß jeder Mensch fortgesetzt sexuelle Phantasien hat, die nicht an einen festen Partner gebunden sind. Die Leute, die uns heute Kummer machen – die Ungeheuer, die Scheusale, die Bedrohungen für die Gesellschaft –, sind diejenigen, die sich weigern, das zuzugeben.

Dasselbe gilt auch, glaube ich, für die zur Diskussion stehende Frage, aber während unsere sexuellen Wünsche inzwischen Gegenstand einer freien und offenen Diskussion sind, trauen wir uns nicht, uns auch zu unserer Mordlust zu bekennen. Es fällt auf, daß zu einer Zeit, da so gut wie alle menschlichen Werte in Frage gestellt worden sind, der Wert des Lebens ganz allgemein noch immer als absolut angesehen wird. Gleichwohl habe ich keinerlei Skrupel, Männern Ihrer Kultiviertheit und Erfahrung gegenüber zuzugeben, daß mir das Hinscheiden von Dennis Parsons ganz schön wünschenswert erschien. Es wollte mir bloß nicht einfallen, wie es zu bewerkstelligen sei.

Worauf es hinausläuft ist, daß sich die meisten Menschen, mich eingeschlossen, der Morderei einfach nicht gewachsen fühlen. Wir ziehen eine große Schau mit unseren moralischen Bedenken ab, aber was uns in Wirklichkeit davon abhält, sind die technischen Probleme. Die meisten von uns könnten auch kein Schwein schlachten, aber das hält uns nicht davon ab, Schweinefleisch zu essen. Wenn wir keine Schlachter hätten, die das Erforderliche tun, würden wir aus purer Unfähigkeit zu Vegetariern.

Möglicherweise hilft es, wenn man das zukünftige Opfer haßt, aber ich hatte keinerlei Grund, Dennis zu hassen. Eigentlich mochte ich ihn sogar ganz gern. Meine Einwände gegen sein Dasein waren rein utilitaristischer Natur. Ich hatte vor, mein Leben in großem Stil zu verbessern und zu erweitern, und um dies tun zu können, mußte Dennis beseitigt werden. Aber wie? Es wäre einfacher gewesen, wenn ich das mit Karen hätte erörtern können. Schließlich war es ja so gut in ihrem Interesse wie in meinem. Wenn Dennis dahinterkam, daß wir Ehebruch begingen, was irgendwann passieren mußte, dann würden wir beide in Armut enden. Wenn er andererseits starb, bevor er es herausgefunden hatte, bekäme Karen alles, und ich bekäme Karen. Als sie mich fragte, was wir wohl ohne ihn wären, drängte es mich deshalb zu sagen: »Reich!« Aber trotz ihrer untadeligen Leistungen im Bett war Karen – verglichen mit jemandem wie Manuela – ein im wesentlichen sehr konservativer Mensch.

Es ist wirklich an der Zeit, uns endlich einmal Manuela zuzuwenden, die zu einem immer wiederkehrenden Bezugspunkt dieser Geschichte geworden zu sein scheint. Ich lernte sie hier in der Hauptstadt in einem *colectivo* kennen, stand ihr in der Feierabendmenge dicht gegenüber. Was für eine Art von Gesicht sie hatte? Sie muß eins gehabt haben. Doch, da bin ich sicher. Es wäre mir aufgefallen, wenn es gefehlt hätte. Keine Frage, sie hatte ein Gesicht, aber mich soll der Geier holen, wenn ich mich noch daran erinnern kann, wie es aussah. Dafür erinnere ich mich noch sehr lebhaft an ihren Po. Es war einer dieser langgezogenen romanischen Hintern, die kurz über dem Knie anfangen und sich irgendwo in der Gegend des Steißbeins verlieren. Davon einmal abgesehen, war sie nicht weiter bemerkenswert, war klein und untersetzt, vollbrüstig, rundschultrig, mit kräftigen Hüften und Schenkeln, noch nicht fett, aber genetisch auf frühe Körperfülle programmiert. Die Vorahnung dieses Schicksals gab ihrem Fleisch eine delikate, flüchtige Reife, eine kurze, der Vergänglichkeit geweihte Vollendung, von der ich nicht genug bekommen konnte. Ihre Lippen waren zufriedenstellend voll, zu einer Seite hin verzogen, als erwarte sie, jeden Augenblick von einem Schlag getroffen zu werden. Ich dachte, sie müsse leicht hinken. Das tat sie nicht, aber etwas an der Art, wie sie sich bewegte, bestätigte meinen Verdacht, daß sie sich selbst als beschädigte Ware ansah.

Noch bevor wir ein Wort gewechselt hatten, wußte ich, daß sie mich alles tun lassen würde, was ich wollte. Nicht, daß es ihr gefallen würde! Sie würde es verabscheuen, und dazu mich und vor allem auch sich selbst. Aber sie würde nicht nein sagen. Manuela war das Produkt einer Geschlechterbeziehung, die fest in den Realitäten des Marktes wurzelte. Letztendlich ist alles besser als eine alte Jungfer zu werden. Wenn du keine Liebe kriegen kannst, dann laß dich aufs Kreuz legen. Wenn auch daraus nichts wird, laß dich vergewaltigen. Darauf läuft es letztlich hinaus. Es hat sicher Stämme gegeben, deren Weiber das anders sahen, aber die sind ausgestorben. Wir haben sie überlebt. Wir mögen ja nicht sehr nett sein, aber wir sind noch da.

Manuela hatte zweifellos wie jeder andere Mensch auch ihre ganz persönlichen Vorlieben und Neigungen, aber sie beging nicht den Fehler zu glauben, daß diese von irgendeiner Bedeutung seien. Sie wußte, daß die Männer Riesenarschlöcher sind, daß ihre Verderbtheit, ihr Eigennutz und ihre schmutzigen Wünsche keine Grenzen kennen. Aber sie wollte einen Mann haben und wußte, daß sie einen Preis dafür bezahlten mußte, jeden Preis. Das war der Grund, warum ich schließlich unsere Beziehung abbrechen mußte. Ich war gezwungen, es bis zum Ende meiner Tage mit mir selbst auszuhalten und wollte nicht wissen, wozu mich die Gelegenheit alles befähigen würde, die sie mir bot.

Aber während Manuela einen Spiegel darstellte, in dem ich beunruhigende Facetten meiner Persönlichkeit zu sehen bekam, war die ihre völlig problemlos. Ihre Zügellosigkeit war ganz und gar passiv, spiegelte nicht ihre eigenen Wünsche, sondern die des Mannes wider, mit dem sie gerade zusammen war. Was begehrte sie selbst? Ich habe sie nie danach gefragt, kann mir aber nicht vorstellen, daß Oralverkehr so weit oben auf ihrer Prioritätenliste stand wie auf meiner, und auf die anale Variante hätte sie wahrscheinlich ganz verzichten können. Ja, auf die Gefahr hin, mich herablassend sexistisch anzuhören, würde ich jede Wette eingehen, daß das, was Manuela eigentlich wollte, die Ehe war und ein Zuhause und viele Kinder. Aber sie wußte, daß kein Mann das anbieten würde, nicht ihr. Das Beste, was sie sich erhoffen konnte, war, daß jemand daherkam und sie auf diverse abstoßende und unverständliche Arten mißbrauchte. Und dann würde er sie vielleicht – es gab keinerlei Sicherheiten für diese Form der Investition – ein Kind bekommen lassen, und sei es nur, um jemanden zu haben, den er mißbrauchen konnte, wenn sie beide älter wurden.

Der Wunsch nach Kindern war so ungefähr das einzige, was Karen und Manuela gemeinsam hatten, von ihrem Interesse an mir abgesehen. Selbst wenn die Geschlechtsakte identisch waren, gab es einen wesentlichen Unterschied. Ich machte *mit* Karen, was ich *an* Manuela tat. Objektiv gesehen, war Karen willens, fast so weit zu gehen wie ihre Vorgängerin, und ihre eifrige Gier machte den Nervenkitzel mehr als wett, den es mir verschafft hatte, die mürrische, kuhgleiche Manuela vergleichbaren Prozeduren zu unterwerfen. Aber Karens sexuelles Verhalten stand in deutlichem Gegensatz zu ihrer unbeugsamen Konventionalität in allen anderen Dingen. Für Leute meiner

Generation, für die Kinder der sechziger Jahre, sind Sex und Freiheit so unlösbar miteinander verbunden, daß wir Schwierigkeiten haben, uns einen Menschen vorzustellen, der im Bett vollkommen ungehemmt ist und dabei doch eine *Reader's-Digest*-Mentalität hat. Aber für Karen war guter Sex eben eine jener Annehmlichkeiten des Daseins, die jeder Mensch erstrebt. Wie Videofilme, Satellitenfernsehen, Whirlpoolbäder und Paella aus der Mikrowelle stellte Sex eine Form von häuslichem Vergnügen dar, einen erschwinglichen Luxus zur Erhöhung des Lifestyles. Karen hatte *Die Freuden des Sex* neben dem Bett und *Die Freuden des Kochens* neben dem Herd liegen und widmete sich beiden Aktivitäten mit der gleichen draufgängerischen, fröhlichen und wenig subtilen Begeisterung. Wenn ich Manuela vorgeschlagen hätte, gemeinsam mit mir jemanden zu ermorden, hätte sie ohne Zweifel mitgemacht, so wie sie alles mitmachte, was ich ihr vorschlug. Sie hätte vielleicht eine Grenze gezogen, wenn ich vorgeschlagen hätte, *sie* zu ermorden, aber selbst in diesem Falle hätte ich mich nicht darauf verlassen mögen, daß sie es schaffen würde, eine lebenslange Gewohnheit zu durchbrechen. Bei Karen dagegen kam eine derartige Offenheit überhaupt nicht in Frage, aber ohne ihre Mitwirkung sah die Beseitigung von Dennis ganz nach einem der vielen Wunschträume aus, denen ich mich im Laufe der Jahre schon hingegeben hatte. Dies war jedoch einer, der so gut wie sofort wahr werden sollte – und noch dazu, ohne daß ich auch nur einen Finger hätte rühren müssen.

**W**as als erstes über das Geschehene gesagt werden muß, ist, daß alles von Anfang an Dennis' Idee war. Soviel zu den beknackten Theorien der Polizei, in denen ich als eine ehebrechende Version von George Joseph Smith figuriere – nicht die Bräute im Bad, sondern der Hahnrei im Wasser. Ich könnte mich versucht fühlen zu behaupten, daß die Beamten bei *Thames Valley CID* zu viele Kriminalromane gelesen haben, wenn ich nicht bezweifeln würde, daß sie überhaupt lesen können. Das Spätprogramm im Fernsehen ist wohl weit eher ihr Fall. Schweinkram nach Mitternacht, Schundstreifen aus der »Von 8 bis 8«-Videothek – dergleichen hat ihr Modell der Wirklichkeit geformt. Das Ärgerliche an dem Zeug ist nicht, daß es schlecht, sondern daß es nicht schlecht genug ist. Das Leben läßt den miesesten Videofilm, den Sie je gesehen haben, wie ein wahres Meisterwerk aussehen, und die Episode, von der ich jetzt berichten will, macht da ganz gewiß keine Ausnahme.

Eine der vielen entfremdenden Begleiterscheinungen der Arbeitslosigkeit ist die, daß die Wochenenden ihren Zauber verlieren. Ich fing ganz im Gegenteil an, sie zu fürchten. Es bestand nicht nur keine Möglichkeit, Karen zu sehen, sondern Trish und Brian übernahmen dann auch die Herrschaft über unser Haus, zeigten mit dem Zaunpfahl auf die Hausarbeiten, die getan werden mußten, oder wiesen überdeutlich auf den Garten hinter dem Haus hin, wo wir organisches Gemüse anbauen könnten, wenn er nur mal saubergemacht werden würde. Um diesen Erschwernissen aus dem Weg zu gehen, verbrachte ich meine Wochenenden auf langen Spaziergängen am Fluß. Ich startete bei der Donnington Bridge und wanderte dann flußabwärts, vorbei an der Schleuse von Iffley und unter der Umgehungsstraße hindurch bis Radley, oder aber flußaufwärts bis zur Folly Bridge und durch die Hintergassen von Osney nach Port Meadow und Godstow. Im Sommer ist der Fluß von riesigen Plastikbadewannen bevölkert, in denen unglückliche Familien hocken und mit Unbehagen in ihrem mitgebrachten Hundefraß herumstochern, oder dickwanstige

Flegel, die vor lauter Dosenbier heiser werden. Bis Oktober aber waren diese Narrenschiffe sperrholzdünnen Ruderschalen gewichen, in denen muskulöse Burschen über ihren Riemen schwitzten und keuchten, während sie ein spindeldürrer Schwächling zu noch größerem Leiden antrieb. Dieser Anblick fand immer mein Gefallen, ähnelte er doch sehr den Phantasien, denen ich mich in der Schule überlassen hatte – ein Haufen von Sportskanonen und Maulhelden wurde da von einem schwächlichen Streber gefoltert. Ein ganz anderes Vergnügen bot sich, wenn der Steuermann weiblich war. Nicht selten wurden meine einsamen Streifzüge durch den Anblick eines Mauerblümchens belebt, das im Heck des Bootes auf dem Rücken lag und das Team der halbnackten, schweißüberströmten Burschen beschwor, es jucken zu lassen, zu kommen, ja, ja, hart zu bleiben, schneller, schneller...
An außergewöhnlich schönen Tagen pflegte ich dem anderen Fluß Oxfords den Vorzug zu geben. Der Cherwell ist ganz anders als die Themse, ist ein Spielzeugflüßchen, das sich durch prächtige Parks und idyllische Wiesen windet, die auf wundersame Weise von den öden Außenbezirken der Stadt unberührt geblieben sind. Scheu und verschwiegen, nicht ganz wirklich und sehr sicher, ist der Fluß der geeignete Tummelplatz für die jungen Enthusiasten, die an Sommernachmittagen dorthin strömen, um Szenen aus *Wiedersehen mit Brideshead* nachzustellen. Auffallend der Unterschied zwischen ihren kunstvoll gestakten Booten, beladen mit uhrwerksgetriebenen Grammophonen, Teddybären sowie großen Gläsern Pimms, und den Wasserscootern der ordinären Staker mit ihren Gettoblastern, kreischenden Weibern und Sechserpacks australischen Exportbiers. Es kommt zu zahlreichen Kollisionen, aber – dies das Wesen des Klassengegensatzes in Großbritannien – zu keinerlei Schäden, und die betroffenen Bootsmannschaften setzen ihre Fahrt fort, als nähmen sie einander gar nicht wahr, verbergen hinter Schweigen und gesenkten Blicken das Peinlichberührtsein von Ausländern ohne gemeinsame Sprache.

Trotz des schönen Wetters waren an jenem Sonnabend mehr Enten als Stakkähne auf dem Fluß. Es herrschte strahlender Sonnenschein, aber es lag auch schon ein Hauch von Herbst in der Luft – das ideale Wanderwetter. Ich spazierte den schmalen Pfad mit der erwartungsvollen Heiterkeit entlang, die ein schöner Morgen verleiht, diese sorgenfreie Glut der Jugend, voller Vertrauen darauf, daß die Zukunft mehr und Besseres bereithält. Die Weisheit des Alters sagte mir jedoch, daß diese Parabel des Vielversprechenden nicht endlos sein konnte, sondern daß sie ihren Höhepunkt erreichen und sich dann wieder abwärts neigen würde. Als psychologischer Astronom errechnete ich, daß das Apogäum – also dieser Höhepunkt – etwa zwischen zwei und drei Uhr erreicht sein würde, natürlich nur, wenn ich nicht irgendwo einkehrte. In diesem Falle würde ich schon früher einen höheren Höchststand erreichen und mich dann für den Rest des Tages beschissen fühlen. Wenn ich glücklich bleiben wollte, hätte ich den Pub ganz meiden müssen, oder zumindest nichts Stärkeres als Mineralwasser zu mir nehmen dürfen. Ich wußte das. Also bestellte ich ein großes Bier, und dann noch eins. Letztendlich läuft alles nur darauf hinaus, daß ich mit Glück nicht umgehen kann. Ich weiß nicht, was ich damit anfangen soll.

Als ich mit meinem zweiten Glas Bier von der Theke zurückkam, erblickte ich an einem Tisch in der Ecke Karen und Dennis. Wir machten alle ein großes Aufheben von diesem zufälligen Zusammentreffen, wenn auch kein so gewaltiges wie die Polizei, die darin den uns verurteilenden Beweis einer geheimen Absprache, des Vorbedachts, der kaltblütigen Vorsätzlichkeit und was nicht noch alles sieht. Ist es wahrscheinlich, so argumentieren die Bullen, daß sowohl die Parsons als auch ich ganz unabhängig voneinander beschlossen haben können, ebendiesen Pub an ebendiesem Tag und zu ebendieser Zeit aufzusuchen? Wenn sie ihre Ärsche hochgekriegt und ein paar Fragen gestellt hätten, dann würden sie herausgefunden haben, daß dieser Pub zu den Stammlokalen der Parsons gehörte und sie dort an jedem Samstag auf dem Rückweg vom Supermarkt zu Mittag aßen. Da es auch noch bis rauf nach Islip der einzige Bierausschank am Cherwell ist, bleibt von den mörderischen Verschwörungen und dunklen Plänen, welche die Kriminalisten von Kidlington so erregen, nicht mehr als die Tatsache übrig, daß ich an diesem Morgen, als ich die Sonne von einem wolkenlosen Himmel herabscheinen sah, die Vorhänge aufzog und beschloß, den längsten und schönsten Spaziergang am Fluß zu machen, der mir offenstand.

Der nämliche Umstand war ausschlaggebend dafür, daß Dennis auf einer Kahnfahrt beharrte. In diesem Punkt ist die Version der Polizei nicht nur anfechtbar, sondern nachgerade absurd. Will man ihr Glauben schenken, lockten Karen und ich den widerstrebenden Dennis mit irgendeinem hinterhältigen Trick, der eines Melodrams im Stile von »Einmal an Bord, und das Mädel ist mein« würdig gewesen wäre, auf einen Stakkahn. Es ist schon fast ein Jammer, diese lebensvollen Phantasievorstellungen dem harten Test der Wahrscheinlichkeit unterziehen zu müssen, aber ich fühle mich doch genötigt, auf drei Tatsachen hinzuweisen. Die erste ist, daß die 20 Pfund, die beim Ausleihen des Kahns als Pfand hinterlegt werden mußten, in Form eines von Dennis selbst unterzeichneten Barschecks bereitgestellt wurden. Die zweite ist, daß zwischen dem Bootsverleih am Cherwell und dem Punkt, an dem sich die Tragödie ereignete, eine Entfernung von mehr als vier Kilometern und eine anstrengende Portage liegen, die beide hinter uns zu bringen wir fast eine Stunde brauchten. Und schließlich ist zu sagen, daß Dennis, als wir die Magdalen Bridge erreicht hatten, darauf bestand, daß wir kurz anlegten, damit er eine Weinhandlung aufsuchen und dort eine Flasche Champagner kaufen konnte, was er auch tat, wie sich anhand seiner Kreditkartenabrechnung nachweisen läßt. Wenn Sie diese drei Tatsachen mit einer weiteren in Verbindung bringen, nämlich mit der, daß Dennis zwei Tage zuvor 40 geworden war, bietet sich eine alternative Erklärung an.

Sobald ich mich den Parsons zugesellt hatte, spürte ich, daß Dennis irgendwie merkwürdig war. Die Art, wie er seine Fleischpastete aß, hatte etwas Manisches an sich. Er durchbohrte seine Pommes frites wie ein Killer und schüttete Bier in sich hinein, als stünde sein Gedärm in Flammen. Mein Gott, der ist uns auf die Schliche gekommen, dachte ich. Hatte ich etwa irgendeinen Fingerzeig hinterlassen, eine einzelne Socke, die nicht ihm gehörte, einen unvertrauten Geruch auf den Kissen? Oder hatte Karen geplaudert? Sie mied meinen Blick. Ja, das mußte es sein. Wieviel hatte sie ihm gesagt? Wußte er, daß sie mir seine Angewohnheit enthüllt hatte, einen Furz zu lassen, wenn er kam, oder daß ich einmal seinen Schlafanzug angehabt hatte, als sie mir einen blies? Das Messer in Dennis' Pranke war scharf, hatte Wellenschliff und einen stabilen Holzgriff. Ich berechnete Winkel und Entfernungen und ermittelte den nächstgelegenen Ausgang.

Meine Befürchtungen waren unbegründet. Dennis war nicht eifersüchtig, er war verzweifelt. Der geflügelte Triumphwagen der Zeit klebte ihm lichthupend an der hinteren Stoßstange. Wo war der Spaß? Wo der Glanz? Wo war seine Jugend geblieben? Seine Stimmung war ein explosives Gemisch aus weinerlichem Selbstmitleid und gezwungener Fröhlichkeit, wobei die letztere immer stärker überwog, je betrunkener er wurde. Er war darauf aus, ein draufgängerisches, geistreiches, spontanes Ich zu enthüllen, das es in Wirklichkeit gar nicht gab. Keine Idee war zu abstrus, kein Plan zu verrückt. Er wollte seinen Spaß haben, und wenn's ihn umbrachte, um es mal so zu sagen. Es sei eine Schande, einen so schönen Tag im Haus zu verbringen, verkündete er. Wir müßten unbedingt raus auf den Fluß. Unsere Versuche, ihm das auszureden, erregten lediglich seinen Zorn. Was war mit uns los? Hatten wir etwa vergessen, wie das war, jung zu sein? Mußte denn alles immer Monate im voraus geplant werden? Konnten wir nicht wenigstens für einen Nachmittag unseren Terminplaner wegschmeißen und ein bißchen *leben*? Im Pub waren viele Leute, und einige von ihnen müssen Dennis' boshafte Spötteleien über die von uns vorgeschlagenen Alternativen – ein Spaziergang nach Shotover oder Otmoor zum Beispiel – mit angehört haben. Aber die Polizei hat keinerlei Versuch unternommen, sich mit ihnen in Verbindung zu setzen, und das aus dem ganz einfachen Grund, weil derartiges Beweismaterial sie und ihre vorgefaßten Ansichten in arge Verlegenheit gebracht hätte. Was ist das schließlich noch für eine Verschwörung, wenn das Opfer seine angeblichen Angreifer erst ordentlich einschüchtern muß, damit sie mitmachen?

Am Ende gaben wir nach. Wir hatten nur einen Gedanken, und zwar das Ganze hinter uns zu bringen. Dennis war für den frühen Abend mit einem Klienten in dessen Haus verabredet. Er würde nicht lange fort sein, versicherte er uns, aber der Blick, den Karen und ich austauschten, bestätigte, daß es lange genug sein würde. Erst einmal mußten wir jedoch das Geburtstagskind sich austoben lassen. In der Vorwoche hatte es heftig geregnet, so daß der Fluß hoch und die Strömung ziemlich stark war. Sobald wir vom Bootshaus abgelegt hatten, fing Dennis an, wie ein Wahnsinniger flußab zu staken. Wir schossen durch die College-Anlagen und Pappelschneisen bis zu der Stelle, wo sich der Fluß gabelt. Statt umzudrehen oder den oberen Kanal, eine lange, an einer Schleuse endende »Sackgasse« zu wählen, ließ Dennis den Kahn auf die Rollen laufen, die eine Portage über das Wehr bildeten.

»Alle Mann an die Taue!« schrie er fröhlich. »Macht zu, ihr Landratten!«

Er fing an, den Kahn über die Rollen nach oben zu ziehen.

»Was machst du denn da?« schrie ich.

Er blitzte mich an.

»Hast du *Fitzcarraldo* gesehen?«

»Und was soll das hier werden, das Remake fürs Fernsehen?«

Er hievte den Kahn ganz allein auf die Portage. Dort schwankte das Boot bedenklich hin und her.

»Auf zur Themse!«

»Ach, Dennis!« warf Karen unklugerweise ein.

Ihr Mann fuhr zu ihr herum.

»Komm du mir nicht mit ›Ach Dennis‹! Wir fahren zur Themse, *ich* jedenfalls.«

Der Stakkahn kippte und setzte sich polternd über die Rollen auf der anderen Seite in Bewegung. Dennis sprang den betonierten Uferhang hinunter und in den Kahn, als dieser sich mit lautem Platschen selbst wieder zu Wasser ließ und dabei eine ganze Menge davon übernahm. Dann stakte Dennis wie wild davon. Karen und ich sahen uns an, halb amüsiert und halb besorgt. Wir wußten beide, daß er nicht schwimmen konnte.

»Wieviel hat er intus?« fragte ich.

»Reichlich. Champagner zum Frühstück, und seitdem hat er immer weitergemacht. Er sagt, heute sei der erste Tag seines restlichen Lebens.«

»Es könnte gut der letzte sein, bei dem Tempo.«

Wir gönnten uns nur einen raschen »Zungendreher« (die Zungen umkreisen einander aufreizend, berühren sich kaum – Karen konnte das sehr gut) und jagten dann auf dem Fußpfad, der durch die an den Fluß grenzenden Wiesen führt, hinter Dennis her. Wir waren noch nicht weit gekommen, da entdeckten wir den Stakkahn, der im Gewirr eines in den Fluß gefallenen Weidenastes festsaß. Bis wir ihn befreit hatten und wieder an Bord gegangen waren, war Dennis' Anfall zwar verflogen, aber er selbst immer noch fest entschlossen, bis zur Themse zu fahren.

»Wir stecken bloß unsere Nase in den Fluß hinaus und drehen dann um. Ich möchte einfach sagen können, daß ich's geschafft habe, das ist alles.«

Ich übernahm das Staken. Wir trieben an Madgalen Fellows' Garden vorbei, wurden von der Strömung getragen, so daß es nur eines gelegentlichen Stoßes bedurfte, um den Kurs zu korrigieren. Ich sparte mir meine Kräfte für die Rückfahrt auf. An der Magdalen Bridge ging Dennis an Land, um Champagner zu besorgen, und die Flasche machte die Runde, während wir den unteren Flußabschnitt hinunterfuhren. Dieses Stückchen ist anfangs sehr reizvoll, mit Christ Church Meadow auf der einen Seite und einem Cricketfeld auf der anderen, aber wenn sich der Cherwell dann dem größeren Strom nähert, gabelt er sich zu zwei von einer flachen, gänzlich überwucherten und bis auf ein paar Bootshäuser völlig verlassenen Insel getrennten Wasserläufen. Die Sonne stand jetzt schon tief, wurde vom Geflecht blattloser Zweige verdeckt, und es fing an, kühl zu werden. Wir wählten den linken Flußarm, der schräg in die Themse hineinfließt. Das Wasser ist dort ziemlich tief, und ich hatte Mühe, mit der Stange bis zum Flußbett hinabzukommen. Ich schlug zweimal vor, umzukehren, aber Dennis wollte nichts davon hören.

Als wir endlich aus dem Nebenfluß herauskamen, wurde sofort klar, daß die Themse Hochwasser führte. Die Wasseroberfläche war von den Wirbeln gegenläufiger Strömungen geriffelt, und das trübe Wasser schlug hoch gegen die Stämme der Weiden und Erlen am Ufer. Ich stieß die Stange ins Wasser, bis auch meine Arme darin verschwunden waren, aber vergeblich. Die einzige Hoffnung lag in dem Versuch, ans Ufer zu paddeln und uns dann an den über den Fluß hängenden Ästen der Büsche und Bäume entlangzuhangeln, bis wir zurück in den sicheren Gewässern des Cherwell waren. Ich zog also die Stange ein und bewegte mich nach vorn, um das Paddel zu holen. Dann stand Dennis auf.

»Warum stakst du nicht?«

»Es ist zu tief.«

»Laß mich mal versuchen.«

Die Strömung hatte uns bereits in die Flußmitte hinausgesaugt, und wir fuhren mit immer größer werdender Geschwindigkeit flußab. Ich schob Karen unsanft beiseite und schnappte mir das Paddel. Hinter mir hatte Dennis die Stange hochgebracht und versuchte nun, betrunken wie er war, sie ins

Wasser zu kriegen. Als ich mich umdrehte, traf meine Schulter die Stange und stieß sie heftig zur Seite, so daß Dennis das Gleichgewicht verlor. Karen stand instinktiv auf, um ihm zu helfen, was den Kahn aber nur noch wilder schwanken ließ. Die Stange an die Brust gepreßt, wankte Dennis hin und her und fiel dann langsam rücklings ins Wasser.

Das ist jedenfalls unsere Version der Geschichte. Wenn Sie den Kriminalbeamten vom *Thames Valley* glauben wollen (nicht dem Bericht, den sie bei der Leichenschau vorlegten, als allen die Ereignisse noch frisch im Gedächtnis waren, sondern dem anderen, mit dem sie erst in den Monaten nach meiner Rückkehr in dieses Land daherkamen), dann warfen Karen und ich Dennis »eins und zwei und drei« über Bord, nachdem wir ihn auf den Fluß hinausgelockt und ihn mit Stömen von gedoptem Schampus mattgesetzt hatten. Dann gaben wir ihm eins mit der Stakstange aufs Haupt, paddelten schnell aus der Reichweite seiner mitleiderregend ausgestreckten Arme heraus und gackerten teuflisch, als er zum dritten Mal in den Fluten versank.

Für mich ist es Ehrensache, Ihnen eine moralische Erpressung nach dem Muster »Haben Sie wirklich auch nur einen Moment lang geglaubt, daß ich fähig sein könnte, mich zu einer solchen Bestialität herabzulassen?« zu ersparen, und ich werde mich auch in diesem kritischen Augenblick nicht dazu verleiten lassen. Und ich will auch nicht noch einmal nachdrücklich auf die schon vorgetragenen Einwände gegen die Theorie der »Verschwörung zum Mord« eingehen. Ich möchte lediglich darauf hinweisen, daß sich doch – wenn man schon von der Annahme ausgeht, Karen Parsons und ich seien an jenem Nachmittag in der Absicht in den Kahn gestiegen, ihren Mann zu ertränken – die Frage stellen muß, warum wir damit gewartet haben, bis wir einen Punkt erreicht hatten, wo mindestens fünfzehn Leute Zeuge unseres kriminellen Tuns werden konnten? Wir hatten auf dem Cherwell doch schon weite Strecken zurückgelegt, wo wir allen Blicken vollständig entzogen waren. Warum also begingen wir die finstre Tat nicht dort, sondern nahmen das Risiko in Kauf, bei der gerichtlichen Voruntersuchung ein ganzes Rugby-Team anklagender Finger auf uns gerichtet zu sehen? Was uns wiederum zur bemerkenswertesten Tatsache von allen bringt: daß nämlich alle Zeugen, welche die Polizei damals ausfindig gemacht und befragt hat, die jetzigen Behauptungen der Beamten keineswegs bestätigten, sondern aufschlußreicherweise keinerlei verdächtiges Verhalten unsererseits erwähnt haben. Fünf von ihnen, eine Familie, die mit Freunden auf dem Treidelpfad spazierenging, schilderten lediglich eine Szene »lärmenden Durcheinanders«, als deren Urheber sie ausgelassene Studenten bei irgendeinem Unfug ansahen. Ein älterer Herr, der bei Iffley Fields Vögel beobachtete, erkannte, daß wir alle betrunken waren und Karen und ich mit tragischen Folgen in Panik gerieten, als Dennis über Bord ging. Obwohl er mit einem hervorragenden Fernglas ausgerüstet war, erwähnte er jedoch keinerlei Anzeichen irgendwelcher mörderischer Absichten unsererseits.

Die interessanteste Aussage machte aber die Besatzung eines Achters vom Oriel College, der gerade zum Training draußen war. Als wir auf dem Fluß abtrieben, schrie der Steuermann zunächst eine Warnung und gab dann der Crew das Kommando, die Ruder einzuziehen, um eine Kollision mit dem Stakkahn zu verhindern. Das hatte zur Folge, daß sie diese Trainingsfahrt abbrechen mußten, weshalb sie ihre ungeteilte und indignierte Aufmerksamkeit uns zuwandten, als wir auf ihrer Höhe waren. Das war auch genau der Augenblick, in dem ich die Stakstange ins Wasser warf, geleitet von dem Gedanken, daß Dennis sie ergreifen und ich ihn dann zum Kahn ziehen könnte. Unglücklicherweise war die Stange schwerer, als ich gedacht hatte, ich schätzte den Winkel falsch ein, und das Ding fiel Dennis genau auf den Kopf. Dieser Zwischenfall ist von dem Revolverblatt, mit dessen inspirierter Prosa ich Sie schon einmal ergötzt habe, als »erbarmungsloser und zynischer *coup de grâce*« bezeichnet worden. Man zaudert, dieses Urteil anzufechten, kommt es doch aus einer Quelle, die, was erbarmungslosen Zynismus anbetrifft, solch glänzende Referenzen vorzuweisen hat – aber Tatsache bleibt, daß es die jungen Männer vom Oriel College nicht ganz so gesehen haben. Nicht, daß mein Leumund von ihrer Aussage unbeschädigt geblieben wäre! »Hektischer und gänzlich ineffektiver Pfuscher«, »besoffene Hysterie« und »blinde Panik« gehörten noch zu den weniger beleidigenden Worten, die vor dem Coroner fielen. Draußen auf dem Fluß war ihre Sprache weniger zurückhaltend gewesen, und wir kamen in den Genuß einer kleinen Reihe von Epitheta, die, wie ich hoffe, keinem britischen Akademiker in gemischter Gesellschaft je über die Lippen kommen würden. Der entscheidende Punkt ist aber, was *nicht* gesagt wurde. Man mag mich ja einen begriffsstutzigen Scheißer und Flachwichser genannt haben, aber niemand fragte mich, warum ich denn gerade versucht hätte, meinem Begleiter den Schädel einzuschlagen. Es ist ferner beachtenswert, daß die Jungs vom Oriel College – von denen wohl angenommen werden darf, daß sie ein bißchen was vom Rudern verstehen, betrachtet man sich mal ihre Leistungen der vergangenen Jahre – nichts davon zu berichten wußten, daß ich oder Karen von dem Ertrinkenden *weg*gepaddelt seien, wie später behauptet wurde. Sie sahen, wie es einer von ihnen formulierte, ganz einfach zwei Leute, die dem Schiffchenschwimmen in der Badewanne nicht gewachsen waren, geschweige denn der Themse bei Hochwasser.

Ein gewichtigerer Einwand ist der, warum weder Karen noch ich ins Wasser gesprungen sind, um zu versuchen, Dennis zu retten. Damals richtete sich diese Kritik mehr gegen sie als gegen mich. Karen war ja nicht nur Dennis' Frau, sondern auch Sportlehrerin, die, wie der Coroner so launig bemerkte, ihrem Mann wahlweise im Schmetterlingsstil, kraulend, brust- oder rückenschwimmend zu Hilfe hätte eilen können. Das verrät aber einen vollständigen Mangel an Einsicht in die tatsächlichen Gegebenheiten. Die gleichen Zeitungen, die später unsere »Feigheit – oder Schlimmeres« anprangerten, beklagen in einem fort den Tod von Leuten, die übereilt Schwimmer in Not zu retten versuchen und dadurch selbst ums Leben kommen. Dennis schlug so heftig um sich, daß selbst ein ausgebildeter Rettungsschwimmer seine liebe Not gehabt hätte, ihn rauszuholen. Wenn wir uns in dieses turbulente Gewässer gestürzt hätten und dann nicht in der Lage gewesen wären, zum Kahn zurückzugelangen, wäre jede Hoffnung, Dennis doch noch zu retten, vereitelt gewesen. Natürlich kann man jetzt, in der Rückschau, leicht sagen, daß er sowieso verloren war, aber damals erschien es uns nicht so. Als er ins Wasser fiel, rief ich ihm, wie ich mich erinnere, ungeduldig zu, er solle mit dem Blödsinn aufhören. Es schien einfach unvorstellbar, daß eine schlichte Kahnpartie mit dem Tod enden könnte. Selbst als die Stange Dennis am Kopf getroffen hatte und er verschwunden war, dachte ich noch, er würde jeden Augenblick neben dem Kahn wieder hochkommen wie ein Bläßhuhn. Wenn Karen oder ich geahnt hätten, daß ein Mensch so schnell ertrinken kann, hätten wir ganz ohne Frage jede Vorsicht außer acht gelassen und wären hinterhergesprungen. Nicht, daß dies das Geringste am Ergebnis geändert hätte. Letzten Endes läuft das Ganze einfach darauf hinaus, daß wir nie und nimmer hätten dort sein dürfen.

Der Coroner hat dem beigepflichtet. In seinem Urteil rief er dazu auf, Regelungen in Erwägung zu ziehen, nach denen die Stakkähne nur die relativ sicheren Wasser des Cherwell befahren dürfen, und die Bedingungen zu überprüfen, unter denen sie gemietet werden können. »Es gibt doch zu denken«, schloß er, »daß zwar der Gebrauch von Motorfahrzeugen strengen Gesetzen unterliegt, aber jedermann ein Wasserfahrzeug ausleihen und dann ohne jegliche Erfahrung, ohne Schwimmweste, des Schwimmens unkundig und in einem Zustand fortgeschrittener Trunkenheit versuchen darf, sich auf eine vielbefahrene und tückische öffentliche Wasserstraße hinauszuwagen. Solange sich an diesen Bedingungen nichts ändert, wird es immer wieder zu Tragödien wie dieser kommen.«

Kein Polizist ist damals aufgesprungen und hat sich gegen diesen Hohn auf die Gerechtigkeit verwahrt. Vielmehr behandelte die Polizei uns beide von dem Augenblick an, in dem ich sie von einer Telefonzelle in der Abingdon Road aus anrief, mit größter Anteilnahme und Schonung. Das Schiffahrtsamt setzte sich mit der Schleuse in Iffley in Verbindung, wo schließlich auch Dennis' Leichnam später am Abend geborgen werden konnte. Karen war zu dieser Zeit bereits zu Hause, hatte Beruhigungsmittel genommen.

Ich sah sie dann erst im Krematorium wieder. Thomas und Lynn waren ebenfalls dort, natürlich auch Roger und Marina, wenn sie so hieß, und all die anderen. Clive gehörte gleichfalls zu den Trauergästen, sichtbar froh, seiner Schule jede unwillkommene Publicity erspart zu haben, indem er sich rechtzeitig von mir getrennt hatte. Sonst kannte ich von den Leuten nur noch Alison Kraemer. Sie verlieh ihrem Mitgefühl in kurzer und taktvoller Form Ausdruck – in deutlichem Gegensatz zu einigen anderen Anwesenden, die sich nicht so recht dazu bringen konnten, die trauernde Witwe anzusprechen, wohl aber bereit waren, mich ausführlich über die Einzelheiten von Dennis' letzten Stunden auszufragen. Um sie mir vom Hals zu halten, zog ich Alison in ein angeregtes Gespräch. Es stellte sich heraus, daß sie als freie Lektorin für die *Oxford University Press* tätig war, eine vierzehnjährige Tochter und einen siebenjährigen Sohn hatte, für die sie seit dem vorzeitigen Tod ihres Mannes ganz allein sorgte. Ich fand es äußerst erholsam, mich mit ihr zu unterhalten, und als wir uns schließlich verabschiedeten, sagte ich ihr, ich hoffte doch sehr, wir würden uns irgendwann einmal wiedersehen. Dann startete ein schlaksiger Geistlicher, der viel guten Willen und wenig Glaubensgewißheit verströmte, eine Ansprache, die sich angstvoll wand, um nur ja alles zu vermeiden, was Leute mit irgendeiner oder gar keiner religiösen Überzeugung hätte kränken können, wobei er zugleich durchblicken ließ, daß es ja vielleicht und schließlich und endlich, wer weiß, verstehen Sie, doch *irgend etwas* da draußen geben könne. Während wir alle hüstelten und verlegen auf unsere Schuhe hinabsahen, wurde der glänzende Sarg, der Dennis' sterbliche Überreste enthielt, in die niederen Regionen des Krematoriums davongezaubert.

Danach strömten wir hinaus, standen verlegen herum und verabschiedeten uns dann. Ich sog die Luft tief ein. Sie schien ein ganz neues Aroma zu haben. Ein schweißiges, nach Wild duftendes, fleischiges Bukett, dachte ich, das am Ende ein wenig schnell verflog, wenig Körper.

Das bildete ich mir wahrscheinlich nur ein.

Die Medien machten später einen großen Wirbel um die Entdeckung, daß Karen und ich ein paar Wochen nach dem Tod von Dennis Parsons ein Wochenende in Mittelwales im selben Hotel verbracht hatten. »Nächte heißer Leidenschaft in Rhayader« ist meine Lieblingsüberschrift, obwohl »Mörderpaar verbringt schmutziges Wochenende in Wales« ihr schon sehr nahekommt. Wenn Journalisten auf so etwas zurückgreifen, kann man sicher sein, daß die Fakten äußerst langweilig sind – und sie konnten, das dürfen Sie mir glauben, kaum langweiliger sein als unser Wochenendurlaub zum Sonderpreis in der »Elan Valley Lodge«. Das einzig Interessante daran ist, daß es überhaupt dazu kam.

Wenn ich sagte, ich hätte Karen erst wieder bei der Beerdigung *gesehen*, so meine ich das ganz wörtlich. Ich *sah* sie. Sie sah mich zweifellos auch, aber das war's auch schon. Wir wechselten kein Wort, nicht einmal einen Blick. Nach dem Ableben von Dennis war unser Verkehr, wie es in den Klassikern heißt, problematisch geworden. Nicht, daß einer von uns beiden im Ernst auf den Gedanken gekommen wäre, irgend jemand könne glauben, wir hätten Dennis umgebracht. Es ist schwer, jemandem, der ihn nicht gekannt hat, zu vermitteln, wie absurd diese Vorstellung schien. Dennis Parsons war von einer so gewaltigen, wesenhaften Langweiligkeit, daß es fast unmöglich war sich vorzustellen, ihm könne je etwas so Aufregendes widerfahren wie ermordet zu werden. Gleichwohl war es für Karen und mich nicht ratsam, unmittelbar nach seinem Tod zusammen gesehen zu werden. Hätte man mich bei ihr ein und aus gehen gesehen, wäre sofort das Getratsche losgegangen. In rechtlicher Hinsicht hatten wir jedoch nichts zu befürchten. Selbst die Versicherungsgutachter, die unendlich viel beharrlicher waren als die Polizei, räumten am Ende ein, daß der Tod von Dennis zu einer der anerkannten Kategorien gehöre, die sich im Kleingedruckten aufgeführt finden.

Es kam mir nie in den Sinn, Karen könne um ihren verstorbenen Mann trauern. Ich möchte nicht unangebracht negativ klingen, aber ich konnte einfach nicht sehen, was es da zu betrauern gab. Bei der Bestattung steckte an einem der Kränze ein Foto von Dennis, und ich konnte ihn darauf nicht einmal erkennen. Ich glaube, ich habe ihn mir nie so richtig angesehen, wenn ich ehrlich sein soll. Das brauchte ich auch gar nicht. Ich wußte, daß er da war und daß ich in ihn hineinlaufen würde, wenn ich versuchte, mich in eine bestimmte Richtung zu bewegen. Nun, da er von uns gegangen war, nahm ich an, daß das Krumme gerichtet und alle unebenen Stellen gerade gemacht werden würden. Im Tod soll jeder Narr gepriesen werden. Dennis' Abwesenheit erwies sich jedoch als weitaus größeres Hindernis, als es seine Anwesenheit je gewesen war.

Eine erste Ahnung davon erhielt ich, als ich Karen kurz nach der Bestattung anrief.

»Ich möchte dich sehen.«

Schweigen.

»Wann kann ich vorbeikommen?«

Schweigen.

»Karen?«

Blubberndes Geschluchze, gefolgt von lautem Schniefen.

»Nie.«

»Was?«

Ein längeres Schweigen und weitere feuchte Taschentuchgeräusche.

»Wir haben ihn umgebracht!«

»Um Gottes willen!«

Die Jahre im Ausland hatten mich gelehrt, darauf achtzugeben, was ich am Telefon von mir gab. Während meiner Zeit in den Golfstaaten war eine unserer Lehrkräfte nach einem Telefongespräch mit einem Kollegen, in dem sie sich verächtlich über ein Mitglied der lokalen Königsfamilie geäußert hatte, vorübergehend verschwunden.

»Das haben wir!« beharrte sie dumpf.

»Karen, es war ein *Unfall*!«

»Wenn wir doch bloß ein Kind zusammen hätten haben können! Dann wäre mir wenigstens noch etwas von ihm geblieben.«

»Ich weiß, es ist schwer hinzunehmen, was da geschehen ist«, sagte ich in salbungsvoll mitfühlendem Ton. »In gewissem Sinne wäre alles leichter, wenn ihn *wirklich* jemand umgebracht hätte. Wenigstens gäbe es dann einen Grund. Deshalb erfinden sich die Leute ja Götter, sogar bösartige, rachsüchtige, um sich all die schrecklichen Dinge, die passieren, erklären zu können.«

»Es gibt einen Gott, und ER straft mich für unsere Sünde, straft mich durch Dennis.«

»Hör mal, Karen, niemandem geht das, was passiert ist, mehr zu Herzen als mir. Es ist eine fürchterliche Tragödie, ein grausamer Verlust, absurd und unnötig. Das ist das eine – aber was ist mit *uns*? Dennis, Dennis, tagelang jetzt schon nichts als Dennis. Was muß ich denn tun, um ein ganz klein bißchen Beachtung zu finden? Hinter ihm herspringen?«

Sie legte auf. Das war nur gut so. Je mehr meine Worte schmerzten, desto eher würde sie einsehen, daß ich recht hatte. Aber ich war nicht gewillt, geduldig am Rande des Spielfeldes zu sitzen und das abzuwarten. Was noch wichtiger war – ich konnte es mir nicht leisten. Als attraktive junge Erbin konnte Karen schnell zum Ziel skrupelloser Schatzsucher werden. Es hatte jedoch keinen Sinn zu versuchen, irgend etwas per Telefon zu erreichen. Meine Macht über Karen war physischer, nicht verbaler Natur. Wenn der Zauber wieder wirksam werden sollte, mußte ich sie ein paar Tage für mich allein und *in persona* haben. Die Fahrt nach Wales war das Erstbeste, was mir einfiel. Ich schickte ihr einen Prospekt, den ich mir in einem Reisebüro besorgt hatte, dazu einen Rosenstrauß und einen Brief. Ich mache mir Sorgen wegen des Stresses und der Belastungen, denen sie ausgesetzt sei, schrieb ich. Was wir beide brauchten, sei, für ein paar Tage rauszukommen, eine Fahrt irgendwohin, wo es friedlich und erholsam sei und wo es keine

Verbindungen zur Vergangenheit gebe, damit wir uns klar darüber werden könnten, wo wir stünden.

Sehr zu meiner Überraschung stimmte sie zu – unter der Bedingung, daß wir getrennte Zimmer hatten und auch getrennt anreisten. Das bedeutete, daß mir eine fünfstündige Bahnfahrt mit zweimaligem Umsteigen und, nachdem ich mein Fahrrad vom Gepäckwagen abgeholt hatte, eine Fünfzehnmeilenfahrt bergauf bevorstanden. Das hätte bei gutem Wetter zweifellos ganz reizvoll sein können, was auch für die Landschaft um das Hotel herum galt, bei dem es sich um einen eindrucksvollen Bau handelte, eine architektonische Promenadenmischung aus *Nightmare Abbey* und einer hochherrschaftlichen schottischen Jagdhütte. Wie die Dinge aber liegen, werden meine Erinnerungen an dieses Wochenende beherrscht von dem Bild zweier winziger Gestalten, die sich in den niederen Regionen einer riesigen, überwölbten Halle zusammenducken, und deren gelegentliche, zaghafte Äußerungen von der Akustik des leeren Raumes zu unheilverkündendem Kauderwelsch verstärkt werden. Die anderen Gäste schlafen alle oder sind möglicherweise tot und ausgestopft. Die Hotelangestellten sind verhext worden. Die Zeit ist stehengeblieben. Draußen fällt ohne Ende ein sanfter Regen.

In meinem Brief hatte ich Karen geschrieben, der Zweck dieser Reise sei, über die Zukunft unserer Beziehung zu sprechen. Ich entdeckte schnell, daß diese in ihren Augen gar keine hatte, und daß der einzige Grund, warum sie diesem Treffen zugestimmt hatte, darin bestand, mir das ein für allemal klarzumachen. Was sie anbeträfe, erklärte sie mir immer und immer wieder, seien wir nun mal für Dennis' Tod verantwortlich. Hätte sie nicht einer schuldhaften Leidenschaft nachgegeben, dann wäre sie Denny eine bessere Frau gewesen. Damit sollte gesagt sein, daß Männe, wenn bloß in der Kiste etwas mehr losgewesen wäre, nicht das Gefühl bekommen hätte, langsam über die Höhe zu sein – und damit auch nicht den

Drang, seine Männlichkeit unter Beweis zu stellen, indem er am Nordufer der Themse entlangtakte.

»Wenn ich empfänglicher gewesen wäre und so, weißt du, dann wäre Dennis heute noch da. Und der einzige Grund, warum ich's nicht war, ja, das waren wir.«

Ich focht diese Auffassung in jeder nur denkbaren Weise an, was von nachdenklichen Analysen der *Midlife-Crisis* des Mannes, ihres Wesens und ihrer Ursachen bis zu stark verallgemeinernden, alles *ad absurdum* führenden Widerlegungen reichte, bei denen ich etwa darlegte, daß dann Trish und Brian in gleichem Maße schuldig seien, denn wenn sie an jenem Tag ausgegangen wären, dann wäre ich zu Hause geblieben, und wir hätten uns schon erst mal gar nicht getroffen. Aber all mein Geist und Witz vermochten nichts gegen Karens Verbohrtheit. So, wie hierzulande die Bewohner der *barrios* ihre armseligen Hütten bis zum Äußersten verteidigen und sich gegen alle wohlmeinenden Bemühungen der Behörden sträuben, sie umzusiedeln, so klammern sich auch die Armen im Geiste an jede noch so schwache Idee, die sie sich aus all dem Zeugs zusammengezimmert haben, das sie im Lauf der Zeit aufgelesen haben. Und sei's auch noch so schlicht, daheim ist's eben doch am schönsten.

»So sehe ich das nun mal«, lautete Karens verbissen wiederholte Schlußzeile, »und du kannst sagen, was du willst, es wird sich nichts daran ändern.«

Also gut. Ich hatte, was Karen anbetraf, noch nie viel auf rationale Argumente gegeben. Ich hatte auf die Körpersprache gezählt, wenn es galt, sie rumzukriegen. Angesichts unserer Vorgeschichte hatte ich mir vorgestellt, daß es uns ganz unmöglich sein würde, eine Nacht unter ein und demselben Dach zu verbringen, ohne auch im selben Bett zu landen. Aber nicht nur, daß es dazu nicht kam – es schien auch nicht im entferntesten wahrscheinlich, daß es je wieder dazu kommen würde. Zu meinem Kummer war die sexuelle Hochspannung zwischen uns gänzlich verschwunden, so als sei ein Schalter umgelegt worden. Wenn Karen und ich uns an unseren Körpern gütlich getan hatten, dann war Dennis der unsichtbare Gast an unserer Tafel gewesen. Selbst wenn er nicht da gewesen war, hatten wir ihn heraufbeschworen, hatten uns seine schmutzigen, durchschwitzten Schlafanzüge angezogen, hatten uns von seinen Worten und Taten erzählt. Dennis war unser geriffeltes Kondom, unser genoppter Pariser gewesen. Er hatte den Sex zugleich sicher und pikant gemacht. Nun, wo er tot war, würde die Sache zu riskant und zu fade sein.

Weit davon entfernt, Karen davon überzeugen zu können, daß sie im Irrtum war, hatte ich mich bis zum Sonntagnachmittag zu ihrer Auffassung bekehrt. Die meisten Paare, auch wenn ihr Verhältnis zueinander noch so erstarrt ist, haben irgendein gemeinsames Interessengebiet. Wir aber hatten nichts. Wir waren wie zwei Geschöpfe, die die Dinge in so unterschiedlicher Größe wahrnehmen, daß diese Wahrnehmungen nicht mehr in Einklang miteinander zu bringen sind. Für Karen war meine Welt ein verschwommener, bedrohlicher Fleck, während die ihre für mich ein Wust mikroskopisch kleiner Dummheiten war. Dennis' lebenslustige Frau zu verführen, war eine willkommene Kompensation für meine finanzielle und soziale Erniedrigung gewesen, aber seine frigide, von Schuldgefühlen gebeugte Witwe zu bestürmen, war eine ganz andere Sache. Was um alles in der Welt brachte mich dazu, dieser banalen Turnlehrerin nachzusteigen – und nicht einer Frau wie, sagen wir mal, Alison Kraemer?

Sobald mir dies alles klargeworden war, änderte sich mein Verhalten abrupt. Ich mühte mich nicht mehr, gütig, mitfühlend und verständnisvoll zu sein. Ganz im Gegenteil erklärte ich Karen jetzt, sie habe vollkommen recht. Wir hätten keine gemeinsame Zukunft. Das Wochenende sei ein Fehlschlag gewesen – oder vielmehr ein Erfolg. Nachdem wir unsere Rechnungen getrennt beglichen hatten, gingen wir hinaus auf den Parkplatz. Zum erstenmal an diesem Wochenende hatte es aufgehört zu regnen, und obwohl der Himmel noch bedeckt war, konnten wir etwas von den Schönheiten der Landschaft erkennen. Plötzlich wurde mir mit ungeheurer Eindringlichkeit bewußt, daß dies meine letzte Chance war, die allerletzte der zahllosen Chancen, die ich einfach so vergeben hatte, weil ich zu faul oder zu stolz gewesen war, sie richtig zu nutzen. Wenn ich diese Chance auch noch verspielte, würde es keine weiteren mehr geben. Nie wieder würde mich die Tür eines BMW einladend heranwinken. Ich säße für den Rest meines Lebens auf dem Fahrrad, würde in dem haltenden Zug nach Nirgendwo festsitzen. Dies war keine harmlose Meinungsverschiedenheit wie viele andere. Wir würden uns danach nicht küssen und wieder versöhnen. Es würde kein Danach mehr geben, wenn es mir nicht gelang, Karen noch fünf vor zwölf von ihrer sterilen Zerknirschung zu befreien. Aber wie sollte ich in wenigen Minuten schaffen, was mir bei stundenlangen Versuchen nicht geglückt war?

»Laß uns noch ein Stückchen spazierengehen«, sagte ich.

Sie zuckte lustlos die Achseln.

»Wozu?«

»Ich muß dir noch etwas sagen.«

»Das kannst du auch hier.«

Ich kam mir vor, als verführte ich sie noch einmal. Sie wollte, sie wollte es wirklich, aber man mußte ihr das Gefühl geben, daß sie konnte, oder vielmehr daß sie nicht *nicht* konnte, daß alles ihrer Kontrolle entglitten war, daß sie gar keine andere Wahl hatte.

»Komm mit zum See. Es ist nicht weit.«

Angesichts der Bedeutung, die dem Elan Valley bei späteren Entwicklungen zukommt, ist es vielleicht ganz sinnvoll, an dieser Stelle seine Topographie kurz zu skizzieren. Am Rande der Bergkette der Cambrian Mountains gelegen, hatte man das Tal im 19. Jahrhundert geflutet, um den viktorianischen Durst der Stadt Birmingham zu stillen und zugleich eine pittoreske »Attraktion« zu schaffen, nämlich eine Reihe von künstlichen Seen, die durch dramatische Wasserfälle verbunden sind. Ein

Jahrhundert später empfindet das durch den Anblick der Brutalitäten des Stahlbetons verhärtete Auge die Dämme und Wehre als Teil der Landschaft, der ihre Steine entnommen sind. Nur das Wasser, dessen stark schwankender Stand ein Band der Verwüstung in das Ufer schneidet, verrät die Täuschung.

Wir gingen einen kleinen Pfad entlang, der sich sehr reizvoll durch einen Fichtenwald und um einen Felsvorsprung bis zu einem Aussichtspunkt über dem unteren See windet, welchen eine schmale Brücke überspannt, über die eine Straße in die Berge hinaufführt. Nachdem wir das Panorama eine Weile schweigend bewundert hatten, sagte ich: »Das ist schön, nicht wahr?«

»Hmmm«, pflichtete mir Karen unbestimmt bei.

»Gibt einem wirklich das Gefühl, daß das Leben lebenswert ist.«

Sie schwieg.

»Glaub' mir, Karen, ich kann nachempfinden, was dich bewegt. Es ist eine entsetzliche Tragödie, die uns bis zum Ende unserer Tage verfolgen wird. Wir werden nie wieder die sein, die wir einmal waren. Dennis ist von uns gegangen, und das hat uns ärmer gemacht.«

Sie sah weg, biß sich auf die Lippen.

»Aber inmitten des Todes sind wir auch im Leben. Wenn es so verkehrt von uns war, uns zu unserer Liebe zu bekennen, solange Dennis noch am Leben war, so wäre es jetzt noch viel verkehrter, sie zu verleugnen. Sollten wir indirekt für seinen Tod verantwortlich sein, so gibt es nur eine Möglichkeit, es wiedergutzumachen.«

Sie runzelte die Stirn.

»Wie meinst du das?«

»Laß mich dich erst noch etwas fragen. Du sagtest neulich am Telefon, daß dir, wenn ihr beide nur Kinder gehabt hättet, etwas von ihm geblieben wäre. Nun hat er mir an jenem Abend, als wir uns so betrunken haben, gesagt, es sei deinetwegen nicht dazu gekommen. Stimmt das?«

Sie schüttelte kaum wahrnehmbar den Kopf.

»Wir haben Tests machen lassen. Es hieß, es sei irgendeine Krankheit, die er hatte, als er noch jung war. Dennis hat das jedoch nie akzeptiert. Er behauptete immer, daß ich es wäre.«

»Habt ihr je daran gedacht, einen Spender einzuschalten?«

»Du meinst, wie sie das bei den Kühen machen? Irgend so ein Heini, den du nie gesehen hast, wichst sich mit 'ner Nummer von *Penthouse* einen ab, und dann pumpen sie seine Soße mit 'ner Spritze in dich rein? Nein danke, so verzweifelt bin ich nun auch wieder nicht. Es ist nicht bloß einfach das Baby, weißt du. Wichtig ist, *wessen* Baby.«

»Und was wolltest du machen?«

»Ich habe versucht, nicht darüber nachzudenken. Ich nehme an, ich hoffte, Dennis würde wieder gesund werden, verstehst du? Das gibt es, manchmal. Wir hatten ja noch soviel Zeit, jedenfalls dachte ich...«

Sie brach ab, wischte sich über die Augen.

»Das war einer der Gründe, warum ich versucht habe, uns zu bremsen, nicht bis zum Letzten zu gehen, verstehst du«, fuhr sie fort. »Du hast natürlich gedacht, ich nehme die Pille, und deshalb nie ein Kondom oder so was benutzt. Aber ich habe sie nicht genommen. Es war ja nicht nötig, nicht bei Dennis. Und bei dir...«

Wieder liefen ihr Tränen die Wangen hinunter.

»Das war das Schlimmste, was ich getan habe. Ich meine, zu versuchen, nein, nicht eigentlich zu versuchen, aber ich hab' nicht... Ich meine, wenn ich schwanger geworden wäre, hätte er denken können, es sei seins, es hätte sich irgendwie wieder gebessert. Er wäre so wahnsinnig stolz gewesen! Und ich hätte immer noch den echten Vater gekannt, ihn gekannt und geliebt. Aber das war falsch, entsetzlich falsch. Deshalb bin ich mit seinem Tod gestraft worden. Und das Ärgste daran ist, daß ich jetzt nichts mehr daran ändern kann. Es ist zu spät!«

Ich legte meinen Arm um sie, keusch und tröstend.

»Es ist nie zu spät, Karen.«

»Wie meinst du das?« schluchzte sie leise.

»Du kannst dieses Kind immer noch bekommen. Mit mir. Wenn es ein Junge wird, nennen wir ihn Dennis, und wenn ein Mädchen, dann Denise. Laß uns den Tod mit Leben vergelten, Karen, Böses mit Gutem. Wir haben mit unserem unbedachten, verantwortungslosen und selbstsüchtigen Verhalten genug Schaden angerichtet. Laß uns jetzt danach streben, für andere dazusein. Dies ist ein Wendepunkt in meinem Leben. Ich mag ihn zu spät erreicht haben, um deinen Mann noch zu retten, aber ich flehe dich an, Karen, schone das Leben unseres ungeborenen Babys!«

Das erscheint Ihnen übertrieben, melodramatisch, geschmacklos? Ich stimme Ihnen voll und ganz zu. Aber hier ging es um die Wahl der richtigen Pferde für diese Bahn. Meine Rede war an Karen Parsons gerichtet, und welche Vorbehalte dieser Rede gegenüber Sie oder ich auch haben mögen – ich kann Ihnen versichern, daß sie der angepeilten Zielgruppe runter ging wie Honig.

»Ist es dir damit wirklich ernst?«

Sie hatte noch Tränen in den Augen, aber zum erstenmal an diesem Wochenende auch Farbe in ihren Wangen. Ich erspare Ihnen meine Antwort. Wenn Sie schon die Anfangstakte ein wenig überzogen gefunden haben, dann würde Ihnen beim Rest des Stücks endgültig das Kotzen kommen. Aber Karen schluckte es begierig und wollte mehr.

»Ich hätte nie gedacht... ich meine, es war großartig im Bett und alles, aber ich dachte immer, das wär's dann auch. Ich dachte, ich wär' halt eine gute Nummer für dich, aus.«

Ich lächelte reumütig.

»Das warst du ganz sicher auch. Die beste, die mir je untergekommen ist. Aber das war niemals *alles* für mich, Karen. Es war nicht bloß der Sex. Da war immer auch noch etwas anderes.«

Von ihren Gefühlen überwältigt, wandte sie sich ab und

blickte hinaus über die dunklen Wasser des Reservoirs. Dann wurde sie von einem heftigen Erschauern geschüttelt. Damals nahm ich an, sie hätte an Dennis gedacht, aber heute frage ich mich, ob sie da wohl eine Vorahnung ihres eigenen Schicksals gehabt hat. Wie auch immer, es dauerte nur einen Moment. Dann drehte sie sich wieder zu mir herum und lächelte ein tapferes, ein genesendes Lächeln – noch nicht ganz ausgeheilt, aber auf dem Wege der Besserung, geheilt im Geist.

»Laß uns nach Hause fahren«, sagte sie.

Und nach Hause fuhren wir, im BMW, mein Fahrrad im geräumigen Kofferraum verstaut. Während sie fuhr, sprach Karen nonstop über ihre Kindheit, ihre Eltern, ihre Hoffnungen, ihre Träume, ihre Probleme. Ich meinerseits erzählte ihr ein bißchen über meinen Hintergrund, so als gingen wir zum erstenmal miteinander aus.

Von meiner Vasektomie sagte ich ihr nichts.

Diese Vasektomie wurde im Jahr 1980 vorgenommen, nachdem mir ein Mädchen, mit dem ich geschlafen hatte, erklärte, sie sei *embarazada*. Das war ich auch. Die werdende Mutter war 16 Jahre alt und gehörte zu meinen Schülerinnen in der Anstalt in Barcelona, wo ich gerade die ersten fünf Monate meiner ersten Lehrerstelle absolviert hatte. Mein Vertrag wurde sofort und mit größter Voreingenommenheit aufgekündigt. Die Familie des Mädchens bezahlte ihm einen Flug nach London, um dort eine Abtreibung vornehmen zu lassen. Ich fuhr mit der Bahn.

Danach stand ich bei allen Qualitätsschulen auf der schwarzen Liste, aber ich ergatterte schon bald für das restliche Jahr einen Job bei einem Pfuscherladen in Italien, der möglichst schnell einen Ersatzmann brauchte. Bevor ich abreiste, ließ ich die Sache mit meiner Pißnudel bereinigen. Es war nicht das erstemal gewesen, daß sie mich in Schwierigkeiten gebracht hatte, und ich war verdammt fest entschlossen, sicherzustellen, daß es das letztemal gewesen war. Seien wir doch ehrlich, diejenigen, denen das möglich ist, haben ihren Spaß. Die anderen, zu arm am Beutel oder im Geiste, haben Kinder. Jeder Vater, der behauptet, es mache ihm Vergnügen, ist ein Lügner. Man könnte genausogut sagen, es bereite einem Vergnügen, zum Krüppel gemacht zu werden. Karen sah dies alles natürlich ganz anders. Sie konnte es gar nicht abwarten, endlich diese ganze schmuddelige, lebenszerstörende Geschichte zu durchleben. Die absurde Erregung, die sie bei der Aussicht überfiel, Mutter zu werden, bestätigte nur meine schlimmsten Ansichten über sie. Der Feminismus ist an Frauen wie ihr verloren.

Das Amüsanteste an meiner Verlobungszeit mit Karen war die Art, wie sie unsere bisherigen Rollen vertauschte. Wir machten nach sechsmonatigem Verzehr von Imbißbudensex nun nicht nur all die zaghaften Rituale einer konventionellen Werbung durch, sondern es war auch noch ich, der darauf bestand, daß es so bleiben sollte, bis wir ordentlich verheiratet waren. Es ist unfaßlich, welch ein Aphrodisiakum für manche Frauen die Aussicht auf die Mutterschaft sein kann. Seit das

Zauberwort »Baby« ausgesprochen worden war, befand sich Karen in einem anhaltenden Zustand der Erregung. Mit mir zu schlafen war keine Sünde mehr, sondern der Weg zur Erlösung. Die *Magna Peccatrix* stand im Begriff, zur *Mater Gloriosa* erhoben zu werden. Alles, was es dazu brauchte, war eine Berührung mit meinem Zauberstab. So gut, so schön, aber ich mußte auch meine eigene Lage in Betracht ziehen. Sie wissen ja, wie die Frauen so sind. Sie versprechen einem den Himmel auf Erden, um einen gefügig zu machen, aber wenn ihre mütterlichen Bedürfnisse erst einmal befriedigt sind, behandeln sie einen wie ein Stück Dreck. Ich konnte mir das Risiko nicht leisten, daß ich irgendwo abgelegt wurde, sobald Karen mich nicht mehr brauchte. Ihre Wünsche waren die einzige Möglichkeit für mich, eine gewisse Macht über sie zu behalten, weshalb ich mich trotz ihrer verzweifelten Bitten standhaft weigerte, ihr mehr als den Finger reinzustecken, bevor sie den Ehevertrag unterschrieben hatte.

Zur Erledigung dieser Formalitäten bedurfte es dann nur einer sehr kurzen Zeremonie. Unsere Anwälte hatten die erforderlichen Dokumente und Verträge vorbereitet, und alles, was Karen und ich noch tun mußten, war, sie durch unsere Unterschrift zu ratifizieren. Als wir aber zwanzig Minuten später in den Sonnenschein der Beaumont Street hinaustraten, hatte sich mein Leben bis zur Unkenntlichkeit verändert. Ich hatte die Kanzlei als arbeitsloser Lehrer betreten, der in einem gemieteten kleinen Reihenhaus in einer Nebenstraße der Cowley Road von mildtätigen Gaben lebte. Und jetzt war ich ein vermögender Mann, Mitbesitzer eines großen Hauses in Nordoxford und so stattlicher Vermögenswerte, daß ich keine genaue Vorstellung von ihrem Umfang hatte. Dazu kamen noch laufende Konten und Sparkonten, deren Guthaben sich insgesamt auf einen namhaften sechsstelligen Betrag beliefen. Ich fühlte mich ganz tränen- und gefühlsselig, als Karen und ich zusammen nach Hause fuhren. Bei einem Happy-End muß ich immer weinen.

Zwei Tage später fuhr ich mit dem BMW in die Winston Street zurück und räumte mein Zimmer aus. Trish und Brian waren bei der Arbeit. Ich hinterließ einen Scheck über den Betrag, den Trish für mich ausgelegt hatte, dazu eine Monatsmiete im voraus und eine kurze Notiz, die besagte, daß ich zu einem nicht näher bezeichneten Freund nach Nordoxford gezogen sei. Meine Heirat erwähnte ich nicht. Auf meinen Vorschlag hin erzählte es auch Karen keinem ihrer Freunde. Obwohl wir beide wüßten, daß wir aus den denkbar besten Motiven gehandelt hatten, so erklärte ich ihr, seien andere Leute doch immer bereit, das Tun und Treiben ihrer Nachbarn böswillig auszulegen, weshalb es vielleicht doch besser sei, mit der Bekanntgabe noch zu warten.

Karen begrüßte dies als weiteren Beweis meines Taktes und meiner Ernsthaftigkeit und schrieb es einem neuen Verantwortungsgefühl zu, das die Aussicht, Vater eines winzig kleinen Fötus zu werden, in mir wachgerufen hatte. Ich war über die Veränderungen, die ich so beiläufig in ihr bewirkt hatte, erstaunt und erschrocken. Ich kam mir vor wie Frankenstein, der vor dem Monster zittert, das er selbst geschaffen hat. Die Karen, die ich vor ein paar Monaten gekannt hatte, dieses einfache, gradlinige Wesen mit gesunden Bedürfnissen, war durch meine Zaubersprüche in eine rasende Besessene verwandelt worden, die das In-die-Welt-Setzen von Nachkommen nicht als eine Aktivität auf dem kleinsten gemeinsamen Nenner ansah wie etwa die Exkretion, sondern als eine moralische und kreative Leistung, die, sagen wir mal, mit dem Bemalen der Decke der Sixtinischen Kapelle vergleichbar war. Wir mußten dazu lediglich ein bißchen mit unseren Nasiewissenschons nasiewissenschonwas.

Kein Problem, meinen Sie vielleicht eingedenk unserer bisherigen diesbezüglichen Leistungen. Und was Karen betrifft, haben Sie da auch durchaus recht. Natürlich gab es Veränderungen in Stil und Technik. Oraler Sex war mega-out. Diese und all die anderen alternativen Körperöffnungen kamen außer

Gebrauch. Von nun an wurde aller Verkehr über die Hauptstrecke geleitet. Selbst wenn wir in annehmbarer Form verkuppelt waren, waren die Unterschiede noch augenfällig. Bisher hatte Karen immer mit hysterischer Dringlichkeit geliebt, ihre Gier zwanghaft befriedigt. Unsere Liebe war anarchisch gewesen, sich selbst genug, ohne Perspektiven. Das aber gehörte alles der Vergangenheit an. Jetzt hatte Karen, wenn sie unter mir lag, die Knie bis zum Kinn angezogen, um eine maximale Eindringtiefe zu ermöglichen, und den Gesichtsausdruck einer frisch Konvertierten bei der Kommunion. Verzückt, ekstatisch, trieb sie mich zu immer leidenschaftlicheren Großtaten an. Sie war nicht bloß auf Befruchtung aus, sondern auf *Qualitäts*befruchtung. Sie hätte gut einen Aufkleber an sich tragen können, wie man sie an Autoscheiben sieht: GIB MEINEM KIND EINE CHANCE – BLEIB DRIN!

Im Prinzip war ich ja durchaus bereit, ihren Wünschen zu entsprechen. Ich mag meine Fehler haben, aber die Undankbarkeit gehört nicht dazu. Karen hatte das Ihre für mich getan, und ich wäre überglücklich gewesen, wenn ich es ihr hätte vergelten können. Aber der Geist war zwar willig, das Fleisch jedoch schwach. Es war keine Frage der Impotenz – ich konnte nur ganz einfach nicht kommen.

In den alten Zeiten wäre das durchaus nicht schlimm gewesen. Karen hatte nichts mehr geliebt als eine Rundreise zu drei oder gar vier Höhepunkten. Die neue Karen aber war im Bett schrecklich selbstlos geworden. Es waren nun nicht mehr *ihre* Orgasmen, die sie erregten, sondern meine. Die ihren verschafften ihr nur mehr einen flüchtigen Kick, meine aber lieferten eine weitere Portion Sperma, die gegen die Gebärmutterwand klatschte, wo, wie sie meinte, früher oder später etwas davon klebenbleiben würde. Marathonbumserei war deshalb nicht mehr gefragt. Was der Markt verlangte, war häufige und reichliche Ejakulation. Und da die entsprechende Reaktion nicht geliefert werden konnte, mußte ich sie vortäuschen.

Der simulierte männliche Orgasmus hat im Vergleich zu seiner weiblichen Entsprechung bislang nur sehr wenig Beachtung gefunden – nicht, weil er etwa seltener wäre, sondern weil niemand ein Interesse daran hat, dieses Faktum publik zu machen. Beiden Geschlechtern ist der Gedanke lieb, daß die Frauen heucheln – die Männer, weil es ihren Verdacht bestätigt, daß ihre Partnerinnen im Grunde genommen frigide und unaufrichtige Manipulatorinnen sind, die Frauen, weil ihnen der Gedanke ein köstliches Gefühl der Macht vermittelt, daß jenes Delirium, das die Männer ihrer virilen Tüchtigkeit zuschreiben, nicht mehr ist als eine hohle Gefälligkeit, wie das Lachen über Opas Witze. Dagegen möchte keiner der beiden Parteien den Gedanken aufkommen lassen, die Männer könnten das gleiche tun. Wir Männer verwerfen natürlich die Vorstellung, wir könnten einmal nicht in der Lage sein, alles zu bespritzen, was sich bewegt, als ungeheuerlichen Rufmord an unserer Manneskraft, während die Frauen mit Sicherheit nicht davon ausgehen mögen, daß Wesen, die in ihrem sexuellen Drang so wenig Unterschiede machen, daß sie, wie man weiß, auch schon Omas und Tiere und sogar *Leichen* geschändet haben, um Himmels willen!, sie, die Frauen, möglicherweise so wenig anziehend finden könnten, daß sie einen Orgasmus simulieren müssen.

Aber der Sex ist nun mal eine komische Sache. Um eine Erektion lange genug halten und einen Orgasmus vortäuschen zu können, mußte ich mir vorstellen, daß ich Karen vögelte. Das *tat* ich natürlich, aber es reichte nicht aus. Ich brauchte den Blickwinkel der Phantasie. Ich mußte die heroischen Tage heraufbeschwören, als Dennis noch unter uns weilte und wir noch jung und sorglos waren, uns die Seele aus dem Leib fickten, während er am Fuße der Treppe Banalitäten von sich gab. In Dennis' Gegenwart wurde ich wieder zum Vogelfreien, Karen wieder zu meiner Gangsterbraut. Wenn er da war, waren wir Bonnie und Clyde, war er es nicht, waren wie Blondie und Dagwood. Oder besser noch: Jetzt, wo er nicht mehr da war, war *ich* Dennis.

Wenn ich schlauer oder weniger eitel gewesen wäre, dann hätte ich mir vielleicht bewußtgemacht, was das eigentlich bedeutete – nämlich daß meine frühere Rolle jetzt unbesetzt war.

Die Nachricht, daß Karen und ich geheiratet hatten, wurde der Öffentlichkeit anläßlich eines von Thomas und Lynn Carter veranstalteten kalten Büfetts bekanntgegeben, zu dem sie uns eingeladen hatten – genauer gesagt, war Karen dazu eingeladen worden und hatte gefragt, ob sie mich mitbringen könne. Thomas und Lynn besaßen Haus und Grundstück in Boars Hill, einem »Anhang« von Oxford, der stark an die Vorstadtviertel der weißen Oberschicht in Toms heimatlichem Philadelphia erinnert. Hier regierte das Geld, aber in einem Stil, der die Bewohner von Nordoxford vor peinlich berührter Überlegenheit erröten ließ. Offensichtlich bekam Thomas – ein weiterer Beweis für seine gesegnete Einfalt – überhaupt nicht mit, daß sein Swimmingpool, sein Tennisplatz, seine Einbauküche und all der andere High-Tech-Kram für die Klasse, deren Werte er so sehr bewunderte, ebenso verachtenswert waren wie die Van-Gogh-Drucke und die Dacron-Sofagarnitur der Parsons. Er führte seine Gäste beglückt zu dem Panoramanfenster, das den klassischen Ausblick auf die »träumenden Türme« der Stadt einrahmte, und erklärte die verschiedenen Merkmale, unterschied die Kathedrale von St. Mary, Merton von Magdalen, das phantastische Filigranwerk von All Souls von der klösterlichen Nüchternheit des New College. »Der kennt sich in seinem Oxford aber aus!« dachte er, daß wir dächten, während doch jedes begeisterte Wort und jede überschwengliche Geste eigentlich nur offenbarten, daß das arme Schwein nicht den blassesten Schimmer von diesem Ort hatte.

Gesellschaftlich gesehen, war die Zusammenkunft eine komplizierte Sache. Anwesend war zunächst einmal eine repräsentative Auswahl der Klientel der *Osiris Management Services*, fleischige, aggressive Burschen, die in dem Rugbygedränge des Lebens nicht nur die Chance sahen, den Ball an sich zu bringen, sondern auch eine willkommene Gelegenheit, kräftig zuzutreten. Für sie war die Einladung nur ein Gästezelt mehr, eine Möglichkeit, sich etwas von den an Thomas gezahlten Honoraren zurückzuholen, indem sie so viel aßen und tranken wie nur irgend möglich. Sie rotteten sich am Büfett zusammen, jammerten über das Geschäft und den Anstieg der Zinsen, versuchten sich auszutricksen, erzählten sich schlüpfrige Geschichten und wüste Aufschneidereien, und ihre beträchtlichen Wänste wollten vor Lachen schier platzen. Diesen Jungs entging mit Sicherheit, daß sich Thomas da selbst eine Grube grub. Wenn sie irgendwelche Vorbehalte bezüglich all der Annehmlichkeiten hatten, die er so geschmacklos zur Schau stellte, dann nur, um sich zu fragen, wie groß wohl seine Gewinnspanne sein mochte, wenn er sich all das Zeug leisten konnte.

Nach einiger Zeit fiel einem dann auf, daß auch noch Angehörige eines ganz anderen Clans anzutreffen waren, die überall, in kleinen Grüppchen verstreut, in dem weiträumigen Wohnbereich herumstanden. Beide Geschlechter trugen eine im wesentlichen männliche Kleidung, die so aussah, als sei sie schon seit Generationen in der Familie – gewachste Leinenjakken, vernünftiges Schuhwerk, grobe Pullover, unverwüstlichen Tweed und Cord. Sie traten komplett mit Miniaturversionen ihrer selbst auf, mit ungebrochen selbstsicheren Sprößlingen namens Ben, Simon, Emma und Kate, die mit trockenem Sherry und noch trockenerem Witz gestillt worden waren. Ihr Betragen verriet, wie peinlich sie die Verletzung des guten Geschmacks berührte. Sich gegenseitig erkennend wie Landsleute, die inmitten fremder Horden auf einem ausländischen Flughafen festsitzen, tauschten sie urteilsschwere Blicke aus. Armer Thomas! Er hatte den obligaten »Aga«-Herd installiert, aber auch eine Mikrowelle, einen Grill und ein Fernsehgerät mit 70er Röhre und Fernbedienung. Er fuhr den vorgeschriebenen Volvo Kombi, ließ ihn aber vor der Doppelgarage neben dem Fließheck-Honda seiner Frau und der Kawasaki seines Sohnes stehen. Stöhn-ächz! Einfach peinlich.

Ich lauschte gerade diesem unterschwellig mißbilligenden Geraune, als Alison Kraemer neben mich trat. Nur wenige Minuten später diskutierten wir über eine neuere Fernsehserie, die auf einem klassischen Roman basierte, und waren uns uneins darüber, warum sie so wenig befriedigend gewesen war. Ich meinte, die Feinheit und Tiefe, die das Kennzeichen guter Dichtung seien, müßten bei jeder für die *vox populi* akzeptablen Fassung unweigerlich verlorengehen. Alison signalisierte ihre Wüdigung des Wortspiels, vertrat sodann aber eine neo-mcluhansche Position und argumentierte, es müsse einem, da das Wesen dieses Mediums die Aktualität sei, ebenso eigenartig vorkommen, sich einen klassischen Roman im Fernsehen anzuschauen, wie ihn als Fortsetzungsroman in einer Zeitung zu lesen. Ich bin ganz sicher, daß sie nicht ein Wort von dem allen glaubte, aber in Oxford gilt es als wohlerzogen, einen entgegengesetzten Standpunkt einzunehmen, um so eine interessante Unterhaltung in Gang zu bringen, die beiden beteiligten Parteien die Möglichkeit bietet, ihre Intelligenz, ihr Wissen und ihre Beredsamkeit unter Beweis zu stellen. Als dies geschehen war und wir uns gegenseitig mit jenem kleinen Nicken bedacht hatten, mit dem man einen intellektuell Gleichrangigen anerkennt, kam ich auf die Frage zu sprechen, die mich am allermeisten interessierte, und zwar: wie Alison Thomas Carter überhaupt kennengelernt hatte.

»Einen Managementberater? Das scheint doch nicht gerade Ihre...«

Ich ließ den Satz unvollendet.

»Oh, das hat nichts mit *Geschäften* zu tun«, antwortete Alison mit einem Lachen, das mich in ach so sanfter Weise wegen meiner merkantilen Denkweise rüffelte. »Wir machen zusammen Musik.«

Darauf gab es, wie man so sagt, keine Antwort – jedenfalls keine, die ich auch nur mit der Feuerzange angefaßt hätte.

»Er ist mit Abstand der Beste von uns allen, in technischer Hinsicht«, fuhr Alison fort. »Er kann fast alles, mit dem wir uns beschäftigen, vom Blatt spielen.«

»Und *was* spielen Sie?«

»Zumeist 16. Jahrhundert. Byrd, Tomkins, Morley, Wilbey, Weelkes, ein bißchen Palestrina und Victoria.«

Die Nordoxforder Gruppe hatte sich inzwischen auf der einen Seite des Raumes zu einer einzigen Clique zusammengeschlossen, von den fröhlichen Geschäftsleuten durch eine Pufferzone leeren Teppichs getrennt.

»Und diese Leute...«

Diesmal nahm Alison den Köder nicht an, betrachtete mich bloß mit ihren großen, kuhsanften Augen. Ihre Gegenwart vermittelte mir ein enorm starkes Gefühl des Friedens und der Sicherheit. Es war, als ginge man in einem Gemälde von Constable spazieren.

»Wie kommen *die* hierher?«

»Ich kann wirklich nicht für alle sprechen. Einige werden Freunde sein, die sie durch Ralph und Jonathan kennengelernt haben, nehme ich an. Die *Dragon-School*-Mafia, Sie wissen schon. Eine ganze Reihe sind vom Madrigal-Chor oder Leute, die Tom durch ihn kennengelernt hat.«

Ich nickte.

»Und Sie?« erkundigte sie sich.

»Wie bitte?«

»Wie kommen *Sie* hierher?«

Bevor ich noch antworten konnte, durchschnitt ein schrilles Auflachen die Luft; es klang wie Fingernägel, die über eine Wandtafel ratschen. Ich drehte mich um und entdeckte Karen inmitten einer Gruppe von Geschäftsleuten, die sie mit unverhohlen sexuellem Interesse von oben bis unten musterten. Einer von ihnen beugte sich vor, so daß sein Gesicht fast das ihre berührte, und machte eine Bemerkung, die sie mit einem erneuten Ausbruch kreischender Heiterkeit beantwortete.

Augenblicklich wurde meine Position geradezu grauenhaft deutlich. Bei meiner Analyse der sozialen und intellektuellen Gruppierungen, die bei dieser Party anzutreffen waren, war ich überhaupt nicht auf die Idee gekommen, mich zu fragen, wo ich selbst eigentlich stand. Ich hatte mich der Nordoxforder

Gruppe zugerechnet, als gehörte ich da von Rechts wegen hinein Recht, das scheinbar durch die Art und Weise, in der sich Alison an mich gewandt und in der wir uns unterhalten hatten, bestätigt worden war. Genau wie Thomas, konnte auch ich alles, was sie mir vorlegte, vom Blatt spielen. Karen hatte ich ganz vergessen – bis mich ihr quietschendes Gelächter an die Antwort auf Alisons Frage erinnerte. Warum war ich hier? Ich war hier, weil mich Karen mitgebracht hatte.

Alison wartete darauf, daß ich ihr antwortete, aber ich konnte nicht. Ich war von der Einsicht in das, was ich getan hatte, vollkommen gelähmt. Ich hatte mich mit Haut und Haaren den ungebildeten Rohlingen ausgeliefert. Bald würde es Alison wissen, die Carters würden es wissen, alle – und sobald es alle wußten, würden sie mich schneiden, mich schlicht ignorieren. Mein schlaues Geschwafel würde mir nichts mehr nützen angesichts der Tatsache, daß ich mich mit einer Frau zusammengetan hatte, die sich bei den klebrigen Zoten irgend so eines Koofmichs praktisch in die Hosen machte. Ich hoffte nur, Karen würde nicht noch weitergehen, würde sich nicht so vollaufen lassen, daß sie versuchte, irgendeinen geil glotzenden Bewunderer zu bespringen, der ihr aus Versehen auf die Hühneraugen gelatscht war.

Meine Überlegungen wurden jäh beendet, als Karen an meiner Seite erschien.

»Du hast aber eine Menge geredet«, knurrte sie mich aggressiv an.

»Und nur sehr wenig von sich gegeben, fürchte ich«, antwortete Alison, mühelos die Situation rettend.

Karen funkelte sie an.

»Hat er Ihnen auch gesagt, daß wir verheiratet sind?«

Sie war ganz offenkundig betrunken, und Alison zögerte ein Weilchen, als könnte das auch ein Scherz gewesen sein. Aber der stahlharte Blick in Karens Augen, der soviel besagte wie »Also verpiß dich, du Klugscheißerin, der gehört mir!« entzog dieser Vorstellung schnell den Boden. Alison musterte uns beide von Kopf bis Fuß, den Goldgräber und die Nutte. Dann hüstelte sie demonstrativ und murmelte unhöflich: »Tatsächlich?«

Das sagte alles. Wenn selbst Alison Kraemers vollendete Manieren mit der Neuigkeit nicht fertig werden konnten, dann mußte unsere Heirat schon ein unerträglicher Skandal sein. Alison hatte in Blitzesschnelle einen Vorwand gefunden, sich zu entschuldigen. Ich wollte nur noch weg, aber das lehnte Karen kategorisch ab. Als ich darauf beharrte, bekam sie einen Wutanfall, und die Jungvermählten gerieten in einen sehr öffentlichen Streit, in dessen Verlauf ich als behämmerter Waschlappen und Spielverderber bezeichnet wurde, der zu alt sei, um noch seinen Spaß zu haben. Einer der Geschäftsleute kicherte und flüsterte seinem Nebenmann etwas zu, worauf dieser in ein heiseres Gelächter ausbrach. »Sind das die angeheuerten Unterhaltungskanonen, Mama?« fragte eine Nordoxforder Göre mit schriller Stimme. Ich hatte die bemerkenswerte Leistung vollbracht, die beiden Fraktionen der Party im Spott über mich zu vereinen. Die Intellektuellen verachteten mich, weil ich meine Seele an eine schrille, flache Xanthippe verkauft hatte, und die Geschäftsleute, weil ich für sie ein lahmer alter Furz war, der sein munteres junges Weib nicht befriedigen konnte. Ich hatte im ganzen Raum keinen einzigen Freund. Was Karen im Augenblick ihres billigen Triumphes nicht mitbekam, war, daß auch sie keinen hatte.

Im Lauf der Monate fing die Tatsache unserer gesellschaftlichen Isolation allmählich an, unübersehbar zu werden. Einer nach dem anderen fanden die früheren Freunde und Bekannten der Parsons Gründe, unsere Einladungen dankend abzulehnen, und obwohl sie versicherten, wir müßten »unbedingt irgendwann einmal wieder zusammenkommen«, kam es nie zu diesem Irgendwann. Eines Tages traf ich Trish auf dem Markt und fühlte mich so einsam, daß ich sie zu einem Kaffee einlud. Es machte Spaß, sich den ganzen Schulklatsch anzuhören. Clives neuester Gag war, daß er die Studenten (die jetzt als »Kunden« bezeichnet wurden) ihre Lehrer nach einem von eins bis zehn reichenden Punktesystem benoten ließ. Die Punkte wurden dann addiert und das Ergebnis im Lehrerzimmer ausgehängt – und am Jahresende wurden die, die ganz unten auf der Liste standen, entlassen.

Die brandheißeste Neuigkeit aber betraf meinen ehemaligen Schüler Garcia. »Es hat sich herausgestellt, daß er in punkto Menschenrechtsverletzungen ein Sündenregister hat, das so lang ist wie dein Arm«, berichtete Trish. »Folterung, Mord, Entführung, alles, was du willst. Terry ist durch *Amnesty International* dahintergekommen. Offensichtlich hat es Garcia nach dem Sturz der Junta geschafft, mit Hilfe eines Kontaktmannes in der Botschaft hierhergeschickt zu werden. Jetzt will ihn das neue Regime zurückhaben, um ihm den Prozeß zu machen, aber um eine Auslieferung zu erreichen, müssen sie nach britischem Recht eindeutige Beweise vorlegen. Ihr System ist jedoch so anders als unseres, daß ihr Beweismaterial wahrscheinlich nie den hiesigen Anforderungen standhält. Sein Studentenvisum gilt nur so lange, wie er bei einer Schule eingeschrieben ist. Wir sind also zu Clive marschiert und haben versucht, ihn zu überreden, daß er Garcia rausschmeißt. Du kannst dir die Reaktion vorstellen!«

»Das *Oxford International Language College* ist eine partei- und konfessionsunabhängige, profitorientierte Institution, die es sich zur Aufgabe gemacht hat, Menschen verschiedenster

Kulturen und Lebensbereiche zusammenzubringen. Die Nationen sollen einander lernend begegnen, und ich schneide mir meinen Teil von dem Kuchen ab. Mitgliedern des Lehrkörpers, die sich nicht in der Lage sehen, unseren hohen Idealen zu entsprechen, steht es vollkommen frei, ihre Kündigung einzureichen. Auf die letzte offene Stelle kamen mehr als vierzig Bewerber...«

Für einen Augenblick ließ mich Trishs Lachen bereuen, die gesellige, unbeschwerte Atmosphäre der Winston Street verlassen zu haben. Aber nur einen Augenblick lang. Trish mochte ja meine Nachahmung von Clives Gesülze amüsant finden, aber es galt auch, daß sie noch in seiner Gewalt war und ich nicht mehr. Ich mußte mich immer wieder selbst daran erinnern. Mein ganzes Leben lang hatte ich es vorgezogen, mich weich zu betten – ein angenehmes Leben, gute Gesellschaft, viel Spaß. Jetzt wurde ich schließlich doch noch erwachsen. Es mochte nicht leicht sein, aber es war der einzige Weg, auf dem ich vorankommen konnte.

Karen meinte zu unserer Ächtung, alles würde wieder gut werden, sobald die Leute erst erführen, daß sie schwanger war. Sie könnte damit durchaus recht gehabt haben. Es ist sehr wohl möglich, daß uns die Leute gar nicht sosehr mieden, weil sie erbost über das waren, was wir getan hatten, sondern um sich die Frustration zu ersparen, ihre Neugier, was genau dies gewesen war, nicht befriedigen zu können. Die brennenden Fragen, die uns unsere Freunde so gern gestellt hätten, waren ebenjene, die die Revolverblätter herausgetrompetet haben, seit der Fall an die Öffentlichkeit geraten ist. Da sie nicht *darüber* sprechen konnten, zogen sie es vor, überhaupt nicht zu sprechen. Wenn wir ein Baby bekommen hätten, wären wir sozusagen wieder aus den Schlagzeilen herausgefallen, wären wir wieder sicher und langweilig gewesen. Das Sexualleben anderer Menschen ist stets bedrohlich, ein heißes, dunkles Geheimnis, von dem wir ausgeschlossen sind. Die Geburt aber bringt es ans Licht. Seht, rufen die stolzen Eltern aus, hier ist unsere

Sexualität! Kommt und kitzelt ihre winzigen Zehlein, bewundert ihre babyblauen Augen! Und jedermann stößt einen tiefen Seufzer der Erleichterung aus. Da hatten sie sich Satyrn und Succubae und dazu weiß Gott was alles für obszöne Vergnügungen vorgestellt, und dabei war's die ganze Zeit nichts anderes als ein *Baby*!

Das einzige Problem bei diesem gefälligen Szenario war, daß es kein Baby geben würde. Nicht mangels entsprechender Versuche. Wenn es allein nach unseren Bemühungen gegangen wäre, hätten wir eine Familie von katholischen Ausmaßen haben müssen. Wir benutzten sogar die päpstlicherseits anerkannte Verhütungsmethode, nur umgekehrt. Karen errechnete die Zeit ihrer größten Fruchtbarkeit mit allerhöchster Sorgfalt, und immer, wenn dieses Fenster der Gelegenheit offenstand, befand ich mich rund um die Uhr in Alarmbereitschaft. Zu wissen, daß dies alles eine sinnlose Farce war, schwächte meinen Einsatzwillen in gleichem Maße wie die rigorose Rammelei meinen Körper. Ich produzierte auf Bestellung Orgasmen am laufenden Band und kreischte und spuckte wie Kater Sylvester auf dem Acidtrip. Karen war viel zu verzweifelt, um irgendwas zu merken. Inzwischen war der schlabberige englische Frühling über uns gekommen. Violette und gelbe Krokusse schoben sich allerorten aus dem Rasen, die harten, winterlichen Konturen der Büsche und Bäume wurden durch neues Wachstum wie durch den Flaum auf der Oberlippe eines Halbwüchsigen verwischt, selbst die Reihen der gnadenlos zurückgeschnittenen Rosensträucher vor dem Haus (voneinander durch schmale Plattenpfade getrennt, so daß alles aussah wie ein Friedhof von Spinnenkrabben, die auf dem Rücken liegend begraben worden waren) brachten frische Triebe und Knospen hervor. Die Natur erblühte und entfaltete sich, aber die arme Karen wollte beim besten Willen nicht schwanger werden. Wenn ihr die Fruchtbarkeit auch weiterhin versagt blieb, mußte früher oder später die Frage nach der Verantwortung aufkommen. Wer war schuld? War es Bill oder war es

Ben? Waren es ihre Eierstöcke oder war es mein Sperma? Bisher habe ich es vermieden, auf unser alltägliches häusliches Leben einzugehen, und zwar weitgehend aus den gleichen Gründen, die Ex-Häftlinge zögern lassen, über ihre Zeit im Knast zu sprechen. Was Karen und mich zusammengebracht hatte, war der Sex gewesen, aber Sex im Schatten von Dennis, Agitprop-Sex, gefahrvoll, herausfordernd und befreiend. Nun aber, da der Tyrann tot war, war der Sex keine revolutionäre Tat mehr, sondern konservative Politik, begleitet von hohen Anforderungen an die Produktivität und hochgesteckten Produktionszielen. Unsere Freizeit war einem tückischen, erbarmungslosen Guerillakrieg gewidmet, der von Karens massiven Minderwertigkeitskomplexen genährt wurde. Ihre Neigungen stießen mich bloß ab, sie aber fühlte sich durch die meinen bedroht. Sie konnte nicht leben und leben lassen. Sie mußte aufspüren und zerstören, versengen und entlauben, und sie machte das Beste aus dem einzigen Vorteil, den sie mir gegenüber hatte, nämlich daß sie mich aushielt.

Ich hatte ganz naiv angeommen, die Heirat würde auf magische Weise die Ursprünge des Vermögens unsichtbar machen, das wir miteinander teilten, und Dennis' mühsam angesammelte Schätze zu einem uns gemeinsam zugänglichen Haufen anonymen Goldes zusammenschmelzen. Jedoch gibt es bekanntermaßen nichts umsonst. Karen ließ mich nie vergessen, daß alles, was wir besaßen, ursprünglich ihr und nur ihr allein gehört und ich nicht nur nichts zu unserem gemeinsamen Kapital beigesteuert hatte, sondern auch über keinerlei Einkommen verfügte. Um des Scheins willen hielt ich die Fiktion aufrecht, mich mit einer Sprachenschule selbständig machen zu wollen. Ins Kreuzverhör genommen, fügte ich noch ein paar weitere Einzelheiten bezüglich meiner vorgeblichen Aktivitäten hinzu. Die Idee sei, so behauptete ich, das ausgedehnte Netz meiner Kontakte zu einflußreichen Leuten zu nutzen und Spezialkurse für ausländische Geschäftsleute anzubieten, zu denen die praktische Schulung in einem authentischen, englischsprachigen Arbeitsumfeld gehörte. Im Augenblick befände sich dieses innovative Projekt noch in der Planungsphase, aber wenn die Sache erst mal angelaufen sei, würde ich im ersten Jahr mindestens 50 000 Pfund machen, und danach gäbe es nach oben keine Grenzen mehr. Allmorgendlich kletterte ich in den BMW und sauste davon, ganz so wie einst Dennis, nur daß ich, wenn ich die Banbury Road erreicht hatte, im Unterschied zu ihm kein Ziel hatte. Ich erzählte Karen, daß ich in der Umgebung Oxfords Büros und Fabriken besuche und beim Management die Möglichkeiten einer zukünftigen Kooperation sondiere – in Wirklichkeit aber verbrachte ich meine Vormittage damit, ziellos auf den Haupt- und Nebenstraßen des ländlichen Oxfordshire umherzujökeln. Und dann stattete ich eines Tages um der alten Zeiten willen der Winston Street einen Besuch ab.

Irgend jemand hier hat mir einmal eine Geschichte über den berüchtigtsten der Diktatoren erzählt, die dieses Land zur Zeit der Jahrhundertwende beherrschten. Es war einige Zeit nach Fertigstellung des Straßenbahnnetzes der Hauptstadt, und es kann durchaus sein, daß die wahren Ursprünge der Erzählung in einer abergläubischen Furcht vor dieser ausländischen Technologie liegen. An bestimmten Tagen, so die Geschichte, sah man eine Straßenbahn von ungewöhnlicher Bauart die Strecken abfahren, die durch die ärmsten und benachteiligtsten Slums führten. Die Fenster dieser Straßenbahn waren verspiegelt, die Türen verschlossen, und sie hielt niemals an, um Leute ein- oder aussteigen zu lassen. Die offizielle Erklärung lautete, daß in dem Wagen Instrumente zur Überprüfung des Streckennetzes seien. Einige Leute behaupteten jedoch, daß die Straßenbahn am Ende ihrer Fahrt auf einer nicht-öffentlichen Nebenstrecke verschwinde, die zum Gelände des Präsidentenpalastes führe. Schließlich wurde allgemein erzählt, der Diktator selbst fahre mit dieser Bahn umher und beobachte seine Untertanen durch die verspiegelten Scheiben.

Am Anfang war dies nur eins der üblichen paranoiden

Gerüchte, wie sie in einem skrupellosen Regime, in dem es von Informanten nur so wimmelt, unweigerlich aufkommen müssen, aber nach einiger Zeit entstand daraus eine sehr viel phantasievollere Version. Der Diktator befand sich tatsächlich in der Straßenbahn. Der Zweck seiner Fahrt war jedoch nicht die Bespitzelung seiner Untertanen, sondern etwas viel Übleres, Perverseres und um vieles Verächtlicheres. Der Tyrann langweilte sich! Jahrelang hatte er ausgehungert und vernichtet, gefoltert und getötet. Was konnte er seinen Untertanen noch Schlimmeres antun? Ihnen war nichts geblieben als ihr Leiden, die Qual und das Elend des alltäglichen Lebens. Also beschloß er, auch das an sich zu bringen. Während sie sich abmühten, Wasser aus einem kaputten Hahn zu zapfen, sah er ihnen aus der Sicherheit seines gepanzerten Straßenbahnwagens zu, eisgekühlten Champagner schlürfend. Während die Leute die Müllhalden nach verdorbenem Gemüse durchstöberten, tat er sich an importierten Delikatessen gütlich. Die Armut ihres Lebens flackerte über die verspiegelten Scheiben wie die Hintergrundprojektion eines Films und verlieh seiner übersättigten Maßlosigkeit Perspektive und Kontrast.

Es ist belanglos, ob diese Geschichte stimmt oder nicht. Wichtig ist allein, daß sie von jedermann geglaubt wurde, denn in der Art eines Märchens verleiht sie einer profunden Wahrheit Ausdruck: Nur der Kontrast, der Vergleich, vermag einen Wert zu schaffen. Am Anfang ist es der Kontrast zwischen dem, was man hat, und dem, was man haben möchte – aber was macht man, wenn man dann alles hat, was man haben wollte? Die Antwort auf diese Frage verdanke ich meiner Rückkehr in die Winston Street. Nach einem Monat oder mehr hinter dem Steuer nahm ich den BMW überhaupt nicht mehr bewußt wahr. Er war nichts als ein Auto, ein Fortbewegungsmittel. Die täglichen Besuche in Ostoxford gaben ihm dann jedoch sehr schnell seinen alten Glanz zurück. Ich legte ein Band mit Madrigalen der Tudorzeit (ein neues Interessengebiet) ein, lehnte mich in dem körpergerechten Ledersitz zurück, überließ mich den kraftvollen, sechsstimmigen Harmonien Morleys und beobachtete das mich umgebende Elend mit zunehmender Befriedigung. Sich vorzustellen, daß ich noch vor nicht allzu langer Zeit eine dieser Kreaturen gewesen war, die durch den Nieselregen zu irgendeinem aussichtslosen Job davonschlurften! Gelegentlich klopfte eine genervte Mutter an das Wagenfenster, um sich darüber zu beklagen, daß sie mit ihrem Kinderwagen nicht am Auto vorbeikam, das den Bürgersteig blockierte. Ich antwortete nicht. Es war nicht nötig. Der Wagen sprach für mich. Ich starrte ihr einfach nur durch die Schicht Sicherheitsglas, die meine Welt von der ihren trennte, in die Augen. Ich gab mich schließlich nicht nur einem harmlosen Vergnügen hin, sondern erwies damit zugleich ihren Kindern einen Gefallen. Um die Mutter noch zu retten, war es schon zu spät, aber dadurch, daß ich meine Privilegien vor ihrer Nase zu Schau stellte, sie mit dem Kontrast zwischen meiner Macht und ihrer Schwäche, zwischen meinem Wohlstand und ihrer Armut verhöhnte, tat ich das Meine, um sicherzustellen, daß die Zukunft ihrer Kinder nicht durch jene Humanitätsduselei ruiniert werden würde, die mich zum Krüppel gemacht hatte. Sie würden lernen, daß nicht Liebe und Freundlichkeit die Welt in Gang halten, sondern Habgier und Neid. Je mehr diese Kinder entbehren mußten, und je schlechter sie behandelt wurden, desto motivierter würden sie sein, sich an Bord des freien Unternehmertums zu begeben und anzufangen, Wohlstand zu schaffen.

Trotz der Reihen geparkter Wagen auf beiden Seiten sind die Nordoxforder Straßen noch breit genug, daß die Autos bequem aneinander vorbeikommen, aber östlich der Magdalen Bridge wird das Fahren zu einer fortgesetzten Mutprobe, bei der es darum geht, wer als erster die Nerven verliert und ausweicht. Der Erfolg beruht bis zu einem gewissen Grade darauf, welche Art von Auto man fährt. Kleinlaster sind dort zwar die Könige des Dschungels, aber ich schnitt mit meinem BMW auch nicht gerade schlecht ab. Die einzigen Leute in

Ostoxford, die solche Luxuskarossen fahren, sind Dealer, die sich zur Entspannung Karatekämpfe mit ihren Rottweilern liefern. Ich hatte mich also daran gewöhnt, daß mir alle anderen Fahrer mit einem gewissen Respekt begegneten, weshalb ich, als mir eines Morgens einer dieser schrottreifen Toyotas entgegenkam, wie sie von asiatischen Familien bevorzugt werden, mit freier Fahrt rechnete. Das Auto stellte sich jedoch als frisierte und aufgemotzte Karre heraus, die von einem alternden Rocker gesteuert wurde, der darauf aus war, mir zu beweisen, daß er's noch drauf hatte. Als mir das klar wurde, waren wir keine zwanzig Meter mehr voneinander entfernt. Ich stieg voll aufs Pedal, und das vielgepriesene Bremssystem des BMW bewährte sich. Einen Augenblick später gab es einen lauten Knall, als mir jemand hinten reinfuhr. Als ich ausstieg, um mir den Schaden zu besehen, trat mir eine geschockte Alison Kraemer entgegen.

»Das tut mir ganz fürchterlich leid«, plapperte sie los. »Meine Gedanken waren ziemlich weit weg, fürchte ich. Ich hatte ja keine Ahnung...«

Sie brach ab, starrte mich an.

»Oh«, sagte sie kurz, »Sie sind's.«

»Ich fürchte, ja. Sie hätten in Ihrem Stadtviertel bleiben sollen. Dort können Sie in hochkarätigere Leute reinfahren.«

Sie wurde rot.

»Tut mir leid, wenn ich unfreundlich geklungen habe. Ich bin ein bißchen durcheinander.«

Der Schaden am BMW erwies sich als geringfügig, aber Alisons ältlicher SAAB hatte einen zerbrochenen Scheinwerfer und einen böse angeknitterten Kotflügel davongetragen.

»Sieht nicht gerade gut aus«, sagte ich. »Sie lassen das besser durch einen Mechaniker checken, bevor Sie versuchen, damit weiterzufahren.«

»Ich hab' ein paar reprofertige Reinzeichnungen im Kofferraum. Die kann ich nicht dort lassen.«

»Ich bringe Sie nach Hause.«

Ich hatte mir vorgestellt, daß Alison in einem klassischen, herrschaftlichen Haus in Nordoxford wohnte, das an einer grünen Allee inmitten des Gemurmels unzähliger Universitätsprofessoren stand, und ich war deshalb einigermaßen überrascht, als ich hügelauf nach Headington dirigiert wurde. Wir bogen in eine eklatant vorstädtische Straße in der Nähe des Fußballstadions ein. Ein paar hundert Meter weiter erhoben sich jedoch zu beiden Seiten ehrwürdige alte Steinmauern, und wir befanden uns plötzlich in einem Bilderbuch-Cotswoldsdorf, das hier – allen Blicken entzogen – an den unehrenhaften Rändern der Stadt lag. Wir fuhren an einer Dorfkirche und einem Landgasthaus vorbei und bogen dann in eine ungepflasterte Sackgasse ein, die durch dichte Gruppen von Buchen und Kiefern zu einer solide gebauten, aus der Zeit Edward VII. stammenden Villa mit überhängender Traufe und schwach geschrägtem Dach führte.

»Herzlichen Dank fürs Mitnehmen.«

»Warum rufen wir nicht eine Werkstatt an, damit jemand zu Ihrem Wagen kommt, und ich ihm dort die Schlüssel aushändigen kann? Das spart denen eine Fahrt hier raus, bei all der Zeit und dem Geld, die das eh schon kostet.«

Wenn die Lage von Alisons Haus auch eine Überraschung gewesen war, so entsprach sein Inneres doch genau meinen Erwartungen. Antiphonische Chöre von Rosenholz und Mahagoni strahlten dunkel in Räumen, die von den reichen Orgeltönen samtener Vorhänge und handbedruckter Tapeten beherrscht wurden. Das Mobiliar war von ingeniöser Promiskuität, ein Durcheinander von Gegenständen jeglichen Stils, welche beredt die vielfältigen und weitreichenden Strömungen evozierten, die sie hier hatten zusammenkommen lassen. Alison führte mich durch die Diele in die Küche. Das war ein riesiger Raum mit gefliestem Fußboden und dominiert von einem gewaltigen Tisch, einer rustikalen Anrichte und Reihen großer Küchenschränke. Ein Satz vom Kampf gezeichneter *Le Creusot*-Töpfe teilte sich den Herd mit einer Perserkatze, die in tiefem Schlaf ruhte. An der Wand daneben befand sich eine Pinnwand, an der verschiedene Notizen, Listen, Telefonnummern, Geschäftskarten und zwei Eintrittskarten für ein Konzert steckten. Während ich mich umsah, machte sich Alison daran, einen von den »guten Geistern« anzurufen, die ihre Klasse mit allem versorgen, vom Fleisch freilaufender Schweine bis hin zum Ersatzteil für eine längst veraltete Schreibmaschine.

»Das hätten wir also«, sagte sie und legte den Telefonhörer auf. »Ich habe gesagt, Sie wären in etwa zehn Minuten beim Wagen.«

Ich hatte mir eingebildet, ein Kenner des Gegensätzlichen zu sein, ein Gourmet, der den süßsauren Zusammenprall meines gegenwärtigen Lebensstils mit jenem, den ich in Ostoxford hinter mir gelassen hatte, zu genießen wußte. Aber in Alisons Küche fiel mir ein ganz anderer Kontrast ins Auge, nämlich die peinigende Verschiedenheit der Frau, die dort vor mir stand und ungeduldig darauf wartete, daß ich endlich verschwinden würde, von jener anderen, die zu Hause auf mich wartete. Ich hatte durch die Ehe mit Karen fraglos viel gewonnen, aber nun stieg der Gedanke an all das, was ich durch sie verloren hatte, in mir hoch und überwältigte mich. Ich fragte mich, für wen die zweite Konzertkarte wohl bestimmt sein mochte. Aus irgendeinem Grunde kam mir Thomas »Wir machen Musik zusammen«-Carter in den Sinn, weshalb ich, nachdem ich die Autoschlüssel übergeben hatte, zum Kartenvorverkauf weiterfuhr. Das Konzert fand am kommenden Mittwoch statt. Das war Karens Yoga-Abend, es würde also keine Schwierigkeiten geben.

In dieser Nacht hatte ich einen echten Orgasmus. Inzwischen war das zu etwas so Ungewöhnlichem geworden, daß Karen überhaupt nicht bemerkte, daß ich gekommen war, bis ich es ihr sagte. Was ich ihr nicht sagte, war, daß ich nicht sie geliebt hatte, sondern Alison Kraemer, die ich von hinten auf dem Küchentisch genommen hatte, Hintern hoch und Füße hilflos ein paar Zentimeter über dem Boden. Wie ich bereits erläutert habe, fand ich Alison Kraemer absolut unattraktiv. Ich hatte mit dieser Sorte von Engländerinnen schon früher geschlafen und verspürte kein sonderliches Bedürfnis, diese Erfahrung zu wiederholen. Sie sind im Bett alle linkisch und kichern rum, sind abwechselnd mal spröde und mal überschwenglich, eben noch zappelig und ausgelassen, im nächsten Augenblick in Leichenstarre verfallen. Wenn sie durch irgendein Wunder dennoch zu einem Orgasmus kommen, wissen sie nicht, ob es ihnen kommt oder geht. Ja, die meisten ihrer Schwierigkeiten verdanken sie der Tatsache, daß beide Funktionen für sie eng miteinander zusammenhängen. »Bist du fertig?« fragen sie, wenn man total geschafft daliegt, und wenn sie das Licht anmachen, erwartet man, über dem Bett ein Schildchen zu sehen, auf dem steht UND NACHHER HÄNDE WASCHEN.

Aber trotzdem war es Alison Kraemer, die ich in dieser Nacht beschlief – und in allen folgenden Nächten auch. Wie verlobte Paare früher anstelle der körperlichen Vergnügungen, die ihnen verboten waren, Konversation machten und Gesellschaftsspiele spielten, so stellte ich mir erotische Szenen mit Alison vor, um mich über das hinwegzutrösten, was mir versagt war – Spaziergänge und Gespräche, Spiele und Scherze, Gesellschaft, Trost, ein Ende meiner entsetzlichen, seelenzerstörenden Einsamkeit.

Sie war natürlich für ihre Tochter, die zweite Eintrittskarte. Daran hatte ich überhaupt nicht gedacht. Ich meinte, schon alle Möglichkeiten in Erwägung gezogen zu haben, Rivalen jeglicher Provenienz vom Gastprofessor für Moderne Japanistik bis zu einem hartgesottenen Wildhüter draußen in Shotover, aber an die Familie hatte ich nicht gedacht. Liebende tun das nie. Familie, das ist dieses andere Gesocks. Familien sind okay, aber wir sind, wo die Post abgeht. Sie sind eine sichere Investition, aber in der Liebe kann man über Nacht steinreich werden. Bildlich gesprochen, beeile ich mich hinzuzufügen.

Wie dem auch sei – da war sie, die vorlaute kleine Vierzehnjährige, die der Musik in ihrer Partitur folgte und ihre sie vergötternde Mama auf all die falschen Töne, unsauberen Einsätze und interpretatorischen Irrtümer aufmerksam machte. Sie kosten ein Wahnsinnsgeld, diese Oxforder Wunderkinder, aber sie sind ihr Geld auch wert. Die Wirkung ist sogar noch durchschlagender als die eines BMW, denn während jeder, der das nötige Kleingeld hat, einen solchen erwerben kann, muß man ja für diese Herzchen nicht einfach nur blechen, sondern sie müssen auch noch geboren und großgezogen werden. Kurz gesagt, sie sind nicht nur eine Werbung für Ihren finanziellen und gesellschaftlichen Status, sondern auch für Ihre untadeligen intellektuellen und gesellschaftlichen Referenzen. Als Rebecca Kraemer beim Verklingen der letzten Töne des langsamen Satzes anmerkte, es sei ein Jammer, daß sich der Dirigent an die inzwischen in Mißkredit geratene Edition von Haas halte, ließ sie jedermann in Hörweite – und das war das halbe Konzertpublikum – all das wissen, was die Leute nach Alisons Auffassung wissen sollten, was sie selbst aber natürlich nicht im Traum laut kundgetan hätte.

Ich verdrückte mich vor den Zugaben und hing draußen im Hof des Sheldonian Theatre rum, bis die Kraemers herauskamen. Dann schlug ich einen konvergierenden Kurs durch die Menge ein und begrüßte Alison mit geheuchelter Überraschung und echter Freude. Sie schien verwirrt, ja, ganz durcheinander zu sein. Hallo, dachte ich, vielleicht ist da doch noch was für mich drin. Eine gesellschaftlich so sichere Frau wie Alison Kraemer macht sich doch nicht ins Hemd, bloß weil sie ein Bekannter – und sei er noch so unpassend verheiratet – fragt, wie ihr das Konzert gefallen habe.

»Gehen wir bald, Mammi?« verlangte Jung-Rebecca zu wissen, die auf der Stelle eine Abneigung gegen mich gefaßt zu haben schien.

»Höchste Zeit zum Schlafengehen, wie?« scherzte ich.

Das Kind funkelte mich so böse an, daß ich mit der Frage gut Wetter zu machen versuchte, wer ihr Lieblingskomponist sei.

»Fauré«, antwortete sie.

»Das ist auch meiner.«

Sie hob die Augenbrauen.

»Ich hätte gedacht, daß eher Andrew Lloyd Webber Ihrem Geschmack entspricht.«

Nichts in Rebeccas unschuldigem, kleinen Gesicht ließ erkennen, ob das verächtlich gemeint sein sollte oder nicht. Ich wandte mich ihrer Mutter zu.

»Ich möchte so gern mal mit Ihnen reden, Alison.«

»Ist Ihre Frau auch hier?«

Das haute mich aus den Socken, aber nur für einen Augenblick.

»Darüber wollte ich ja mit Ihnen sprechen.«

»Mit *mir*?«

Rebecca blickte ostentativ von einem zum anderen, wie die Parodie eines Menschen, der einem Tennismatch zuschaut.

»Sieh mal, Liebling, dort drüben sind ja Rupert und Fiona Barrington«, sagte Alison. »Spring doch mal schnell hin und frag sie, ob Squish und Trouncy am Sonnabend allein hinkommen oder ob sie abgeholt werden wollen.«

Mit rebellischem Blick sauste Rebecca davon. Ihre Mutter sah mich mit einem Gesicht an, das so unbewegt und hart war wie eine Gipsmaske.

»Ich kann den Gedanken nicht ertragen, daß Sie schlecht von mir denken«, sagte ich.

»Das tue ich nicht.«

»O doch! Das müssen Sie. Sie könnten nicht sein, was Sie sind, ohne mich zu verachten. Aber es ist nicht so, wie Sie denken, wissen Sie. Es ist ganz und gar nicht, wie Sie denken.«

Rebecca kam zurückgesprungen wie ein Retriever, der einen Stock apportiert.

»Squish hat sich in Klosters den Knöchel gebrochen und wird gesundheitshalber nach Hause geschickt, und Trouncy möchte wissen, ob sie Jean-Pierre mitbringen darf, ihren französischen Austauschschüler. Sie sagt, er hätte erstaunliche Hände, was immer das bedeuten soll.«

»Klar doch, aber wie steht's mit der Beförderung?«

Rebecca flitzte erneut davon.

»Wie auch immer, ich glaube nicht, daß es irgendwie von Bedeutung ist, was ich denke«, sagte Alison.

»Es bedeutet mir sehr viel.«

»Nun, ich bin mir nicht so sicher, ob es das sollte.«

»Ich möchte lediglich, daß Sie wissen, was wirklich geschehen ist, das ist alles. Die Situation ist ganz anders, als Sie annehmen, als *alle* annehmen.«

Rebecca befand sich schon wieder auf dem Rückweg.

»Könnten wir uns nicht irgendwann diese Woche zum Tee verabreden?« fragte ich drängend. »Wie wäre es mit dieser Teestube in der Holywell Street?«

Tee ist mir stets als eine höchst kindische und witzlose Sache erschienen, aber er hat den Vorteil, moralisch unanfechtbar und gesellschaftlich sicher zu sein. Beim Tee ist noch nie irgend etwas Schlimmes passiert.

»Fiona meint, wir paßten alle in den Volvo«, verkündete Rebecca, »aber Rupert hat gesagt, er kann nicht einsehen, warum sie die ganze verdammte Zeit immer die beknackten Chauffeure für ihre Freunde spielen sollen.«

»*Rebecca!*«

»Ich zitiere doch nur, Mammi. Also, Fiona sagte ihm, er solle nicht so pampig sein, sie kämen so gegen zwei, und du solltest nicht vergessen, daß du ihr dein *Clafoutis*-Rezept versprochen hast.«

Alison winkte den Barringtons zu, und diese signalisierten zurück.

»Ich mag vor allem den langsamen Satz seiner zweiten Klaviersonate«, vertraute mir Rebecca an.

Die Kleine bekehrt sich, dachte ich. Am Ende erliegen sie alle deinem Charme. In dem Bewußtsein, daß es sehr zu meinem Vorteil wäre, wenn ich eine Verbündete innerhalb von Alisons Mauern hätte, antwortete ich mit Wärme: »Ich auch.«

Rebecca stieß einen Freudenschrei aus.

»Wirklich? Das ist aber ein gänzlich unmoderner Standpunkt.«

»Ja?«

»Entschieden. Ein richtiger Fauxpas, genaugenommen.«

Alison sah mich an, als sei ich ein Stadtstreicher, der sie gerade um ein bißchen Kleingeld angehauen hatte.

»Würde Freitag passen?« fragte sie.

»Was, Mammi?« erkundigte sich Rebecca, plötzlich besorgt.

»Nichts, Liebling.«

O doch, es war etwas, dachte ich. Es war wirklich eine ganze Menge.

Als ich nach Hause kam, schlug ich Fauré im Konversationslexikon nach. Er hatte natürlich gar keine Klaviersonaten geschrieben.

»Lassen Sie mich Ihnen zunächst einmal sagen, daß alles die vollständige und absolute Wahrheit ist.«

Die kleine Teestube war erfreulich leer. Das Trimester war vor vierzehn Tagen zu Ende gegangen, die Ostertouristen hatten sich noch nicht eingefunden. Für ein paar kurze Wochen schien Oxford statt eines Freilichtmuseums eine ganz normale Stadt zu sein.

»Sie klingen so ernst.«

»Es ist auch keine lustige Geschichte, jedenfalls für mich nicht. Aber ich denke, daß ich Sie auch warnen sollte.«

Alison hob die Brauen.

»Im Sinne von ›Diese Sendung enthält Szenen, die einige Zuschauer beunruhigend oder anstößig finden könnten.‹«

Sie nickte.

»Sprechen Sie weiter.«

»Als Karen damals auf der Party bei Thomas die Nachricht von unserer Verheiratung so plump hinausposaunt hat und ich Ihr Gesicht sah, wurde mir zum erstenmal der wahre Sinn des alten Gemeinplatzes ›wenn sich doch nur der Boden auftun und mich verschlingen würde‹ klar. Ich konnte sehen, was Sie dachten. Sie dachten, ich hätte Karen ihres Geldes wegen geheiratet, und sie mich ... aus lauter falschen Gründen. Sie fragten sich, wie lange wir wohl schon ein Verhältnis gehabt hatten. Vielleicht kamen Ihnen sogar Zweifel bezüglich des Todes von Dennis. War er gestolpert oder war er gestoßen worden?«

»Nein!«

Alisons Verneinung kam so energisch, daß sie die Aufmerksamkeit eines Paares am Nachbartisch erregte. Wie ein Ballspieler, der einen verfehlten Wurf wiederholt, sagte sie ruhig: »Nein, das stimmt nicht.«

»Ich will Ihnen ja auch nicht gemeine oder unfaire Ansichten unterstellen, Alison. Aber ich sah in Ihrem Gesicht ein Urteil, und das vernichtete mich, gerade weil ich wußte, daß es so scheinen mußte, als verdiente ich das Schlimmste, das man sich vorstellen kann. Und es war nicht einfach irgendwer, sondern es waren Sie. Das machte es fast unerträglich. Schon an jenem allerersten Tag in Frankreich haben Sie den größten Eindruck auf mich gemacht, Alison. Als wir uns dann bei der Beerdigung trafen, wußte ich, daß ich Sie bald wiedersehen mußte. Ich sagte das damals auch, wenn Sie sich vielleicht erinnern. Ich sah Ihre Nummer im Telefonbuch nach. Ich wollte Sie anrufen und...«

Ich brach ab. Alison schenkte uns Tee nach, und für einen Augenblick flüchteten wir uns in das höfliche Ritual der Milch- und Zuckerausteilung.

»Ein paar Tage nach dem Begräbnis«, fuhr ich schließlich fort, »rief Karen an und fragte, ob ich vorbeikommen und ihr dabei helfen könnte, einiges von Dennis' persönlicher Habe auszusortieren. Sie sagte, sie fühle sich nicht imstande, die Aufgabe allein anzugehen. Die Parsons waren nett zu mir gewesen. Karen jetzt beizustehen, war das Wenigste, was ich tun konnte. Wir verbrachten zwei, drei Stunden damit, Kleidung einzupacken, die wir der Wohlfahrt stiften wollten. Dann ging Karen hinunter und machte Tee. Als sie zurückkam... hatte sie nichts mehr an.«

Alison selbst trug ein ziemlich formloses Kleid aus einer Art Vorhangstoff, das ihren Körper verhüllte wie der über ein Möbelstück drapierte Schutzbezug. Ihre Finger zuckten nervös an den Knöpfen des hohen Kragens.

»Das Lächerliche daran ist, daß ich mich nicht im geringsten zu Karen hingezogen fühlte. Diese dürren, neurotischen Frauen sind einfach nicht mein Typ.« Ich gestattete mir einen kurzen Blick auf Alisons üppige Formen.

»Das ist natürlich keine Entschuldigung. Als ich zuließ, daß Karen Parsons mich verführte, wußte ich ganz genau, daß das nicht richtig war. Ich war nur viel zu sprachlos, um mich dagegen zu verwahren. Ich dachte, ihr Kummer habe sie wohl aus dem Gleichgewicht gebracht. Es kam mir nicht einen einzigen Augenblick der Gedanke, sie könnte das alles kaltblütig inszeniert haben.«

»Ich finde es nicht sonderlich überraschend, daß Sie sich von ihr verführen ließen. *Was* ich überraschend finde...«
»...ist, daß ich sie geheiratet habe.«
Sie deutete ein Achselzucken an.
»Es geht mich natürlich überhaupt nichts an...«
Ich beugte mich vor.
»Nach dem, was geschehen war, war ich einfach nicht mehr in der Lage, mich mit Ihnen in Verbindung zu setzen. Ich fühlte mich beschmutzt, besudelt, herabgezogen, keines Menschen würdig außer Karen, die mich abstieß. Ich sagte ihr, ich wolle sie nie mehr wiedersehen. Sie bettelte und flehte mich an, meine Meinung doch zu ändern, aber ich blieb hart. Da ließ sie schließlich die Bombe platzen. Sie sei schwanger, und ich sei der Vater.«
Alison sah weg, blickte aus dem Fenster und zur Fassade des New College gegenüber. Ich seufzte schwer.
»Ich sah keinen anderen ehrenhaften Ausweg. Vielleicht bin ich altmodisch. Vielleicht hätte ich ihr gegenüber offen sein sollen, aufrichtig eingestehen, daß ich sie nicht liebe, und daß sie, wenn sie auf der Heirat bestehe, uns beide zu einer freudlosen Verbindung verdammen würde. Aber ich konnte mich einfach nicht dazu bringen. Ich dachte ehrlich, sie liebe mich so sehr, daß sie bereit gewesen war, sich schwängern zu lassen, um mich so in eine Ehe hineinzutricksen. Wie schofel sie sich auch verhalten hatte, es war meine Pflicht, ihr und dem Kind zur Seite zu stehen. Ihr die Wahrheit über meine Gefühle – oder eher den Mangel daran – zu sagen, hätte unser Leben nur noch unerträglicher gemacht.«
Um meine Körpersprache mit der Alisons in Einklang zu bringen, schaute jetzt auch ich aus dem Fenster. Als sich unsere Blicke in der Scheibe trafen, wurde mir klar, daß sie nicht die zerbröselnden Steinquader gegenüber bewunderte, sondern das Fenster als Spiegel benutzte.
Sie hatte die ganze Zeit über mich angesehen, aber heimlich, wie ein junges Mädchen.

»Es war Karens Idee, unsere Heirat geheimzuhalten«, fuhr ich fort. »Sie behauptete, die Leute könnten darüber schockiert sein, daß sie sich schon so bald nach Dennis' Tod wieder verheiratet hatte. Der wahre Grund war, daß sie Angst hatte vor dem, was ich herausfinden könnte. Sie konnte ja nicht wissen, wem alles Dennis es erzählt hatte, so von Mann zu Mann, nach ein paar Drinks. Wenn ich ihr Geheimnis erfahren hätte, bevor die Ehe rechtlich gültig war, wären alle ihre heimtückischen Pläne geplatzt.«

»Was für ein Geheimnis?«

»Das wissen Sie nicht?«

»Was soll ich wissen?«

»In meinen schlimmsten Augenblicken habe ich gedacht, *alle* wüßten es, nur ich nicht.«

»Was denn, um Himmels willen?«

Ich sah ihr fest in die Augen.

»Daß Karen eine Hysterektomie gehabt hat.«

Alison sah angemessen entsetzt aus.

»Zwei Wochen nach der Hochzeit fragte ich sie, wie es mit der Schwangerschaft gehe. Sie wurde rot und fing an rumzustottern. Dann brach sie in Tränen aus. Ich versuchte sie zu trösten. Sie sagte, sie habe den Fötus verloren. Es klang, als hätte sie ihn im Bus liegengelassen oder so. Dann lachte sie plötzlich aus vollem Halse los. Ich dachte zunächst, das sei bloße Hysterie. Im Laufe unseres täglichen Zusammenseins war mir klar geworden, wie instabil sie ist. Ihre Stimmungsumschwünge erschrecken mich manchmal regelrecht. Nun, um sie zu beruhigen, sagte ich, sie solle es nicht so schwernehmen, wir könnten es doch jederzeit nochmal versuchen. Da erzählte sie mir von ihrer Hysterektomie.«

»Was haben Sie dazu gesagt?«

»Einfältigerweise gab ich zu, sie nur geheiratet zu haben, weil sie mir gesagt hatte, sie sei schwanger. Sie können sich vorstellen, was ich da zu hören bekam.«

»Aber sie hat Sie wissentlich getäuscht.«

»Genau! Sie hat mich reingelegt, Alison. Das kleine Miststück hat mich glatt reingelegt. Verzeihen Sie meine Sprache, aber ich glaube, ich habe jedes Recht, verbittert zu sein. Ich bin nicht nur gezwungen, Tisch und Bett mit einer Frau zu teilen, für die ich nichts als Abscheu empfinde, sondern bin für meine Qualen auch noch von aller Welt als übler Opportunist abgestempelt worden. Und was am allerschlimmsten ist, ich habe die Achtung des Menschen verloren, der mir auf dieser Welt am meisten bedeutet.«

Ich schwieg, das Haupt vor Erschöpfung gesenkt.

»Ich werde mich natürlich scheiden lassen. Aber das wird seine Zeit brauchen. Sie wird sich mit Klauen und Zähnen dagegen zur Wehr setzen. Aus irgendeinem Grund hat sie einen Narren an mir gefressen. Und was werden alle denken? Sie werden sagen, ich hätte mir den Schmerz einer Witwe zunutze gemacht und sie ihres Geldes wegen geheiratet, um sie dann bei erstbester Gelegenheit kaltschnäuzig fallenzulassen. Es ist alles so hoffnungslos! Warum, um Himmels willen, mußte mir das passieren? Was habe ich getan, um mir das zu verdienen?«

Diese Art weinerliches Gegreine geht Frauen wie Alison runter wie Honig. Sie mögen es, wenn ihre Männer nutzlos sind. So erhält ihr Leben einen Zweck.

»Nun, es ist natürlich nicht an mir, Ihnen Ratschläge zu erteilen...«

»Ganz im Gegenteil! Wenn ich denken dürfte, daß ich auf Ihre Freundschaft zählen kann, trotz allem, was geschehen ist... Nun, das würde einen gewaltigen Unterschied machen. Es würde den *entscheidenden* Unterschied machen.«

»Dann sollten Sie sich, denke ich, so schnell wie möglich trennen. Je eher die Situation bereinigt wird, desto besser für alle Beteiligten.«

Sie sammelte ihre Einkäufe zusammen.

»Und jetzt muß ich los. Ich muß meinen Jüngsten vom *Phil-and-Jim* abholen.«

Draußen auf der Straße ergriff ich zum erstenmal ihre Hand.

»Es ist eine solche Wohltat gewesen, mit Ihnen reden zu können, Alison. Sie wissen gar nicht, wie mir das geholfen hat. Würden Sie...«

»Ich werde tun, was ich nur *kann*«, sagte sie und machte sich dabei von mir los.

Ich nickte demütig.

»Nun schauen Sie doch nicht so niedergeschlagen drein!« fügte sie hinzu. »Es ist ja nicht das Ende der Welt.«

Und damit machte sie sich auf, ihren Sohn von der *St. Philip and James Primary School* abzuholen.

Seltsam, wie das Leben so spielt, dachte ich, als ich nach Hause fuhr und dabei das Band mit den Madrigalen einlegte. Noch vor ein paar Tagen hatte ich daran gedacht, meinen Doktor aufzusuchen, um herauszufinden, wie die Chancen standen, meine Vasektomie rückgängig zu machen, und so meine Ehe mit Karen zu retten. Jetzt jedoch würde ich einen Anwalt anrufen, um zu erfahren, wie sie zu bestmöglichen Bedingungen gelöst werden konnte. Das letzte, was ich brauchen konnte, war irgendein übereilter Schritt, der möglicherweise meine Ansprüche auf einen großen Teil unseres gemeinsamen Besitzes zunichte machen würde. Aber das waren bloß Nebensächlichkeiten. Die Hauptsache war, daß meine Alison betreffenden Vermutungen bestätigt worden waren. Sie war mir gegenüber alles andere als gleichgültig, dessen war ich mir sicher, aber ebensowenig dachte sie daran, eine Affäre mit einem verheirateten Mann anzufangen. Das sollte mir recht sein. Mir lag nichts an einer Affäre mit Alison. Meine Absichten waren durch und durch ehrenhaft. Nur – wer hätte das gedacht? Wie ulkig das Leben doch war. Was für eine drollige Sache, fa-la-la und tandaradei.

Zu meiner großen Überraschung begrüßte mich Karen an der Haustür mit einem Glas Champagner in der Hand und – was noch ungewöhnlicher war – einem Lächeln im Gesicht.

»Rate mal«, sagte sie schelmisch.

Nicht gerade beglückt darüber, aus meinen Träumen gerissen zu werden, zuckte ich ungeduldig die Achseln. Karen schlang die Arme um meinen Hals und bekleckerte mich dabei mit ihrem Champagner.

»Ich bin schwanger!« kreischte sie.

III

Ein dichter mentaler Nebel, am Ort als »Kidlington Particular« bekannt, lastet auf der Stadt, und sein Zauberbann erfaßt Mitglieder wie Nichtmitglieder der Universität. Betäubende Dämpfe hüllen die Gegend um das allgegenwärtige Gasthaus »Zum Mantel und Degen« ein. Drinnen übersieht eine ganze Schar möglicher Zeugen mit Bedacht die beiden Männer, die flüsternd die Köpfe zusammenstecken. Der eine ist klein, dunkelhäutig und gedrungen. Er trägt einen schmuddeligen Poncho, einen breitkrempigen Hut und gesporte Stiefel. Patronengürtel kreuzen sich auf seiner Brust, und er puhlt sich mit einem rasiermesserscharfen Dolch in den Zähnen. Der andere Mann ist groß und finster, hat pomadeglänzendes Haar und ein grausames Lächeln. Er ist mit einem weißen Zweireiher und Lackschuhen bekleidet und raucht eine türkische Zigarette aus elfenbeinerner Spitze.

Ich (denn Sie haben mich natürlich in meiner unzulänglichen Verkleidung erkannt) sage in meinem schleppenden Tonfall: »Ich möchte, daß Sie meine Frau umbringen.«

»*Sí Señor!*« grinst Garcia (denn er ist es).

Bündel schmieriger Banknoten wechseln den Besitzer, und die beiden Verschwörer verschwinden in der Nacht. Im nächsten Augenblick ist auch die Spelunke verschwunden, zusammen mit ihren gesichtslosen Stammkunden und dem anonymen Wirt. Nur der Nebel bleibt, eine undurchdringliche Wand von Obskurität und Verwirrung, dicht, trübe und sehr, sehr *düster*.

Was soll das heißen, Sie glauben mir nicht? Ist Ihnen klar, daß kein geringerer als Ihrer Majestät Minister des Inneren diesem Szenario seine ausdrückliche Zustimmung gegeben hat, daß es die Grundlage des augenblicklich vor diesem Gerichtshof verhandelten Auslieferungsbegehrens bildet? Wie bitte? Sie finden den Poncho nirgends erwähnt? Also gut, ich verzichte auf den Poncho. Streichen Sie den Poncho aus dem Protokoll. Tatsache bleibt, daß ich beschuldigt werde, mich mit einer unbekannten Person oder unbekannten Personen zur Ermordung meiner Frau verabredet zu haben.

Es gibt da einen Punkt, der sofort klargestellt werden muß, und zwar, daß mir die Entdeckung von Karens Schwangerschaft kein Motiv für einen Mord lieferte, sondern mir im Gegenteil jedes Interesse nahm, das ich sonst vielleicht an ihrem Tod gehabt haben könnte. Weit entfernt von der eifersüchtigen Raserei, die mir die Presse angehängt hat, fühlte ich vielmehr eine stille Befriedigung. Hatte ich mir nicht die Frage gestellt, wie ich mich von Karen befreien könnte, ohne dadurch meiner finanziellen Lage zu schaden? Jetzt waren alle meine Probleme gelöst: Ich hatte Karen genau da, wo ich sie haben wollte. Sie war nicht mehr die Frau, die man ausgenutzt hatte, sondern eine ganz gewöhnliche Ehebrecherin. Ich war nicht mehr der skrupellose und zynische Abenteurer, sondern der betrogene Ehemann. Da ich nachweislich nicht für Karens Besamung verantwortlich sein konnte, brauchte ich nur herauszufinden, wer sonst. Sobald die Identität des glücklichen Spenders festgestellt war, konnte ich die Scheidung beantragen. Der letzte Beweis für den Verrat meiner Frau strampelte in ihrem Bauch herum, und ein Vaterschaftstest würde ohne den geringsten Zweifel klarstellen, daß Mr. X in der Tat der stolze Vater war. Danach würde die Verhandlung nur noch eine reine Formsache sein. Karen würde in das Bett geschickt werden, das sie sich gemacht hatte, und ich würde mich gramgebeugt zur Bank begeben.

Es sollte also auch dem Beschränktesten inzwischen klar geworden sein, daß es gar nicht in meinem Interesse gelegen hätte, Karen zu beseitigen, selbst wenn das ohne Gefahr für mich möglich gewesen wäre. Wie immer betone ich meine Interessen, weil Sie sich auf die verlassen können. Ich rede hier nicht darüber, wie ich mich unter anderen Umständen vielleicht verhalten hätte, sondern stelle einfach nur fest, daß diese Umstände nicht gegeben waren. Und in rechtlicher Hinsicht ist das, daran brauche ich Sie ja wohl kaum zu erinnern, meine Herren, alles, was ich tun *muß*. Dieses Gericht soll ja schließlich nicht entscheiden, ob ich ein netter Mensch bin oder nicht, sondern darüber befinden, ob ein hinreichender Verdacht besteht, daß ich das in dem Auslieferungsantrag genannte Verbrechen begangen habe. Es lag jedoch schlichtweg nicht in meinem Interesse, ein solches Verbrechen zu begehen. Ja, in Wirklichkeit *widersprach* es sogar meinen Interessen.

Wie sahen nun diese Interessen zu jener Zeit aus? Als ich die Parsons kennenlernte, waren sie noch recht simpel gewesen. Ich wollte den Lebensstil haben, dessen sich andere Leute meines Alters und meiner Bildung erfreuten, den ich mir aber durch die eigenwillige Richtung verscherzt hatte, die mein Leben als Folge der humanistischen Propaganda genommen hatte, der ich in meiner Jugend ausgesetzt gewesen war. Mich verlangte nicht nach märchenhaftem Reichtum oder bedeutungslosem Wohlstand, sondern ich wollte ganz einfach, was mir zustand. Das hatte ich nun geschafft – und außerdem Alison kennengelernt. Sie war mir ebenbürtig, ergänzte mich, war die mir vom Schicksal bestimmte Partnerin. Zeit und Mühen, die ich auf Mrs. Parsons verwandt hatte, waren jedoch nicht umsonst gewesen. Während es mir nicht das geringste ausgemacht hatte, ohne einen Pfennig in der Tasche Karen zu umwerben (sie hatte verdammt viel Glück, *mich* zu bekommen, da brauchte es nicht auch noch Geld!), hätte ich mich Alison so nicht nähern können.

Wenn aber schon persönliche Insolvenz zu gewissen Verlegenheiten *du côté de chez Alison* geführt hätte, so wäre der gewaltsame Tod meiner Frau noch weit weniger förderlich gewesen. »Wir haben bereits drei Züge verpaßt«, bemerkt Oscar Wildes Lady Bracknell. »Wenn wir noch weitere versäumen, könnte dies auf dem Bahnsteig zu Gerede führen.« Wie immer trifft Oscar, was die englische Oberschicht angeht, ins Schwarze. Ins Gerede zu kommen war für Leute wie Alison noch immer ein Alptraum, und welche Nachteile die Ermordung der eigenen Frau auch sonst noch haben mag – sie macht einen unweigerlich zum Gegenstand eines gewissen Interesses. Wenn der vorherige Ehemann der besagten Frau vor nicht allzu langer Zeit gleichfalls unter rätselhaften Umständen verschieden ist, was zur Folge hatte, daß man den gesamten Besitz des Paares erbt, dann steht in der Tat zu erwarten, daß man sogar äußerst lebhaftes Interesse auf sich zieht.

Mal ganz abgesehen von den nicht unerheblichen Risiken eines solchen Mordplans, hatte ich also zwei vortreffliche Gründe, Karen eben nicht umzubringen. Tot nämlich hätte sie sich als ein beträchtliches gesellschaftliches Problem erwiesen. Lebendig aber und mit dem Kind eines anderen im Bauch, garantierte sie mir sowohl meine finanzielle Zukunft als auch den reibungslosen Übergang zu einem Leben mit Alison, die mich mit ebenjenem Mitgefühl willkommen heißen würde, das jemandem gebührt, der vergeblich versucht hat, aus einer hinterlistigen Hure eine ehrbare Frau zu machen. Gewiß, ich würde das, was ich Alison über Karens Hysterektomie erzählt hatte, mit der Nachricht in Einklang bringen müssen, daß eben diese Karen Mutterfreuden entgegenblickte, aber das konnte ich ja leicht als eine weitere Masche des Lügennetzes hinstellen, mit dem sie mich Unschuldigen umgarnt hatte. Solange Karen am Leben war, hatte ich nichts zu befürchten, aber alles zu erhoffen. Statt jemanden anzuheuern, der sie umbringen sollte, würde ich – wenn ich nur gewußt hätte, wie – alles Erdenkliche getan haben, sie am Leben zu erhalten.

Was jetzt wirklich not tat war, die Identität meines Doubles zu ermitteln. Mir fehlten sowohl die Geduld als auch die Erfahrung, um dies selbst zu tun. Ich brauchte einen Unbeteiligten, einen Profi. Dabei gab es jedoch ein finanzielles Problem. Unsere Bankkonten liefen auf Karens und meinen Namen, aber seit der süße Gesang der Liebe seine Zauberkraft verloren hatte, war Karen dazu übergegangen, die Kontoauszüge mit Adleraugen zu prüfen und Erklärungen für jeden Penny zu fordern, den ich abgehoben hatte. Wie alle Haushalte des bürgerlichen Mittelstands erhielten auch wir einen Haufen unerbetene Werbung mit der Post, darunter zahlreiche Briefe, die uns förmlich anflehten, uns bei den Absendern Geld für alle nur erdenklichen Zwecke zu leihen. Ich antwortete jetzt auf eines dieser Angebote, das von einem Geldinstitut gekommen war, mit dem wir bisher nie zu tun gehabt hatten, und es erwies sich als überaus leicht, mir dort ein Darlehen von 5000 Pfund zu beschaffen. Ich hatte vor, das Kapital für die monatlichen Rückzahlungsraten zu benutzen, bis die Scheidung durch war, und dann den Rest auf einmal zurückzuzahlen.

Gleichwohl zögerte ich noch immer, eine Privatdetektei einzuschalten. Eine dritte Partei, der verschiedene rechtliche Grenzen gesetzt waren, zum Mitwisser zu machen, lag nicht unbedingt in meinem Interesse. Angenommen, es stellte sich heraus, daß Karens Liebhaber verheiratet war, im Geld schwamm und einen Ruf zu verlieren hatte. In diesem Fall hätte es durchaus von Vorteil sein können, sich außergerichtlich zu einigen, die Bedingungen nach einer entsprechenden Beratung zwischen den Parteien festzulegen. Ich wollte nicht, daß mir irgend so ein staatlich konzessionierter Ex-Polizist die mir offenstehenden Optionen (beispielsweise Erpressung) einschränkte. Idealerweise brauchte ich jemanden, der selbst kompromittiert war, jemanden vom Rand der Gesellschaft und nur vorübergehend anwesend, der über keinerlei Macht und Einfluß verfügte. Es war nur eine Frage der Zeit, bis mir Garcia einfiel.

Trish hatte mir ja kurz von den gegen ihn erhobenen Beschuldigungen berichtet, aber um ganz sicherzugehen, rief ich bei *Amnesty International* an und gab mich als Rechercheur eines aktuellen Fernsehmagazins aus. Die Antwort war unzweideutig – eine detaillierte Liste von Gewerkschaftsführern, Studenten, Zeitungsredakteuren, Bürgerrechtlern, Juden, Feministen, Priestern und Intellektuellen, sie alle gefoltert und ermordet, eine ganze sozio-ökonomisch-politische Gruppe, die aufs Korn genommen und ausgeschaltet worden war. Ich war bestürzt. Angesichts einer solchen Vergangenheit würde Garcia vielleicht die bescheidene Aufgabe, die ich ihm anzubieten hatte, als unter seiner Würde ansehen.

Ich hätte mir keine Sorgen zu machen brauchen. Wie sich herausstellte, war Garcia zu einer Zusammenarbeit mehr als bereit, solange dabei nur etwas heraussprang. Das mysteriöse Rendezvous, bei dem wir unseren teuflischen Plan aushecken, fand im übrigen in einer Raststätte in Eynsham mit dem Namen »*The Happy Eater*« statt. Ich lud Garcia zu Hamburger und Fritten ein und hörte mir an, wie er seine Lage beklagte. Es klang ziemlich düster. Sein Studentenvisum lief in einem Monat ab, und er konnte es ohne den Nachweis, daß er für das nächste Trimester wieder beim Sprachinstutut eingeschrieben war, nicht erneuern lassen. Clive hatte sich dem Versuch der Lehrer, Garcia anzuschwärzen, entschieden widersetzt, aber sein Idealismus reichte nicht so weit, auf die Kursgebühren zu verzichten. Garcias Kasse war fast leer, und er konnte sie nicht wieder auffüllen, ohne seinen Studentenstatus aufs Spiel zu setzen und eine sofortige Abschiebung zu riskieren. Und seine *persona* war außerhalb des Vereinigten Königreichs auch nicht gerade besonders *grata*. Kein anderes europäisches Land würde ihn aufnehmen, und auch die Vereinigten Staaten würden ihm – sehr zu seiner Empörung – die Einreise verweigern.

»Wir machen die Drecksarbeit für sie, und sie wollen uns nicht helfen, wenn's mal hart auf hart geht. Sehen Sie sich doch bloß mal an, was die mit Noriega gemacht haben! Da kann's einem doch hochkommen!«

»Was erwarten Sie eigentlich, Garcia? Arbeitslosenunterstützung? Das klingt ganz wie Bolschewikengerede in meinen Ohren.«

»Ein Mann sollte zu seinen Freunden stehen«, sagte der unglückliche Esser.

Seine eigenen Freunde hielten sich gerade, so stellte sich heraus, in einer bestimmten mittelamerikanischen Republik versteckt, und Garcias größter Wunsch war es, wieder zu ihnen stoßen zu können. Das Problem war nur, daß er an die tausend Pfund brauchte, um an einen falschen Paß und ein Flugticket zu kommen. Ich sagte ihm, daß ich bereit sei, einen nennenswerten Beitrag zu leisten, und erklärte ihm dann, was ich wollte. Garcia bewegte die Hand, als verscheuche er eine Fliege.

»Keinä Problemmä«, sagte er in seinem üblen Englisch.

Wieder im Ramillies Drive, zapfte ich die Telefone an. Das die elektronische Überwachung regelnde Gesetz ist etwas, über das zu meditieren all jenen nur wärmstens empfohlen werden kann, die Erleuchtung darüber suchen, wie die Briten Dinge regeln. Nach dem Recht des Vereinigten Königreichs ist es legal, die entsprechenden Einrichtungen zu kaufen und zu verkaufen, nicht jedoch, sie auch zu benutzen. So ist der Kauf eines hochentwickelten Wanzensenders und Auslösesensors, Geräte, wie ich sie in der Tottenham Court Road erstand und die allein und ausdrücklich für das heimliche Mithören von Telefongesprächen anderer Leute gebaut werden, nicht schwieriger als der eines Uhrenradios. Andererseits machen sich Eltern, die mit einem Babymelder den Schlaf ihres kleinen Lieblings überwachen, einer strafbaren Verletzung der Intimsphäre ihres Kindes schuldig.

Die Hardware kostete mich ein paar hundert Pfund, aber die obszönen Sachen, die ich da aufzuschnappen hoffte, würden, wenn es an die Scheidung ging, bestimmt das eine oder andere Scheinchen wert sein. Ich wußte ja aus eigener Erfahrung, daß Karens sexuelles Verhalten ziemlich ungehemmt war, so daß bei entsprechenden Neigungen ihres Partners eine gute Chance zu bestehen schien, daß sie vielleicht einen Hinweis auf eine jener Praktiken fallenließen, die dem Wohlwollen der Geschworenen so abträglich sein können. Ich stellte mir vor, wie mein Anwalt Karen mit glänzenden Augen fixierte: »Im Laufe eines Telefongesprächs mit dem Mitbeschuldigten erwähnten Sie unter anderem einen Flaschenreiniger, einen Satz Gummiringe und ein Glas Mayonnaise. Würden Sie dem Gericht bitte genauer erklären, welchem Gebrauch diese Dinge später zugeführt wurden?«

Die ersten Aufzeichnungen erbrachten nichts Interessanteres als eine lange Unterhaltung Karens mit ihrer Mutter über die

Prüfungen und Leiden der frühen Schwangerschaft, aber am Donnerstagnachmittag stieß ich auf Gold. Karen hatte an diesem Vormittag zwei Telefongespräche geführt. Der erste Anruf galt einem Hotel in Wales, wo sie zwei Einzelzimmer für Samstagnacht reservierte und dabei als Sicherheit die Nummer ihrer Barclaycard angab. Auf den zweiten Anruf antwortete ein ungeduldiger Mann, dessen Ton aber in dem Augenblick, als Karen ihren Namen nannte, ganz ölig wurde. Ich hörte jedoch nicht Karen zu. Ich lauschte dem Hintergrundgeräusch, dem kakophonen Eurogebrabbel, den plötzlichen Ausbrüchen von Dünnpfiffenglisch. Vor meinem inneren Auge stand ich inmitten der Horde polyglotter Bälger, wehrte die Fragen eines neurotischen baskischen Mädchens nach dem Unterschied zwischen »they are« und »there are« ab und wartete derweil darauf, daß Clive mit seiner Telefoniererei fertig wurde, damit ich endlich hineingehen und mit gebührender Demut um einen Vorschuß bitten konnte.

Aber Clive hatte es gar nicht eilig, fertig zu werden. Er blickte aus seinem Fenster hinaus auf den Verkehr in der Banbury Road, hielt den Hörer fest in seiner schwitzigen Pranke, und seine Stimme liebkoste seine Gesprächspartnerin wie eine Katze, die sich das Fell leckt. Er sprach mit ihr über das folgende Wochenende im Elan Valley. Er sprach darüber mit meiner Frau! Sie sagte ihm, die Umgebung sei sehr hübsch, und sie könne das Hotel empfehlen. Sie sei schon einmal dort gewesen, sagte sie, früher mal.

**W**enn es irgend jemand anderes gewesen wäre, wäre ich jetzt nicht hier, wäre Karen nicht tot, wäre nichts von alledem geschehen. Karen interessierte mich nicht mehr. Ich hatte von ihr bekommen, was ich haben wollte. Jetzt wollte ich nur noch da raus. Wenn es irgend jemand anderes gewesen wäre, hätte ich den beiden viel Glück gewünscht und die Sache meinen Anwälten übergeben.

Aber es war eben nicht jemand anderes. Es war Clive, und das änderte alles. Karen war mir egal, nicht aber Clive. Clive und ich – das reichte weit zurück. Wir hatten Rechnungen zu begleichen. Ich meine nicht einfach nur, daß er mich in der Schule so schofel behandelt hatte. Dieser spezielle Clive Phillips war lediglich das neueste Modell einer fortlaufenden Serie, die mich mein ganzes Leben lang verfolgt hatte. Damals in den sechziger Jahren, als ich gegen den Vietnam-Krieg demonstriert, bedeutsame Beziehungen gepflegt, über den Sinn des Lebens nachgesonnen und Gott in jedem Sandkorn erblickt hatte, waren die Clives dabei gewesen, ihre Geschäfte zu machen, zu betrügen und ranzuschaffen, meine Träume und Hoffnungen hübsch zu verpacken und mir mit Profit zurückzuverkaufen. Das machte mir nichts, damals. Von den luftigen Zinnen meines Elfenbeinturms blickte ich auf sie herab, wie sie dort fern unter mir im Sumpf ihren gemeinen, schmutzigen Geschäften nachgingen, und erinnerte mich daran, daß sie beim Start ins Leben halt nicht meinen Vorsprung genossen hatten und deshalb eher zu bemitleiden als zu verachten waren, so schwer das auch fallen mochte.

Die meisten meiner Art kehrten dann in den siebziger Jahren auf den Boden der Tatsachen zurück, aber ich schwebte weiter. Okay, der Acidtraum war tot, Flowerpower ein Flop, Mann, aber das Ganze war doch eine lehrreiche Erfahrung gewesen, oder etwa nicht? Und die Alternative nahm sich noch immer beschissen aus. Ich soff und las, reiste viel, arbeitete gelegentlich auch mal, um wieder an Knete zu kommen, und hatte immer oberflächlichere Affären. Die Clives waren jetzt schon sehr viel nähergerückt. Ich hatte als Angestellter und Mieter mit ihnen zu tun. Ich spürte ihre Verachtung für mich und konnte es nicht fassen. Ich ging also ins Ausland, kapselte mich in dem Kokon meiner Selbstausbürgerung ab. Bei meiner Rückkehr zehn Jahr später fand ich die Clives am Drücker. Sie waren natürlich die ganze Zeit schon dran gewesen, hatten aber den Kopf noch eingezogen und ihre wahre Natur hinter Masken verborgen. Nun aber hatte sich der Wind gedreht, und sie waren aus ihren Löchern gekrochen gekommen, groß und hungrig und selbstsicher. Ich wurde ihnen vorgeworfen wie ein Dachs den Hunden. Als sich Clive Phillips dazu herabließ, mich zu gebrauchen, war ich dankbar, und als er mich rausschmiß, ging ich ganz still, denn inzwischen hatte ich die Spielregeln akzeptiert. Statt vergeblich beim Schiedsrichter zu protestieren oder schmollend am Rand des Spielfelds zu hocken, machte ich mich daran zu gewinnen. Und wie wir gesehen haben, hatte ich Erfolg.

Jetzt sah ich mich erneut erniedrigt und beraubt. Clive durfte nicht wissen, welchen Gefallen er mir damit tat, daß er mir ein Motiv für die Scheidung von Karen lieferte. Clive tat nie jemandem irgendeinen Gefallen. Wie alle Verfechter des freien Unternehmertums haßte er Konkurrenz jeglicher Art und nahm es ganz besonders übel, wenn einer seiner Mitarbeiter versuchte, so erfolgreich zu sein wie er. Als drei seiner Lehrkräfte ausschieden, um eine eigene Sprachenschule aufzumachen, erzählte Clive aller Welt, daß es nur gut sei, wenn der Verbraucher die Wahl habe, und er den Burschen gutes Gelingen wünsche. Dann veranlaßte er seinen italienischen Agenten, im Namen einer fiktiven Firma bei der neuen Schule für die nächsten sechs Monate Blockbuchungen vorzunehmen. Die Besitzer der neuen Schule waren außer sich vor Freude über diesen Glückstreffer. Nachdem sie eine Menge Geld für Werbung ausgegeben hatten, mußten sie nun alle abweisen, die einen Studienplatz haben wollten, da ihre Schule bis Weihnachten ausgebucht war. Im letzten Moment machte die italienische Firma rätselhafterweise ihre Buchungen rückgängig, und so hatte die Schule in diesem Sommer mehr Lehrer als Schüler. Im Oktober drehte die Bank den Kredithahn zu, und im November baten die Lehrer Clive, ihnen ihren alten Job wiederzugeben. Er sagte, er werde ihre Namen auf die Liste setzen, aber es gelte halt, wer zuerst komme, der mahle zuerst, das sei doch wohl nur fair.

Kurz, Clive war nicht nur ein Kotzbrocken, sondern er war ein rachsüchtiger Kotzbrocken. Da er auf andere Weise nicht mehr an mich ran konnte, schaffte er es durch meine Frau. Clive legte nicht Karen aufs Kreuz, sondern mich. Eine fürchterliche Wut packte mich, ein so großer Zorn, daß es körperlich schmerzte. Aber Wut würde zu nichts führen, das wußte ich. Die Lehrer, die Clives »Nur zu, Jungs!«-Bekundungen ernstgenommen hatten, packte die Wut, als sie entdeckten, wie sie von ihm über den Tisch gezogen worden waren, aber ihr Zorn zahlte weder ihren Kredit zurück, noch gab er ihnen ihren Job wieder. Er bestätigte lediglich, was für Verlierertypen sie waren. Während sie die Fäuste ballten, rieb sich Clive die Hände. Ich beschloß, daß ich ebendies eines Tages auch tun würde. Ich war kein ineffektiver Träumer mehr. Wenn Clive mir auf die miese Tour kommen wollte, dann sollte mir das recht sein. Mit Garcias Hilfe konnte ich ihm mieser kommen, als er sich auch nur vorzustellen vermochte.

Noch am selben Tag erklärte mir Karen beim Abendessen, ihre Mutter müsse zur Beobachtung ins Krankenhaus, weil sich ihr chronisches Rückenleiden verschlimmert habe. Es sei wohl besser, übers Wochenende nach Liverpool zu fahren, um bei ihr zu sein. Ich erbot mich großmütig, sie hinzufahren, aber sie meinte, sie würde lieber die Bahn nehmen. Ich sei da nur im Weg, fuhr sie fort und wurde ganz nervös, es bringe wirklich nichts. Darin gab ich ihr recht, bestand aber darauf, sie wenigstens zum Bahnhof zu fahren. Das nahm sie an. Ihr Zug gehe um 10.14 Uhr, sagte sie. Das wußte ich bereits, denn ich hatte mit angehört, wie sie und Clive verabredet hatten, sich in Banbury zu treffen, wo der Zug zwanzig Minuten später hielt. Ich dachte bei mir, daß es doch ein beachtlicher Gag sei, sich von seinem Mann zum Zug bringen und vom Liebhaber abholen zu lassen, aber Karen schien nicht übermäßig beeindruckt zu sein. Als das pragmatische Flittchen, das sie im Grunde genommen war, sah sie nur das Bequeme dieses Arrangements.

Am folgenden Morgen war ich frühzeitig auf. Die erste Station war der Bahnhof, wo ich mir die Fahrpläne ansah. Dann wieder rein in den BMW und die Straße rauf nach Banbury, einen freundlichen, etwa zwanzig Meilen nördlich von Oxford gelegenen Marktflecken. Sein Bahnhof stellte sich als reizloses Bauwerk aus den sechziger Jahren heraus, versehen mit einem großen, asphaltierten Parkplatz auf herausgerissenen Nebengleisen. Sobald der morgendliche Berufsverkehr durch war, schien der Bahnhof nur noch wenig benutzt zu werden und war zwischen den Zügen vollkommen verlassen. Blieb nur noch, die Stelle festzulegen, an die ich abstrakt als an »den Ort« dachte. Nachdem ich einige Stunden durchs Land gefahren war, entschied ich mich schließlich für einen stillgelegten Steinbruch in der Nähe von Banbury. Nahe der Einfahrt war eine Lastwagenladung zerbrochener Betonzaunpfähle und anderen Bauschutts abgekippt worden, aber sonst gab es keine weiteren Anzeichen dafür, daß in jüngster Zeit jemand dagewesen war. In der näheren Umgebung gab es keine Häuser, und wenn man erst einmal im Steinbruch drin war, war man von der Straße aus nicht mehr zu sehen.

Als Garcia mittags zu dem verabredeten Treffen erschien, konnte er sich fast nicht mehr einkriegen vor lauter versteckter Großspurigkeit und unterdrückter Selbstzufriedenheit. Der augenscheinliche Grund dafür war, daß er den Auftrag ausgeführt hattte und im Begriff war, seine Neuigkeit auszuspucken. In Wirklichkeit aber stand böswillige Schadenfreude dahinter. Nicht nur war nicht er zum Hahnrei gemacht worden, sondern er wußte auch, wer mich dazu gemacht hatte. Ich setzte ihn ganz schnell wieder auf den Arsch, indem ich erkennen ließ, daß ich das inzwischen auch wußte.

Garcias erster Gedanke war, ich wolle mich ums Bezahlen drücken. Deshalb war er angenehm überrascht, als ich ihm anstandslos die vereinbarte Summe übergab. Dann fragte ich ihn, wieviel er noch brauchte. Er machte ein trauriges Gesicht. Es sei eine ganze Menge. Als ich mich erkundigte, wie es ihm gefallen würde, soviel am Montag zu bekommen, sah er mich an wie einer dieser Köter in den Werbespots von Pedigree Pal.

»Sie wollen, daß ich weiter beobachte? Vielleicht ein paar Fotos machen?«

Wir fuhren derweil die Umgehungsstraße entlang, und Garcia fraß sich durch einen Stapel Sandwiches, die ich bei einer Tankstelle erstanden hatte. Angesichts dessen, was mir vorschwebte, konnten wir nicht riskieren, zusammen gesehen zu werden, nicht einmal an einer stark frequentierten Imbißstube am Straßenrand.

»Das ist nicht nötig. Ich weiß genug. Es ist an der Zeit zu handeln, die Verantwortlichen zu bestrafen.«

»Ihre Frau?«

Ich schüttelte den Kopf.

»Um die kümmere ich mich schon. Nein, ich würde gern auf Ihre professionellen Fertigkeiten zurückgreifen.«

Er blickte ordentlich geschmeichelt drein.

»Clive hat mir wehgetan. Er hat meinen Stolz verletzt, meine Ehre. Das einzige, was ich tun kann, um ihm das heimzuzahlen, ist, seinen Körper zu verletzen. Es ist nicht viel, aber es muß für den Augenblick reichen. Ich würde das ja selbst erledigen, aber ich habe Angst, ich könnte mich hinreißen lassen. Er würde zur Polizei gehen, und dann wäre ich wegen tätlichen Angriffs dran.«

Garcia schüttelte angewidert den Kopf. Die Entdeckung, daß das britische Rechtssystem Ehemännern keinen Schutz bot, die sich an dem Manne rächten, der sie entehrt hatte, bestätigte seine schlimmsten Befürchtungen hinsichtlich seines Exillandes.

»Aber für mich ist es ein noch weit größeres Risiko«, betonte er dann.

»Ich werde dafür sorgen, daß es sich für Sie auszahlt. Alles, was sie brauchen, um das Land zu verlassen, plus hundert Pfund Spielgeld.«

»Zweihundert.«

Wir feilschten eine Weile freundschaftlich herum.

»Clive hat vor, mit meiner Frau zusammen an diesem Wochenende wegzufahren«, erklärte ich, sobald Garcias Skrupel überwunden waren. »Sie fährt mit der Bahn bis zu einem Städtchen namens Banbury, wo sie sich dann mit Clive trifft. Ich werde sie in Oxford zum Bahnhof bringen und in einen früheren Zug setzen. Sie wird aus Angst, meinen Argwohn zu erregen, nicht wagen, sich dem zu widersetzen. Was sie nicht wissen wird, ist, daß dieser frühere Zug gar nicht in Banbury hält. Auf diese Weise wird meine Frau ins Abseits laufen, ein Ausdruck, den Sie vom Fußball her wohl kennen und der hier ganz wörtlich zu nehmen ist.

Sobald ich sie auf den Weg gebracht habe, hole ich Sie ab. Der Zug, zu dem Clive nach Banbury fährt, kommt erst um zehn Uhr vierzig an, was uns ausreichend Zeit läßt. Wenn wir in Banbury angekommen sind, legen Sie sich hinten im Auto unter einer Decke flach. Ich gehe und suche Clive, erzähle ihm, daß ich alles über ihn und Karen weiß und der Ansicht bin, wir sollten uns mal ein bißchen unterhalten. Am hellichten Tag und an einem öffentlichen Ort wird er keinen Grund haben, Verdacht zu schöpfen. Ich werde ihn dazu bewegen, sich zu mir ins Auto zu setzen und dort die Lage zu erörtern, wo uns niemand zuhören kann. Wenn dann die Luft rein ist, werde ich das Radio anmachen. Das ist das Signal für Sie, aus Ihrem Versteck zu kommen und ihn außer Gefecht zu setzen.«

»Vergessen Sie das Radio. Hau'n Sie ihm einfach eins den Sack. So.«

Er machte eine Faust und ließ sie wie einen Hammer zwischen meine Schenkel sausen, stoppte die Bewegung aber im letzten Augenblick. Ich unterdrückte einen verfrühten Schmerzenslaut.

»Während er damit beschäftigt ist, seine Eier zu zählen«, fuhr Garcia gelassen fort, »gebe ich ihm einen kleinen Schlag auf die Rübe.«

Zur Illustration ließ er seine geöffnete Rechte dicht an meinem Schädel vorbeistreichen.

»Ich wußte doch, daß Sie der richtige Mann für den Job sind.«

»Und was dann?«

»Nun, sobald Clive über den Jordan ist, um einen ideomatischen Ausdruck zu gebrauchen, den wir, glaube ich, im Unterricht nie behandelt haben, der aber in diesem Zusammenhang ganz besonders treffend erscheint, ziehen wir ihm eine Kapuze über den Kopf und fahren zu einer abgelegenen Stelle, die ich im Sinn habe, wo Sie beide dann Ihr Geschäft in völliger Ungestörtheit zum Abschluß bringen können. Wenn Sie fertig sind, lassen wir ihn dort und fahren zurück nach Oxford, wo Sie in ein Reisebüro huschen und einen Flug nach dem Ort Ihrer Wahl buchen können.«

Diese Vision erhellte kurz Garcias Gesicht.

»Er wird doch aber wissen, daß Sie es waren.«

»Genau. Ich *möchte* ja auch, daß er es weiß. Was ich nicht möchte, ist, daß er es auch beweisen kann. Und dies wird er nicht können, sofern Sie gute Arbeit leisten. Das Wichtigste ist, daß Sie keine Spuren hinterlassen. Schaffen Sie das?«

Garcia schürzte die Lippen.

»Wir brauchen Strom.«

»Strom? Sie machen wohl Witze.«

»Glauben Sie mir, das ist das Beste! Sauber, bequem, wirkungsvoll. Kein Ärger, keine Schweinerei.«

Ich trommelte ungeduldig aufs Lenkrad.

»Sie sind als Folterknecht am falschen Platz, Garcia. Sie sollten lieber Werbetexte fürs Elektrizitätswerk schreiben.«

Als sich unsere Blicke trafen, hatte ich eine bestürzende Vision davon, wie ihn seine Opfer gesehen haben mußten – über sie gebeugt, die Elektrode in der Hand, bereit, sie ihnen an Brustwarze oder Penis zu legen, sie in eine Vagina oder einen Hintern einzuführen. Aber warum sollte ich mir darüber Sorgen machen? Garcias Talente bedrohten ja nicht mich. Ganz im Gegenteil – dieses Können stand zu meinen Diensten.

»Wie auch immer, das geht nicht. Wir sprechen hier von einem stillgelegten Steinbruch, meilenweit weg von allem. Da gibt's garantiert keinen Stromanschluß.«

»Kein Problem. Mieten Sie sich einen Generator, einen von diesen mit Benzinmotor. Wir brauchen auch einen Regelwiderstand, um die Spannung zu verändern, ein paar Kabel und Löffel.«

Wir steckten jetzt am Kreisel bei den Austin-Rover-Werken in einem Stau fest. Das Rückfenster des Wagens vor uns informierte uns darüber, daß der Besitzer Airdaleterrier liebe, daß es Blutspender zweimal im Jahr täten, und riet uns zudem, einem Lehrer zu danken, falls wir dies lesen könnten. Da Garcia es nicht konnte, dankte er mir auch nicht.

»Und das tut wirklich weh?« erkundigte ich mich.

»Schlimmer als alles, was Sie sich vorstellen können. Es ist, als würde Ihr Körper an den Nähten aufplatzen. Und hinterher ist nichts zu sehen, solange Sie die Löffel richtig benutzen. Ist wie Fleisch grillen, Sie müssen sie in Bewegung halten, sonst gibt's Verbrennungen. Wir hatten einen Instrukteur von der CIA, der hat uns das demonstriert, als sie die Geräte lieferten, aber später fingen die Jungs an, ein bißchen zu schludern. Sie wissen ja, wie das so ist.«

»Aber es besteht keine Gefahr, daß er stirbt, oder?«

»Ich halte den Strom niedrig.«

»Aber nicht *zu* niedrig.«

Garcia lachte kurz.

»Keine Angst, er wird nicht denken, er wär' zu niedrig.«

Wir fuhren an Sainsbury vorbei und über die sanft dahinströmende Themse.

»Was ist mit Lärm?« fragte ich. »Vielleicht sollten wir ihn knebeln?«

»Wenn Sie wollen. Aber es klingt eigentlich nicht menschlich. Wer uns hört, wird denken, daß wir Schweine kastrieren.«

Vielleicht war es dieses bukolische Bild, das mich an ein Bilderbuch meiner Kindertage erinnerte, in dem die hübsche Zeile vorkam »... Schweinchen schlachten, Würstchen machen, quiek, quiek, quiek.«

»Also das klingt doch alles sehr gut«, sagte ich.

Hätten meine Absprachen mit Garcia die übliche Rücktrittsfrist enthalten, deren Sinn es ist, den Verbraucher vor übereilten Entscheidungen zu schützen, so hätte ich mich wahrscheinlich noch am gleichen Abend darauf berufen. Sobald sich mir nämlich eine Gelegenheit bot, über die ganze Sache erneut nachzudenken, wurde mir klar, daß alles ein bißchen außer Kontrolle geraten war. Was mir vorgeschwebt hatte, war im Prinzip eine ordentliche Züchtigung gewesen, geschmackvoll verabfolgt, also im wesentlichen eine gute, altmodische Tracht Prügel. Garcia hatte dieses Szenario irgendwie grob und unbefriedigend aussehen lassen. Es war wie ein Gespräch mit einem Bauunternehmer gewesen. Sie sagen: »Ich möchte dies oder jenes haben«, und er wirft Ihnen daraufhin diesen vernichtenden Blick zu und entgegnet: »Na schön, wenn Sie das wirklich so haben wollen, können wir das natürlich sofort machen, gar kein Problem, ist ja einzig und allein Ihre Entscheidung!« Auf diese Weise kommen Leute zu ganzen Küchenwohnlandschaften, die doch eigentlich nur das kleine Stückchen feuchte Klowand saniert haben wollten.

Es war Wochenende und deshalb natürlich jeder Leihgenerator in Oxford und Umgebung bereits vorgemerkt. Am Ende mußte ich bis nach High Wycombe fahren. Für den Fall, daß Clive Anzeige erstatten sollte, benutzte ich Dennis' Führerschein, um mich auszuweisen. Das ist eine andere, ganz unglaubliche Geschichte, die ich Sie bitte, mir abzunehmen: nämlich daß der Führerschein in Großbritannien als gültiges Ausweispapier akzeptiert wird – und dies, obwohl er kein Paßfoto aufweist und bis weit ins nächste Jahrtausend hinein gültig ist. Weil ich mich als Dennis Parsons ausgab, konnte ich natürlich meine eigenen Scheckformulare und Kreditkarten nicht benutzen, weshalb ich zu allem Überfluß auch noch zeitraubende Abstecher zu verschiedenen Geldautomaten machen mußte, um die Leihgebühren bezahlen zu können. Man füge dem noch einen Fünfkilometer-Stau auf der A 40 beim Rückweg nach Oxford hinzu, und ein weiterer Tag war dahin.

Als ich nach Hause kam, war Karen unter der Dusche. Ich nutzte ihre akustische Isolation und rief Alison Kraemer an. Ich hatte ihr noch nichts von Karens Schwangerschaft erzählt. Seit unserem teezeitlichen Gespräch in der Holywell Street war unsere Beziehung freundlich, aber korrekt gewesen. Jetzt war, wie ich meinte, die Zeit gekommen, sie noch weiter ins Vertrauen zu ziehen, und deshalb schlug ich ein gemeinsames Mittagessen am folgenden Tag vor. Ganz abgesehen von allem anderen, würde mir dies, sollte Clive das Gesetz zur Hilfe rufen, nicht schaden. »Also, lassen Sie mich das noch einmal rekapitulieren, Herr Inspektor, Sie behaupten, daß ich, bevor ich mich mit Mrs. Kraemer in der North Parade Nr. 15 zum Mittagessen traf (ich kann das Wild in Madeira und Selleriesauce nur empfehlen, und der 82er Château Musar trinkt sich recht nett!), den Vormittag damit zugebracht haben soll, in einem Steinbruch in der Nähe von Banbury jemanden zu foltern. Ist das richtig so?«

Nach einiger Herumdruckserei erklärte sich Alison einverstanden, sagte aber, sie müsse um vier wieder zu Hause sein.

»Ich habe die Barringtons und die Rissingtons zum Abendessen da und will eine Reistimbale machen. Sie ist sehr gut, aber mein Gott, diese Vorbereitungen!«

Als ich den Hörer auflegte, war im Bad das Platschen und Klatschen noch immer in vollem Gange, weshalb ich total überrascht war, als mir Karen an diesem Abend vorwarf, ein heimliches Verhältnis mit Alison zu haben.

Karen und ich teilten uns, als durch und durch modernes Paar, die Hausarbeit. Einen Abend bestückte ich die Mikrowelle und Karen den Geschirrspüler, am folgenden tauschten wir die Rollen. An diesem Abend war sie mit der kreativen Betätigung dran. Sie hatte etwas ausgesucht, das wie ein Stück in Plastikfolie eingewickelter Beton aussah, als sie es in den Ofen schob, und wie ein kleiner, heißen Schlamm speiender Geysir, als drei Minuten später das Klingelzeichen ertönte. Zu keinem Zeitpunkt ähnelte es der Abbildung auf der Packung, und ich hatte – wie schon so oft – das Gefühl, es wäre wohl sinnvoller gewesen, die Packung zu essen und ihren Inhalt wegzuwerfen. Wir spülten alles mit einer der letzten Flaschen aus Dennis' Weinvorrat hinunter, einem aggressiven australischen Roten, dessen Alkoholgehalt gut 14 % betrug. Dies kam natürlich zu den jeweils zwei offiziellen Gin & Tonics und all dem hinzu, was Karen sonst noch so nebenbei gepichelt hatte.

Der Nachtisch bestand aus schneckenartigem Dosenobst, das in einer schleimigen Brühe schwamm und ein künstliches Sahnehäubchen aus der Sprühdose trug, dessen einziger Vorzug die Tatsache zu sein schien, daß sein Treibgas umweltverträglich war. Kaum hatten wir das runtergeschlungen, da startete Karen ihre Attacke. Es ergab sich, daß sie, nachdem sie nach Hause gekommen war, die Auskunft von *British Rail* angerufen hatte, um die Abfahrtzeit ihres Zuges am nächsten Morgen zu überprüfen. Sie war nicht durchgekommen und deshalb erst unter die Dusche gegangen, um es dann erneut zu versuchen, wobei sie die automatische Wahlwiederholung benutzt hatte. Da ich inzwischen mit Alison telefoniert hatte, wurde ihr Anruf nicht von einem der Bürohengste bei BR beantwortet, sondern von einer weiblichen Stimme, die sie als »diese Crammer« hatte identifizieren können.

Alles, was dann geschah, war in Wirklichkeit meiner Unfähigkeit zuzuschreiben, schnell genug auf diese unvorhergesehene Entwicklung zu reagieren. Ich hätte mir natürlich irgendeine bestechende Entschuldigung für meinen Anruf bei Alison aus den Fingern saugen müssen. Das wäre nicht einmal so schwer gewesen. Ich hätte beispielsweise behaupten können, ich hätte auf eine Nachricht von ihr reagiert, die auf dem Anrufbeantworter gewesen war. Das hätte mir dann Zeit genug gegeben, ein geeignetes Märchen auszudenken und auch Alison zu instruieren – für den Fall, daß Karen sie anrief, um meine Behauptung zu überprüfen.

Blöderweise stritt ich statt dessen ab, solch einen Anruf je gemacht zu haben. Alison gehörte zu den Leuten, die ihre

Nummer hersagen, wenn sie an den Apparat gehen, und Karen war deshalb in der Lage gewesen, sich ihren Verdacht durch Befragung des Telefonbuchs bestätigen zu lassen. Nicht nur, daß sie mir nicht glaubte – daß ich sie wegen dieses Anrufes belogen hatte, machte es mir auch unmöglich zu behaupten, es sei unwichtig oder unschuldig gewesen. Da war alles zu spät, wie mir langsam bewußt wurde. Ich würde zu atomaren Waffen greifen müssen.

»Hast du's denn geschafft, die Auskunft zu erreichen?«

»Versuch nicht, vom Thema abzulenken!«

»Oh, das tu ich gar nicht, Karen. Wir sind nach wie vor bei unserem Thema, nicht wahr?«

Sie blickte unschlüssig drein, war sich noch nicht sicher, ob es irgendeinen Grund gab, sich Sorgen zu machen.

»Was genau wolltest du eigentlich wissen?« erkundigte ich mich schelmisch.

»Die Abfahrtszeiten natürlich.«

»Der Züge nach Liverpool oder nach Banbury?«

In ihren Augen blitzte etwas kurz auf, wie ein nicht völlig explodierender Feuerwerkskörper.

»Wie bist du denn dahintergekommen?«

Unter anderen Umständen hätte ich mich jetzt erhoben und applaudiert. Ihre Reaktion war nicht nur weit besser als die meine, sondern sie hatte meinen Flugball auch noch mit einem schwierigen Aufsetzer und schweren Topspin returniert. Wenn ich zugab, das Telefon angezapft zu haben, würde sie wissen wollen, was meinen Argwohn erregt hatte. Das war natürlich ihre Schwangerschaft gewesen, aber dies konnte ich ihr nicht sagen, ohne zugleich das Geheimnis meiner Vasektomie preisgeben zu müssen, was weit mehr war, als ich beim augenblicklichen Spielstand preiszugeben gewillt war. Ich sagte deshalb, was mir als erstes in den Sinn kam.

»Clive hat's mir gesagt.«

Sie riß schockiert die Augen auf.

»Nein!«

Ich sagte nichts.

»Das würde er nie tun!« schrie sie.

»Ich frage mich wirklich, wie gut du ihn eigentlich kennst, Karen. Ich meine natürlich nicht nur als Mann, sondern als Menschen.«

Sie wühlte in ihrer Handtasche und stopfte sich dann ein paar Streifen ihres Nikotinkaugummis auf einmal in den Mund.

»Ich bin heute morgen bei der Schule vorbeigefahren, um Clive wegen meiner Sprachenschulidee auszuhorchen. Wir haben ein Weilchen darüber geplaudert, was er für den Zugriff auf sein Netz von Auslandskontakten haben wolle und so weiter. Dann wandte er sich plötzlich zu mir und sagte: ›Hören Sie mal, Sie sollten vielleicht wissen, daß ich Ihre Frau gebumst hab'.‹«

Karen zuckte zusammen, als habe sie das Kind in ihrem Bauch getreten.

»Ich sagte, daß ich ihm nicht glaube. ›Das brauchen Sie auch gar nicht‹, erwiderte er. ›Sie werden's ja sehen – sie erwartet ein Kind von mir.‹«

»Aber er weiß doch gar nichts davon. Ich hab' es ihm nicht gesagt.«

»Du brauchst es ihm auch nicht zu *sagen*, Karen. Es gibt da eine Menge kleiner Zeichen, die ein Menn, der sexuell so aktiv ist wie unser Clive, mit Sicherheit schon mal gesehen hat. Wie auch immer, das ist alles von eher zweitrangiger Bedeutung angesichts der Tatsache, daß du, während du jeden Mittwochabend angeblich beim Yoga warst, in Wirklichkeit Stellungen ganz anderer Art eingeübt hast.«

»Das ist nicht wahr! Ich habe mich nur ein- oder zweimal mit ihm getroffen, als es zwischen uns ganz schlecht lief. Wir hatten schon mal was miteinander, als ich noch mit Dennis zusammen war. Daß diesmal was passiert ist, liegt einzig und allein daran, daß du so gemein zu mir warst. Ich wollte mir beweisen, daß ich immer noch begehrenswert bin.«

Ich lachte böse.

»Ah, verstehe schon, es ist alles *meine* Schuld!«

»Wir sind beide schuld. Aber es hat mir nichts bedeutet. Was mich betraf, so wollte ich einfach nur ein bißchen Spaß haben. Für ihn war es allerdings mehr. Deshalb willigte ich ein, dieses Wochenende mit ihm wegzufahren. Ich wollte ihm sagen, daß es vorbei ist.«

»Dafür kommt mir der Weg aber ziemlich weit vor.«

Wie auf Befehl traten Karens Tränendrüsen in Aktion.

»Ich hatte Angst! Angst um *uns*. Clive kann nicht hinnehmen, daß ich ihn nicht liebe. Ich mag ihn sehr, aber ich liebe ihn nicht. Ich hatte Angst davor, was er tun würde, wenn ich ihm sage, daß ich ein Kind von dir erwarte. Er bekniet mich schon ewig und drei Tage, mal mit ihm wegzufahren, deshalb stimmte ich schließlich zu, um Zeit zu haben, ihm alles ordentlich zu erklären, ihm beizubringen, daß er mich gehen lassen muß, wenn ihm etwas an mir liegt.«

»Klar doch, Karen.«

»Ich hatte nicht vor, mit ihm zu schlafen! Glaubst du, ich brächte das fertig, wo ich doch weiß, daß ich dein Kind in mir trage?«

»Wo wir schon davon reden...«

»Also, laß uns Clive vergessen. Laß uns diese Frau da vergessen, mit der du dich getroffen hast. Das geht nur dich und mich etwas an. Nichts anderes zählt doch, nur dieses Leben, das wir beide zusammen geschaffen haben. Alles andere ist nur Spielerei, aber das ist die Wirklichkeit. Ich weiß, es wird nicht einfach werden. Wir sind dafür viel zu verschieden. Aber wir müssen es versuchen und zusehen, daß es geht. Das schulden wir unserem Kind!«

Ich kannte diese Melodie. Ich hatte das Liedchen selbst einmal gesungen, damals, als ich noch ein mittelloser Freier gewesen war und Karen eine reiche Witwe. Die Zeiten hatten sich aber geändert, *nos et*, unnötig zu sagen, *mutamur in illis*. Jetzt war Karen die Freiende – und ich war nicht in Geberlaune.

»Ich fürchte, Karen, die Aussicht auf eine Ersatzvaterschaft reizt mich nicht sonderlich.«

Wie üblich überging sie das Wort, das ihr nicht paßte.

»Aber wieso denn auf einmal nicht? Du hast doch gesagt, du willst, daß wir heiraten und ein Kind haben...«

»Ja, aber ich bin dabei eher davon ausgegangen, daß es *mein* Kind sein würde.«

Sie starrte mich entgeistert an.

»Aber das *ist* es doch.«

»Das ist nicht das, was Clive sagt.«

»Was weiß der denn schon?«

»Und was weißt *du*? Du kannst die Pille nicht genommen haben, denn du hast ja versucht, dich von mir schwängern zu lassen.«

»Wir haben was andres benutzt.«

»Was denn?«

Sie zögerte. Großaufnahmen von Clive, wie er sich gerade einen Pariser über sein geschwollenes Glied rollt, waren mit Sicherheit ungeeignet für das Familienpublikum, das sie zu erreichen hoffte.

»Einen alten Luftballon?« schlug ich vor. »Füll- und Isolierschaum? Ein Kräuterpessar? Was auch immer, es hat nicht funktioniert. Sei ehrlich, Karen, du hast doch auch gar nicht *gewollt*, daß es funktioniert. Du wolltest unbedingt endlich schwanger werden, und es war dir längst egal, wer der Vater ist. Du hättest es wahrscheinlich lieber gesehen, wenn ich's gewesen wäre, vorausgesetzt, es hätte sich sonst nichts geändert. Aber dieser Aspekt hat dir nicht übermäßig zu schaffen gemacht, nicht wahr?«

»Das stimmt nicht! Es ist dein Kind! Ich weiß es. Frauen wissen so etwas!«

»Okay, dann laß uns einen Vaterschaftstest machen.«

»Nein!«

Sie funkelte mich wütend an. Ich zuckte die Achseln.

»Ich schließe den Beweisvortrag ab.«

»Diese Tests können gefährlich werden! Ich lasse keinen Doktor da mit dem Fötus rummachen, bloß weil du ein herzloser Scheißkerl bist, der nicht glauben will, was ich ihm sage.«

»Wenn du meinst, *ich* sei ein herzloser Scheißkerl, dann warte nur mal ab, bis du Clive gesagt hast, daß er zu seiner Verantwortung stehen muß, weil wir uns scheiden lassen.«

Sie stand auf, die Hände über den Ohren, wiegte sich auf den Füßen vor und zurück und murmelte etwas, das ich nicht verstehen konnte. Dann seufzte sie schwer und strich sich über den Leib, als wolle sie den Fötus beruhigen.

»So leicht kannst du dich da nicht rauswinden, du Bastard! Ich werde einen Vaterschaftsprozeß anstrengen. Ich werde die Tests machen lassen, sobald das Kind geboren ist.«

»So viele, wie du willst, Karen. Die werden lediglich beweisen, daß der einzige Bastard hier der in deinem Bauch ist.«

Damit war's geschehen. Sie warf sich auf mich, schreiend und spuckend, bearbeitete mich mit ihren Fäusten und Schuhen. Die Frauen haben heutzutage eine gute Presse. Es ist inzwischen selbst bei jenen, die sonst geschlechtsspezifische Unterscheidungen ablehnen, intellektuell zulässig zu meinen, daß sie, die Frauen, an sich irgendwie besser seien als die Männer, und daß sich die Probleme dieser Welt auf magische Weise von selbst lösen würden, wenn sie, die Männer, nur frauenhafter sein würden. Das ist meiner Ansicht nach sexistischer Blödsinn. Wenn man ihnen die Chance gibt, können Frauen genauso unangenehm werden wie Männer. Als Karen mich attackierte, erinnerte mich ihr Gesichtsausdruck an Ilsa Koch und Myra Hindley. Sie sah buchstäblich teuflisch aus.

»Du blöde Fotze!« kreischte sie.

Ich fürchte, das Unpassende dieses Schimpfwortes entging uns beiden. Ironie gehörte nicht zu Karens Stärken, und ich war zu beschäftigt, ihre wüsten Angriffe abzuwehren, um sie entsprechend zu würdigen. Karen war kleiner und leichter als ich, dafür aber in besserer Kondition und sehr viel motivierter.

Sie rammte mir das Knie in den Unterleib, zerkratzte mir das Gesicht mit den Fingernägeln und mißhandelte meine Schienbeine und Knöchel mit ihren spitzen Schuhen. Ihre Energie war geradezu dämonisch, erwuchs aus der plötzlichen Freisetzung monatelang aufgestauter Haß- und Frustrationsgefühle. Ich versuchte, sie in Schach zu halten, aber meine Gegenwehr wurde schnell überwunden.

Sie wollte natürlich, daß ich sie schlug. Das würde ihr recht geben und mich als den herzlosen Bastard dastehen lassen, der ich ihren Äußerungen zufolge war. Kummer machte mir dabei, daß ich nicht nur vor ihr so dastehen würde, sondern auch vor aller Welt. Sie konnte ihre blauen Flecken untersuchen und diagnostizieren lassen, konnte dann beim Prozeß Fotos und medizinische Sachverständige anschleppen, alles, um mir Verdruß zu bereiten. Diese ehelichen Wundmale würden aus dem rumvögelnden Miststück das geschlagene Weib machen, während ich als sadistischer Abenteurer erscheinen würde, der nicht damit zufrieden war, ihr Geld zu nehmen, sondern sie auch noch zusammenschlagen mußte. Ich würde noch Glück haben, wenn ich mit einer Bewährungsstrafe davonkam, und ich konnte mit Sicherheit jede Hoffnung auf eine für mich vorteilhafte Regelung fallen lassen. Und auf Alison, wie ich wohl kaum hinzufügen muß.

Ich *schlug* sie auch, aber nicht körperlich. Garcia wäre stolz auf mich gewesen. Ich wählte einen Schlag, der sie schlimmer traf als jeder andere, jedoch keinerlei Spuren hinterließ.

»Weißt du, was eine Vasektomie ist, Karen?«

Sie trat mir böse gegen das Schienbein. Ich biß die Zähne zusammen, drehte ihr den Arm um, daß es wehtat, und wiederholte meine Frage.

»Natürlich weiß ich das, verdammt noch mal!«

»Nun, dann solltest du noch etwas wissen. Ich habe eine machen lassen.«

Es brauchte eine Weile, bis der Groschen gefallen war. Dann wurde ihr Körper in meinen Armen schlaff.

»Was soll das heißen?«

»Daß ich zu keiner Vaterschaft fähig bin. Ich bin auf chirurgischem Wege sterilisiert worden. Verschnitten, durchgesäbelt, kastriert.«

Ihre Augen waren weit geöffnet, aber sie schaute jetzt nach innen, schätzte den Schaden ab. Noch immer liefen neue Berichte ein, aber sie konnte bereits sagen, daß es sehr schlimm war, eine größere Katastrophe.

»Dann war also alles nur gelogen.«

Ich erwiderte nichts. Ich hatte gesagt, was es zu sagen gab, und keine Lust, mit ihr zu plaudern. Sie wandte sich ab, murmelte das gleiche, was ich schon früher gehört hatte, aber jetzt lauter, drängender.

»Keine Liebe, keine Liebe, keine Liebe, keine Liebe, keine Liebe.«

Tja, es war alles sehr traurig. Es wäre schön, wenn es mehr Liebe gäbe. Damals in den sechziger Jahren, da glaubten wir noch, wir könnten das schaffen. Wir haben uns geirrt. Die Liebe ist dahin, wie auch der Weihnachtsmann, die guten Feen und der Mann im Mond dahin sind. Das ist was für die lieben Kleinen, dieses Zeug. Wir sind jetzt erwachsen. Wir glauben nicht mehr an die Liebe.

Ich überließ Karen ihren rührseligen Träumereien und ging nach oben, um mich ein bißchen hinzulegen, bevor sie die nächste Runde einläutete. Es war nicht sehr wahrscheinlich, daß wir beide in dieser Nacht viel Schlaf bekommen würden

**Als** ich erwachte, war es dunkel im Zimmer. Durch das vorhanglose Fenster waren die oberen Äste eines Baumes draußen zu sehen, die von einer Straßenlaterne gegenüber beleuchtet wurden. Ich lag vollständig angezogen auf dem gemachten Bett. Karens Seite des Bettes war überhaupt nicht berührt worden. Zusätzlich zu einer total irrelevanten Erektion hatte ich rasende Kopfschmerzen und ein häßliches Sodbrennen. Die Zeiger der Uhr befanden sich in einer jener Stellungen, bei denen es so aussieht, als gäbe es überhaupt nur einen – in diesem Fall war es zehn nach zwei.

Ich stand auf und ging ins Bad, wo ich eine Kopfschmerztablette schluckte und Alka Seltzer trank. Der obere Treppenabsatz wurde vom Schein der Lampe unten in der Diele erhellt. Karen betäubte ihren Kummer, wie ich annahm, mit einem dieser Fernsehfilme, die wir dank der Satellitenschüssel, die Dennis hatte installieren lassen, die ganze Nacht über sehen konnten. Vielleicht war sie sogar vor dem Fernseher eingeschlafen. Das wäre nicht das erstenmal gewesen. Ich beugte mich über das Geländer und spähte nach unten.

Schon seit einer Woche hatte auf der dritten Stufe von unten eine in Plastik eingeschweißte Zeitschrift gelegen, ein Fachblatt, das Dennis abonniert hatte und das trotz all unserer Versuche, den Computer des Verlages davon zu überzeugen, daß sich der vorgesehene Empfänger aus Themen wie etwa »1992 und was es für Ihre Kunden bedeutet« längst nichts mehr machte, weiterhin kam. Jetzt jedoch lag das glänzende Paket nicht mehr auf der Treppe, sondern mitten in der Diele auf dem Fußboden.

Die schiere Trivialität dieser Tatsache lockte mich nach unten, um der Sache nachzugehen. Die Zeitschrift dort hinzulegen, kam mir so unsinnig vor, daß ich neugierig wurde. Ich war ungefähr die halbe Treppe hinuntergegangen (ungefähr bis dorthin, wo Dennis an jenem Morgen gestanden haben mußte, an dem er uns um ein Haar im Bett erwischt hätte), als ich einen vor Karens Schuhen entdeckte, der in der Tür zum

Wohnzimmer lag. Was dies besonders interessant machte, war, daß ihr Fuß noch darin steckte.

Ein paar Stufen weiter, und ich konnte den Rest ihres Körpers ausmachen, der auf dem Parkettboden ausgestreckt lag, nur wenige Zentimeter von der gräßlichen neospanischen Vitrine entfernt, die sich die Parsons ausgesucht hatten, um ihrer Diele »ein bißchen Stil« zu geben – eine überelaborate Scheinantiquität mit Metallverstärkungen an allen Ecken, gußeisernen, scharfkantigen Griffen und einem gewaltigen, aus der Schranktür herausragenden Schlüssel. Dennis hatte scherzhaft gemeint, daß früher oder später mal jemand an dem Ding zu Schaden kommen würde. Damals schien es nur eine jener Bemerkungen zu sein, die man eben so macht.

Ich kniete mich neben Karen hin und schüttelte sie ein bißchen. Sie sah bleich aus, aber nicht bleicher, als nach der Menge, die sie getrunken hatte, zu erwarten war. Sie hatte eine häßlich aussehende Wunde, ganz geschwollen und gelb, hoch oben an ihrer rechten Schläfe, direkt unter dem Haaransatz. Es war klar, was geschehen war. Nach einer weiteren Runde einsamer Trinkerei im Wohnzimmer war sie auf die Treppe zugesteuert, entweder um schlafen zu gehen oder um sich weiter mit mir zu streiten. In ihrer weinerlichen Benommenheit hatte sie die in Plastik gehüllte Zeitschrift nicht bemerkt, die dann dieselbe Funktion erfüllt hatte wie die berühmte Bananenschale im Slapstick-Film. Karen war nach hinten gestürzt, mit dem Kopf gegen die spanische Vitrine gefallen und hatte sich so selbst k.o. geschlagen.

Ich verspürte eine absolute Mutlosigkeit, so, wie wenn der Spülmaschinenschlauch platzt und die ganze Küche unter Wasser setzt oder das Auto mitten in einer Autobahnbaustelle streikt. Es kam mir gar nicht in den Sinn, daß ihre Verletzung ernsthaft sein könnte. Alles, woran ich denken konnte, waren der Ärger und das Gemache, die ich da am Hals hatte, die Tatsache, daß ich nicht sofort wieder ins Bett gehen konnte. Wie ungemein lästig!

Ich faßte Karen unter den Achseln und schleifte sie ins Wohnzimmer. Auf einem kleinen Beistelltisch stand eine offene Flasche neben einem umgekippten Glas und einer Pfütze verschütteten Whiskys. Ich ließ Karen aufs Sofa plumpsen. Sie rutschte zur Seite, war vollkommen schlaff. Ich gab ihr ein paar Klapse auf die Wangen. Ich rief laut ihren Namen. Es kam keine Antwort.

Nach einer Weile drang ein anderes Geräusch im Zimmer bis in mein Bewußtsein vor, ein mechanisches Jaulen, das ich bislang dem Kühlschrank oder der Zentralheizung zugeschrieben hatte. Nach kurzer Suche stieß ich auf das Telefon, das unter dem Sofa lag. Hatte Karen es nur runtergestoßen oder jemanden angerufen? Und wenn, wen? Ich war halbwegs damit fertig, mir einen Kaffee zu machen, als mir einfiel, daß ja jedes auf dieser Leitung geführte Gespräch von dem Tonbandgerät aufgezeichnet wurde, das ich in dem leeren Schlafzimmer installiert hatte. Ich sauste nach oben und spulte das Band bis zum Anfang des letzten Gespräches zurück.

»Hier Oxford 46933. Es tut mir leid, ich kann im Augenblick nicht ans Telefon kommen, aber wenn Sie eine Nachricht hinterlassen, rufe ich sobald wie möglich zurück. Bitte sprechen Sie nach dem Pfeifton.«

»Clive? Clive? Du weißt, wer hier ist, Clive? Ich bin es, Clive. Ich, Karen.« Ein langes Schweigen.

»Warum hast du's ihm gesagt, Clive? Das hättest du nicht tun sollen. Jetzt haßt er mich.«

Schweigen.

»Ich möchte nicht hierbleiben, Clive. Ich habe Angst. Bitte komm her und hol mich von hier weg.«

Schweigen.

»Bitte, Clive! Hier gibt es keine Liebe. Keine Liebe. Es ist kalt und dunkel, und es könnte was passieren.«

Schweigen.

»Nur für ein paar Tage, Liebling. Bis sich alles wieder beruhigt hast. Ich möchte nicht hierbleiben. Ich fürchte mich.«

Darauf folgte ein dumpfer Schlag, dann ein Stöhnen und schließlich das Klicken, mit dem Clives Anrufbeantworter die Verbindung abbrach.

Ich saß eine ganze Zeit lang benommen da und hörte mir immer wieder das Band an. Jedesmal klang es schlimmer.

Als ich wieder ins Wohnzimmer kam, lag Karen noch genau so da, wie ich sie hingelegt hatte. Sie sah vollkommen leblos aus. Ich konnte am Handgelenk keinen Puls fühlen, sie schien überhaupt nicht zu atmen, ihre Haut war ganz kalt. Zum erstenmal begann ich zu fürchten, sie könne sich doch ernsthaft verletzt haben. Ich erinnerte mich an einen Artikel in der Lokalzeitung über ein Kind, das von seinem Fahrrad gefallen war. Der Junge schien zunächst völlig in Ordnung zu sein, klagte aber am folgenden Tag über anhaltende Kopfschmerzen. Ein paar Stunden später fiel er in ein irreversibles Koma und wurde mit Blaulicht ins Krankenhaus gebracht, wo sie nach ein paar Wochen die Maschine abstellten, die ihn am Leben erhalten hatte.

Unter normalen Umständen hätte ich den Krankenwagen gerufen, aber dies waren keine normalen Umstände. Die Nachricht auf Clives Anrufbeantworter sprach ganz offenkundig gegen mich. *Ich* wußte, daß das dumpfe Geräusch auf dem Band daher rührte, daß Karen im Suff das Telefon heruntergerissen hatte, aber für die Polizei mußte es ganz nach dem Schlag klingen, den ein eifersüchtiger Ehemann, der ins Wohnzimmer gekommen ist und seine Frau bei einem heimlichen Telefongespräch mit ihrem Liebhaber erwischt hat, mit dem altbekannten »stumpfen Gegenstand« geführt hat. Wenn aufgedeckt wurde, daß Karen schwanger war und Clive der Vater, daß sie vorgehabt hatten, am folgenden Tag zusammen zu verreisen, würden sich Anführungszeichen um das Wort *Unfall* legen wie ein paar Handschellen.

Ich verpaßte Karen rasch noch eine Dosis der »Jetzt-hör-schon-mit-dem-Blödsinn-auf-und-mach-endlich«-Behandlung, aber ohne die geringste Wirkung. Plötzlich wußte ich, daß sie tot war. Was bedeutete dies Wort denn anderes als diese aufreizende Gleichgültigkeit, diese grenzenlose Fähigkeit, sich störrisch zurückzuziehen? Die Toten sind so selbstsüchtig, so verantwortungslos! Sie verpissen sich einfach, und wir anderen dürfen hinterher aufräumen. All die Vorkehrungen, die ich mit so großer Sorgfalt getroffen hatte, würden nun wieder abgeblasen werden müssen. Es bestand nicht nur keine Hoffnung mehr, die Rechnung mit Clive zu begleichen, sondern es war auch noch höchst wahrscheinlich, daß man mich obendrein beschuldigen würde, Karen umgebracht zu haben. Ein ungeheuerlicher Justizirrtum war da im Entstehen begriffen. Es war so unfair, so überaus unfair!

Die alternative Version, die schließlich in meinem Kopf Gestalt anzunehmen begann, schien am Anfang nicht mehr zu sein als ein Tagtraum, eine kindische Phantasie von einer dem Verbrechen angemessenen Bestrafung. Wenn in einer idealen Welt Karens Tod wirklich jemandem angelastet werden konnte, dann doch wohl nur *Clive*. Mal ganz abgesehen von seiner widerlichen Einmischung in meine Ehe, war er ein durch und durch unangenehmer Mensch, der sich reichlich verdient hatte, was immer ihm zustoßen würde. Am Tage seiner Verurteilung würde ein gewaltiger Jubel in der gesamten Englisch-als-Fremdsprache-Welt ausbrechen, wenn sich die Opfer seiner miesen Tricks anschickten, ihre indirekte Rache zu feiern.

Am Anfang blieb diese Vision, wie ich schon sagte, völlig abstrakt, aber ganz allmählich begann ich mit dem Gedanken das Problem zu umkreisen, wie sie in die Praxis umgesetzt werden könnte. Ich holte mir Papier und Bleistift und machte mir die Notizen – und zwar immer erregter, je klarer sich das Projekt in meinem Kopf abzeichnete. Ganz allmählich gewann der Plan ein eigenes Leben, und als ich die Einzelheiten fertig ausgearbeitet hatte, wäre es mir beim besten Willen nicht mehr möglich gewesen abzuspringen. Die Sache verlangte danach, in die Tat umgesetzt zu werden, und es gab einfach keinen anderen, der dazu in der Lage war.

Ich hatte mit Garcia ausgemacht, daß ich ihn in der Nähe seiner Wohnung in Botley abholen würde, ein Vorort von Oxford, der sich anhört wie eine Form von Nahrungsmittelvergiftung und aussieht wie ihre Folgen, eine Anhäufung von halbverdauten Architekturbröckchen, die mit verzweifelter Hemmungslosigkeit über das Land erbrochen worden sind. Ich war kurz nach acht am Treffpunkt, nachdem ich zuvor am Bahnhof angehalten hatte, um den BMW bewundern zu lassen und eine einfache Fahrkarte nach Banbury zu kaufen. Ich hatte nur ein paar Stunden geschlafen und fühlte mich erschöpft und deprimiert.

Als bei der aus den düsteren dreißiger Jahren stammenden Eckkneipe, wo wir uns verabredet hatten, keine Spur von Garcia zu entdecken war, überkam mich ein Gefühl der Panik. Alle meine Pläne setzten seine Mithilfe voraus, und es war inzwischen zu spät, sie aufzugeben. Ich fuhr an dem Pub vorbei und ein paar Minuten lang um den Block. Als ich wieder am Pub ankam, war Garcia da, in Jeans und Lederjacke gezwängt wie ein verkleideter Affe.

»Alles in Ordnung?« fragt er.

»Klar.«

»Ihre Frau...?«

»Alles erledigt.«

Ich gab ihm ein Paar von den Gummihandschuhen, die ich mitgebracht hatte, und sagte ihm, er solle sie anziehen, bevor er ins Auto stieg. Das Schöne an dem Plan, den ich mir zurechtgelegt hatte, war, daß all seine zahlreichen und winzigen Details auf dem Prinzip des Sich-gegenseitig-Ausschließens beruhten. Ich kam in dem BMW vor, nicht aber in Clives Lotus. Karen und Clive gab es im Lotus, nicht jedoch im BMW. Was Garcia anbetraf, so kam er überhaupt nicht vor.

Auf dem Rücksitz lagen Karens Koffer, ihr Mantel und ihre Handtasche, ferner ein paar Einkaufstüten von Sainsbury, in denen eine Rolle Müllsäcke steckte, eine Auswahl von Nägeln, eine Schere, ein Paar Gummistiefel, eine marineblaue Decke,

Gefrierbeutel, eine Taschenlampe, ein großer Toilettenbeutel, Paketband und alles mögliche zu essen und zu trinken, damit wir den Tag überstanden.

»Und der Generator?« fragte Garcia.

»Der Plan mußte geändert werden. Wir werden Clive statt dessen entführen. Das ist fast genausogut und weitaus weniger riskant. Zwölf Stunden gefesselt und geknebelt im Kofferraum eines Autos sind eine lange Zeit, erst recht, wenn man nicht weiß, was passieren wird, wenn das Auto endlich anhält.«

»Und was *wird* passieren?«

»Nichts. Wir lassen ihn einfach irgendwo am Arsch der Welt laufen. Bis er bei der Polizei ankommt, sind wir längst zu Hause. Es gibt keinerlei Beweise für eine Entführung, keinen Generator, dessen Spur sich zurückverfolgen läßt.«

Garcia dachte ganz ohne Zweifel, daß dies doch eine recht mickrige Form von Rache sei, aber solange ich zahlte, würde er sich deswegen nicht mit mir streiten.

Der Verkehr war dünn, und wir kamen gut voran. Ein paar Kilometer südlich von Banbury bog ich von der Hauptstraße ab und überließ Garcia das Steuer. Er hatte mir versichert, er könne fahren, was in dem Sinne stimmte, in dem Hühner fliegen und Pferde schwimmen können. Wenn es darum ging, Militärfahrzeuge in einem Lande zu lenken, wo diese ein absolutes Vorfahrtsrecht genossen, mochten seine Fahrkünste ja vollkommen ausreichend sein, aber für die Zwecke meines Planes mußte er den BMW nicht nur von A nach B steuern, ohne mit anderen Fahrzeugen und der Landschaft im allgemeinen zu kollidieren, sondern auch, ohne die Aufmerksamkeit der Polizei zu erregen. Es war jetzt allerdings zu spät, sich darüber noch Sorgen zu machen.

Nach Garcias kurzer Probefahrt hielten wir am Straßenrand, um die praktischen Vorkehrungen noch einmal durchzugehen. Er wies darauf hin, daß Clive durch das wasserdichte Futter des Toilettenbeutels, den ich als Kapuze vorgesehen hatte, keine Luft kriegen würde, und so bohrte ich mit der Schere ein paar Löcher hinein. Dann schoben wir die Vordersitze ganz nach vorn, damit Garcia Platz genug hatte, sich hinten reinzulegen. Ich breitete die Decke über ihn, und dann machten wir uns wieder auf den Weg.

Der Parkplatz am Bahnhof stand voll mit den Autos der Pendler, aber vor dem Bahnhofsgebäude parkten außer ein paar Taxis nur zwei Fahrzeuge. Das eine war der Lieferwagen eines Blumenhändlers, das andere Clives gelber Sportwagen Marke Lotus. Ich stieß einen Seufzer der Erleichterung aus. Meine größte Sorge war gewesen, Clive könne seinen Anrufbeantworter abgehört und geargwöhnt haben, daß etwas nicht stimme, und folglich fortgeblieben sein. Ich parkte auf der anderen Seite des Blumenwagens. Der Zug aus Oxford hatte sechs Minuten Verspätung. Seine Passagiere zerstreuten sich schnell, zu Fuß oder mit den Taxis. Der Lieferwagenfahrer erschien mit drei flachen Pappkartons voller Blumen. Er warf einen desinteressierten Blick auf den BMW und röhrte davon.

Drinnen im Bahnhofsgebäude legte Clive gerade den Hörer eines Münzfernsprechers auf, als er mich bemerkte. Er sah wieder weg, als sei es eine dieser peinlichen Verwechslungen. Ich ging auf ihn zu. Er blickte erneut zu mir her. Diesmal gab es kein Vertun. Ich war es tatsächlich. Oje!, ojemine!

»Ich denke, wir sollten uns mal ein bißchen unterhalten«, sagte ich und deutete auf den BMW.

Clive folgte mir anstandslos. Er wußte, daß der Versuch sinnlos sein würde, sich mit irgendeinem fadenscheinigen Scheiß rauszureden. Wenn ich da war, dann nur, weil Karen ein Geständnis abgelegt hatte.

Wir stiegen ins Auto. Clive zog seinen feschen Blouson und seine Chinos zurecht und saß, Spieler, der er war, da und wartete darauf, daß ich ansagte. Er sah jetzt schon wieder ruhiger aus, mehr wie sein altes, schmieriges Selbst.

»Ich weiß, was gelaufen ist«, sagte ich.

»Wirklich?«

Sein Tonfall war reserviert, fast verächtlich.

»Sie haben meine Frau gebügelt.«

Clive betrachtete mich mit Abscheu.

»Ja, so würden *Sie* das wohl sehen.«

Ich hätte ihm auf der Stelle eine verpaßt, aber ein altersschwacher Morris Marina hatte sich gerade in die Lücke geschoben, die der Lieferwagen freigemacht hatte. Dem Wagen entstieg ein glatzköpfiger Mann in sackartiger Strickjacke und Hosen mit Dauerfalten. Er sah sich mit unbestimmt wohlwollendem Lächeln um und verzog sich dann ins Bahnhofsgebäude.

»Wo ist Karen?« fragte Clive.

Ich fühlte mich arg versucht, es ihm zu sagen!

»Sie hat sich's, was das Wochenende anbelangt, anders überlegt. Es ist eine entsprechende Nachricht auf Ihrem Anrufbeantworter. Haben Sie den nicht abgehört?«

Er schüttelte den Kopf.

»Ich bin gestern nacht erst sehr spät nach Hause gekommen.«

»Und das auch zu Recht. Man nutze seine Freiheit, solange sie währt.«

Er sah mich an und runzelte die Stirn.

»Wie bitte?«

»Oh, hat sie's Ihnen nicht gesagt? Sie werden ein Pappilein werden, Clive.«

Im Rückspiegel konnte ich sehen, wie der kahlköpfige Mann mit einer älteren Dame zurückkehrte, die nur mit Hilfe eines Aluminiumgestells gehen konnte. Ich mußte unser Gespräch noch ein paar Minuten in Gang halten. Dann würden die beiden fort und Clives kurze Gnadenfrist vorüber sein.

»Sie ist . . . schwanger?« fragte er tonlos.

»Genau. Und ich habe mich vor etlichen Jahren gegen jede Vaterschaft entschieden. Ich trage zwar nicht die Krawatte, aber ich bin Vollmitglied im Verband Sterilisierter Stecher. Womit Sie den Schwarzen Peter haben.«

Er saß da und starrte geradeaus durch die Windschutzscheibe.

»Hat Kay das gewußt?« fragte er schließlich.

Sein Gebrauch des Perfekts erschreckte mich, bis mir klar wurde, daß er sich auf die implizierte Fortsetzung »als sie Sie heiratete« bezog. Es sind solche Kleinigkeiten, die Schülern zu erklären so ungemein schwierig sein kann.

»Das mit meiner Vasektomie? Natürlich. Sie glauben doch wohl nicht, daß ich meiner Frau so etwas verheimlichen würde, oder?«

Ein Leuchten trat in seine Augen.

»Dann hat sie's mit Absicht getan!«

Er klang widerlich gerührt.

»Natürlich hat sie das!« erwiderte ich. »Um Sie in eine Ehe hineinzutricksen.«

»Mich hineinzutricksen? Ich habe sie jahrelang angefleht, mich zu heiraten, aber alles, was sie tat, war ein paarmal mit mir auszugehen, wenn ihre Ehe schlecht lief. Aber dies jetzt beweist, daß sie es sich anders überlegt hat!«

»Es beweist lediglich, was alle Welt schon wußte, Clive, nämlich daß Sie ein Riesenarschloch sind.«

Ich hatte die Stimme erhoben, was unglücklicherweise die Aufmerksamkeit des Marina-Fahrers erregte, der noch immer dabei war, die Oma in seiner Blechkiste zu verstauen.

»Es tut mir leid«, sagte Clive in besänftigendem Ton. »Ich vergaß, wie schmerzlich das alles für Sie sein muß. Wie sind Sie uns auf die Schliche gekommen? Hat Karen es Ihnen gesagt?«

»Nicht ganz. Ich habe neulich mit angehört, wie sie mit Ihnen telefonierte. Wissen Sie, wie sich das angefühlt hat?«

»Ich kann's mir vorstellen«, murmelte er mitfühlend, gerade als der Morris Marina davonfuhr.

»Nein, das können Sie nicht. Aber das brauchen Sie auch gar nicht. Es fühlt sich so an.«

Und ich knallte ihm die Faust mit voller Wucht in die Weichteile.

Vom Steuer des Lotus aus gesehen, wirkte die Einfahrt in den Steinbruch sehr viel unebener, als ich es in Erinnerung hatte. Die Möglichkeit, daß der tiefliegende Sportwagen Bodenberührung bekommen und sich festfahren könnte, ging mir jetzt erst auf. Ich gab kräftig Gas und versuchte es mit Anlauf. Ein- oder zweimal waren laute, metallische Geräusche zu hören, wie Wellen, die gegen den Boden eines Dinghis schlagen, dann war ich im Steinbruch drin. Kurz darauf erschien der BMW, der alle Unebenheiten mit Leichtigkeit überwand. Alles lief nach Wunsch. An den Felsbrocken am Eingang des Steinbruchs würden die Experten eine an Moosflechten erinnernde Patina aus Unterbodenfarbe des Lotus finden, während der hochrädigere BMW keinerlei Spuren hinterlassen haben würde.

Der Steinbruch war schon lange nicht mehr benutzt worden, und angesichts der Bröckligkeit des Gesteins und des dichten Bewuchses aus Unkraut und Gesträuch hätte man ihn für einen ganz natürlichen Teil der Landschaft halten können, wenn da nicht die vollkommen ebene Fläche aus rötlicher Erde gewesen wäre. Dieser ziegelrote Boden interessierte mich, weil ich wußte, daß er die Polizei interessieren würde. Er war auffallend, charakteristisch und bestimmbar. Er konnte gewogen und vermessen, chemisch und spektroskopisch untersucht und dann dem Gericht in einer sauberen kleinen Plastiktüte als »Beweisstück A« vorgelegt werden. Kurz gesagt, er war ein *Indiz*.

Deshalb hatte ich die Gummistiefel für Garcia mitgebracht. Er sollte den BMW fahren, und da der BMW ja nie im Steinbruch gewesen war, durften wir nichts von diesem auffallend roten Sand in ihn hineingelangen lassen. Garcia parkte neben dem Lotus, wie ich es ihm gesagt hatte, und ließ den Motor nach bester Machomanier aufheulen, bevor er ihn abstellte. Ich öffnete die Beifahrertür des BMW. Clive lag gekrümmt wie ein Fötus vor dem Sitz, den über seinen Kopf gestülpten Toilettenbeutel am Hals eng zusammengebunden. Bei diesem Beutel handelte es sich um ein modisches Modell für Sportler auf Reisen, glänzendes Acryl mit dynamischem Streifenmuster. Er paßte so gut zu Clives Outfit, daß er selbst ihn hätte aussuchen haben können.

Unsere Abfahrt aus Banbury war sehr reibungslos vonstatten gegangen. Während Clive sich noch gewunden hatte, hatte sich hinten im Auto eine deckenumhüllte Gestalt aufgerichtet wie der erwachte Krake und Clive den *coup de grâce* verpaßt. Garcias Vorstellung von einem »leichten Schlag auf den Kopf« entsprach einem gewaltigen Hieb mit etwas, das so aussah wie eine mit einer Socke umwickelte Salami. In jedem Falle erfüllte das Ding seinen Zweck. Clive sank in sich zusammen wie eine Marionette, der man die Fäden durchgeschnitten hat. Garcia erklärte mir die Konstruktion der Waffe (es handelte sich um einen mit Sand gefüllten Leinenbeutel, der in Baumwolle gewickelt und mit einer Plastikhülle versehen war), und versicherte mir, daß sie keinerlei Spuren hinterlassen würde. Sie sei ganz und gar sein eigenes Werk, fügte er stolz hinzu – bis zu dem mit Tinte auf die Baumwollumwicklung geschriebenen Motto TRADICION, FAMILIA Y PROPIEDAD.

Während sich Garcia in die grünen Gummistiefel quälte, rieb ich sorgfältig die Türgriffe, Armaturen und Lederpolster des BMW ab, um alle Fingerabdrücke, die Clive darauf hinterlassen haben könnte, zu entfernen. Dann brachten wir seinen leblosen Körper auf dem Beifahrersitz wieder in eine aufrechte Stellung, banden seine Fußgelenke und Knie mit Paketband zusammen, drehten ihm die Arme auf den Rücken und umwickelten sie an den Handgelenken. Es war starkes Paketband, das leicht zu zerschneiden, aber unmöglich zu zerreißen war und wahrscheinlich weniger Spuren hinterlassen würde als Draht oder Schnur. Als wir fertig waren, sah Clive wie ein zum Braten dressiertes Huhn aus. Ich zog ihm sein Schlüsseletui aus der Tasche und untersuchte den Inhalt. Da gab es große Schlüssel und kleine, kurze und lange, und alle waren mit unterschiedlichen Farbklecksen markiert, die Clive verrieten, welches Fach seines Lebens sie jeweils öffneten. Nur einer, ein arg lädierter Sicherheitsschlüssel, der neben dem Zündschlüssel des Lotus hing, wies keine Markierung auf. Ihn nahm ich heraus und verstaute ihn sorgsam in meiner Brieftasche.

Im Kofferraum des Lotus fanden sich Clives Reisetasche und ein Wust von Werbematerial für seine Sprachschule. Wir verfrachteten alles auf den Rücksitz und zogen dann das Reserverad aus seiner Mulde im Boden. Ich sagte Garcia, er solle es zwischen die Felsbrocken auf der anderen Seite des Steinbruchs werfen. Während er den Reifen dorthin rollte, öffnete ich den Kofferraum des BMW. Der Deckel hob sich leicht auf seinen hydraulischen Stützen. Ich hätte bei dem Anblick, der sich mir bot, fast laut aufgeschrien.

Vor sieben Stunden hatte ich Karens Leichnam im Ramillies Drive sorgfältig für die Reise verpackt. Ich hatte ihre Arme und Beine mit Paketband zusammengebunden, dann die Rolle mit Müllsäcken unter der Spüle hervorgeholt und einen davon über ihren Kopf, die Schultern und die Brust gezogen, einen zweiten über Beine, Hüften und Bauch. Einen dritten Plastiksack wickelte ich um den Bereich, wo sich die beiden anderen überlappten, und verklebte die ganze Geschichte mit Paketband in der von der Post für sperrige Gegenstände von unregelmäßiger Form anerkannten Manier. Ich war überrascht, wie leicht es war, an Karen als einen sperrigen Gegenstand von unregelmäßiger Form zu denken. Ihr Tod bedeutete mir nichts. In meinem Herzen glaubte ich, sie sei oben in unserem Schlafzimmer und schnarche dort in diesen Tönen, wie Dennis es mal bei anderer Gelegenheit so plastisch geschildert hatte. Am Morgen würden wir uns wie stets verdrießlich beim Frühstück begrüßen. In der Zwischenzeit mußte ich halt diese Leiche wegschaffen.

Ich nahm das Bündel auf, hob es vorsichtig aus den Knien heraus hoch, um mir keinen Bruch zu heben, und trug es in den Flur zum Hinterausgang. Der BMW stand noch auf dem Kiesplatz neben dem Haus, wo ich ihn abgestellt hatte, als ich am Nachmittag nach Hause gekommen war. Die gleiche Straßenlaterne, die den Baum vor dem Schlafzimmerfenster beschien, beleuchtete das Auto, und da ich nicht wollte, daß irgendein schlafloser Nachbar mitbekam, wie Karen das Haus verließ, löste ich die Handbremse des Wagens und schob ihn um die Ecke in den Schatten hinter dem Haus. Der Kofferraum war angefüllt mit all dem Zeug, das ich für meine nun hinfällig gewordene Zusammenarbeit mit Garcia geliehen oder gekauft hatte. Ich brachte den tragbaren Generator in die Garage und deponierte den Rest auf dem Rücksitz, kehrte dann ins Haus zurück, nahm meinen selbstgemachten Leichensack auf und verstaute ihn im Kofferraum. Ebendieses gestaltlose, unpersönliche Paket erwartete ich zu sehen, als ich den Kofferraumdeckel im Steinbruch wieder öffnete. Statt dessen aber hatte ich eine wirre Masse von zerrissenem Plastik vor mir, aus dem Karens Füße, ihre Ellbogen und ihr gräßlich verzerrtes Gesicht herausschauten. Es hatte etwas von einem Schmetterling, der aus seiner Puppe zu kriechen versucht.

Ich berührte ihre Wange. Sie war fast kalt. Karen war jetzt tatsächlich tot, aber sie war es offensichtlich noch nicht gewesen, als ich sie dort hineingelegt hatte. Irgendwann mußte sie das Bewußtsein wiedererlangt haben, nur um sich in einem kalten, stählernen Gewölbe begraben zu finden. Vielleicht hatte sie um Hilfe gerufen. Mit Sicherheit hatte sie wild gekämpft, um sich zu befreien, aber alles, was sie geschafft hatte, war, ihr Leichentuch aus Plastik ein bißchen durcheinanderzubringen und mir eine häßliche Überraschung zu bereiten, eine Überraschung, die mir die kostbaren Sekunden geraubt hatte, die ich brauchte, um das zu tun, was getan werden mußte. Garcia war schon auf dem Rückweg.

»Nicht dort!« rief ich ihm zu. »Weiter weg! In die Büsche!«

Sobald er mir wieder den Rücken zugewandt hatte, hob ich den Leichnam heraus und trug ihn hinüber zum Lotus, ließ ihn in dessen Kofferraum fallen und riß die Reste der Plastikumhüllung herunter. Dann schnitt ich mit der Schere die Paketbandfesseln auf und ließ die Gliedmaßen sich frei und natürlich so legen, wie sie es wollten. Mir wurde rasch klar, daß mir Karens verzögerter Tod tatsächlich zum Vorteil ausgeschlagen war, hatte so doch die Leichenstarre nicht vor Entfernung des Paketbandes eingesetzt. Als nächstes schleppte ich einen der zerbrochenen Zaunpfähle aus Beton heran, die ich bei meinem ersten Besuch im Steinbruch bei dem Bauschutt liegen gesehen hatte, und legte ihn neben Karen. Ich fügte dem noch eilig ihren Koffer, den Mantel und die Handtasche hinzu. Als Garcia zurückkam, war der Kofferraum des Lotus zu und verschlossen, und ich legte den des BWM mit aufgerissenen und verklebten Plastiksäcken aus.

Der nächste Schock war, daß Clive nicht mehr auf dem Beifahrersitz saß, wo wir ihn zurückgelassen hatten. Einen Augenblick später entdeckte ich ihn, wie er sich hilflos zwischen den Pedalen auf der Fahrerseite herumwand, den Rücken in schmerzhaftem Winkel über den Getriebetunnel gekrümmt, und mit einer durch den Toilettenbeutel gedämpften Stimme um Hilfe rief. Ich beugte mich hinab und versetzte dem so knallbunt umhüllten Kopf einen kräftigen Faustschlag.

»Hier ist niemand, der dir helfen kann, Clive. Hier ist niemand außer mir, und ich werde dir nicht helfen. Weißt du, was ich tun werde? Ich habe hier eine Gartenschere, Clive. Ich werde sie bei dir anwenden. Ich werde dich zurechtstutzen. Du bist in letzter Zeit ein bißchen üppig ins Kraut geschossen, Clive, bist ein bißchen geil geworden und verwildert. Ich werde dich zurückschneiden müssen, fürchte ich. Ich werde dich *kupieren* müssen.«

Ich machte eine Pause.

»Oder vielleicht auch nicht. Kommt ganz darauf an. Es hängt von so vielen Dingen ab. Von meiner Stimmung, vom Wetter, von der Anzahl der Elstern, schwarzen Katzen und zerquetschten Igel, an denen wir vorbeifahren, davon, ob ich im Radio irgendwas finde, dem man zuhören kann, und ob mir meine Hämorrhoiden nach einem Tag in deinen protzigen kleinen Schalensitzen zu schaffen machen. Es hängt von all dem ab und von noch mehr, von mehr, als ich mit Worten auszudrükken vermag. Aber was alle diese unwägbaren Faktoren gemeinsam haben, ist, daß du, verdammt und zugenäht, nichts, aber auch gar nichts daran ändern kannst. Du wärst deshalb gut beraten, das Beste aus der einzigen Art und Weise zu machen, in der du versuchen kannst, das Endergebnis zu beeinflussen, Clive, und das ist, DEIN GOTTVERDAMMTES MAUL ZU HALTEN.«

Die vermummte Gestalt schwieg und lag still. Ich nahm Garcia beiseite (es wäre nicht gut gewesen, wenn er gehört hätte, wie wir uns auf Spanisch unterhielten), und sagte ihm, er solle Clive in den Kofferraum packen. Für diesen Vormittag hatte ich genug Körper durch die Gegend geschleppt.

Als ich früher an diesem Morgen die Aktivitäten des Tages geplant hatte, war mir die Fahrt nach Wales als eine Art *entr'acte* zwischen den anstrengenden und überaus heiklen Szenen davor und danach erschienen. Diesen hatte ich intensive Aufmerksamkeit und größte Sorgfalt gewidmet, an die Reise selbst jedoch kaum einen Gedanken verschwendet. Die Zeit spielte keine Rolle. Wir konnten vor Einbruch der Dunkelheit sowieso nichts tun. Da der Lotus und der BMW viel zu auffällige Wagen waren, um riskieren zu können, daß sie beide zusammen auf den wenig befahrenen Landstraßen gesehen wurden, hatte ich eine »Umgehungsroute« vorgesehen, bei der wir so weitgehend wie möglich die Autobahn benutzen konnten. Garcias Instruktionen waren denkbar einfach. Er sollte eine gleichbleibende Geschwindigkeit von 90 km/h fahren. Ich wollte mich mit einigem Abstand hinter ihm halten, den BMW immer in Sichtweite. Wenn wir an Abzweigungen und Kreisel kamen, wollte ich ihn vorher überholen und zur richtigen Ausfahrt dirigieren.

Narrensicher, was? So hatte ich jedenfalls gedacht. Aber ich war seit meiner Heimkehr nach Großbritannien noch nicht wieder Autobahn gefahren und wußte deshalb nicht, daß die Geschwindigkeitsbegrenzung von 110 km/h in der Praxis inzwischen die *Mindest*geschwindigkeit darstellt, die selbst auf der langsamen Spur kaum eingehalten wird. Der arme Garcia versuchte so gut er konnte, meine Anweisungen zu befolgen, aber angesichts der Schlange von wütenden und arroganten Fahrern, die sich hinter ihm bildete, und dank der aufregend schnellen Reaktion des BMW auf das leichteste Antippen des Gaspedals verlor ich ihn rasch aus den Augen. Und daran konnte ich verdammt wenig ändern, da sich herausstellte, daß Clives schicker, kleiner Roadster untermotorisiert und die Zündung schlecht eingestellt war, und das Auto dazu neigte, aus der Spur auszubrechen, wenn man sich auch nur eine Sekunde nicht aufs Fahren konzentrierte. Während ich noch düster auf den Tachometer starrte, bemerkte ich, daß der Tankanzeiger so schräg stand wie ein Besoffener, der an der Bar lehnt, weit in dem roten Feld, das »leer« bedeutete.

Objektiv gesehen hätten die nun folgenden fünfzehn Minuten kaum banaler sein können, aber in Wirklichkeit waren sie der aufreibendste Teil des ganzen Tages. Wie schon gesagt, beruhte mein Plan auf einem System strikt voneinander getrennter Handlungsbereiche. Ich gehörte in einen davon, Clives Lotus in einen anderen, und niemals durften die zwei beiden zusammenkommen. Ich hatte mir äußerste Mühe gegeben, keine Spuren in dem Lotus zu hinterlassen, aber das wäre alles für die Katz, wenn ich auf der Autobahn stehenblieb und von der Polizei gerettet werden mußte. Selbst wenn sie nicht rein zufällig den Kofferraumdeckel aufmachten und dort die sterblichen Überreste einer »weiblichen Person weißer Rasse« fanden, würde der Vorfall doch protokolliert werden und damit eine Verbindung zwischen mir und dem Lotus offiziell festgehalten sein. Indem ich möglichst langsam fuhr und im Leerlauf rollte, sobald es bergab ging, schaffte ich es, den Lotus auf einem schier endlosen Stück Autobahn ohne irgendwelche Ausfahrten oder Hinweisschilder in Gang zu halten, aber als endlich eine Abfahrt auftauchte, wußte ich, daß ich sie nehmen mußte. Abgesehen von allem anderen, war die Gefahr, die Aufmerksamkeit der Polizei zu erregen, weitaus geringer, wenn ich erst einmal von der Autobahn runter war. Was Garcia anging, so versuchte ich nicht daran zu denken, was er so ganz allein alles veranstalten würde.

Ich stieß an einer der Straßen, die vom Autobahnzubringer fortführten, fast sofort auf Benzin. Ich tankte eilig und fuhr auf die Autobahn zurück. Ein paar Kilometer weiter mußte ich voll in die Bremse steigen, weil ich den BMW erblickte, der auf dem Seitenstreifen stand, die Warnblinkanlage eingeschaltet, die Türen weit geöffnet – und Garcia, der in seinem Rausschmeißeroutfit und den Vergewaltigerhandschuhen danebenstand, rauchte und die schöne Aussicht bewunderte. Das einzige, was fehlte, war ein großes Schild mit der Aufschrift SOFORTVERKAUF ZU TIEFSTPREISEN.

Danach lief alles ziemlich glatt. Ich behielt Garcia bis zum Ende der Autobahn im Auge, also bis unmittelbar hinter Telford, und überholte ihn dann, um ihn über die Landstraßen zu unserem Bestimmungsort zu lotsen. Die Abenddämmerung brach gerade an, als wir Llangurig verließen und in ein Tal gelangten, in dem eines dieser kristallklaren walisischen Flüßchen munter dahinplätscherte. Nach etwa fünfzehn Kilometern bogen wir nach rechts in eine schmale Bergstraße ein, die steil zu einem Paß hinaufführte und dann wieder abwärts in das Hochtal des Elan, der an dieser Stelle nur wenig mehr war als ein flacher, von den aufgestauten Wassern des obereren Reservoirs künstlich verbreiterter Bach. Ich parkte den Lotus am Straßenrand und ging zurück, um mich zu Garcia in den BMW zu setzen. Ich machte mir keine Sorgen mehr, daß die beiden Autos zusammen gesehen werden könnten. Außer ein par neurotisch wirkenden Schafen war niemand in der Nähe, der sie hätte bemerken können. Während es immer dunkler wurde, aßen wir den Rest des Proviants auf, den ich mitgebracht hatte. Von Zeit zu Zeit war hinten im Kofferraum ein dumpfes Poltern zu hören. Ich entwarf im Geist einen Beschwerdebrief an BMW: »Sehr geehrte Herren, auf längeren Fahrten werden meine Frau und ich des öfteren vom Jammern und Weinen unseres philippinischen Hausmädchens gestört, das im Kofferraum mitreist. Es ist einigermaßen untragbar, wenn ein Wagen von vorgeblich so hoher Qualität...« Drunter ein arabischer Name und eine Adresse in Knightsbridge.

Als wir unseren kleinen Imbiß beendet hatten, gab ich Garcia weitere Anweisungen. Sie waren kurz und einfach. Er sollte genau eine Stunde warten und dann die Straße entlangfahren, bis er mich sah. Ich ließ ihn mit einer Schachtel Schokoladenkekse, einer Dose Coca-Cola und einer ziemlich schwachen, vor lauter Rauschen kaum hörbaren deutschen Pop-Station, die er im Radio gefunden hatte, dort sitzen und fuhr im Lotus davon.

Die Straße folgte mehrere Kilometer weit dem Berghang über den oberen zwei Seen, bevor sie dann abwärts führte, in einen Wald eintauchte und im Zickzack den Überlaufkanal der Reservoirs überquerte, um sich schließlich dicht an das Ostufer des am tiefsten gelegenen, größten der drei Stauseen zu halten. Es war inzwischen dunkel geworden, aber ich konnte mich von dem Spaziergang mit Karen am letzten Tag unseres Aufenthaltes im Elantal her noch sehr gut an die Szenerie erinnern. Besonders gut erinnerte ich mich an Karens Erschauern, als sie auf die schwarzen Wasser tief unter sich hinabgeblickt hatte.

Ich fuhr am Ufer des Reservoirs entlang und dann über den schmalen Viadukt aus grob behauenem Stein, über den man zu einem auf der anderen Seite gelegenen, in die Berge führenden Waldweg gelangte. Als ich drüben angekommen war, wendete ich und fuhr einen Teil der Strecke zurück. Es war stockdunkel und hatte mit einem beständigen leisen Rauschen, das die Stille noch zu vergrößern schien, zu regnen begonnen. Ich öffnete den Kofferraum des Lotus und lehnte die Taschenlampe an die Stützstrebe des Deckels. Karen zeigte keine weiteren Anzeichen untoter Aktivitäten. Es bestand nun kein Zweifel mehr, daß ich es mit einem Leichnam zu tun hatte, blaß, kalt und steif, die Rückseite der Beine und des Nackens von häßlich graublauer Färbung, als habe ihnen das Herumpoltern im Kofferraum des Lotus posthum übel mitgespielt. Ich war immer davon ausgegangen, daß zwischen den Lebenden und den Toten ein großer Unterschied besteht, eine krasse, augenfällige Differenz, aber abgesehen von den eben erwähnten kosmetischen Details, einer Art beschleunigten Alterns, schien Karen noch weitgehend dieselbe Person zu sein, die ich gekannt und die ganze Zeit geliebt hatte. Falls etwas fehlte, dann mit Sicherheit nichts, an dem mir jemals sonderlich viel gelegen hatte. Für die meisten Männer ist Sex wohl selten mehr als Nekrophilie mit Lebenden.

Die Leichenstarre war inzwischen schon ziemlich weit fortgeschritten, also versuchte ich gar nicht erst, Karens Arme um den Betonpfahl zu biegen, sondern legte diesen an ihrem Rücken entlang. Ich hatte ursprünglich vorgehabt, den Körper mit einem der Kabel an dem Pfosten festzubinden, die ich für Clives Folterung gekauft hatte. Aber da sich unter den vermischten Gegenständen in seinem Kofferraum auch ein Abschleppseil fand, benutzte ich natürlich dieses an Stelle des Kabels. Ich wickelte es mehrfach um die beiden Starrheiten und sicherte die Enden mit einer zweifellos übertriebenen Anzahl von Knoten.

Der nächste Schritt bestand darin, den Leichnam auf die breite Brüstung zu wuchten, die die Brücke auf beiden Seiten einfaßte und etwa brusthoch war. Als ich es versuchte, wurde mir klar, daß es ein Fehler gewesen war, ihn vorher an dem Pfosten festzubinden. Ich war einfach nicht in der Lage, Karen *und* den Betonpfahl hochzuheben. Aber ich mußte, da half nichts. Beim ersten Versuch landeten wir beide auf der Fahrbahn, ich auf den Knien und Karen lang ausgestreckt in der Gosse. Indem ich ein Ende des Pfostens ließ, wo es war, gelang es mir, das andere auf die Kante der Brüstung zu stemmen – mit der daran gefesselten Karen, die nun aussah wie die Jungfrau von Orleans am Brandpfahl. Dies war der Augenblick, in dem auf der anderen Seite des Reservoirs ein Paar Autoscheinwerfer auftauchten.

Das Fahrzeug beschrieb auf dem Parkplatz vor der Brücke einen Kreis und blieb in Richtung aufs Wasser stehen. Das mußten Leute vom örtlichen Wasser- und Abwasseramt sein, dachte ich mir. Ich konnte mir nicht vorstellen, was jemand sonst zu dieser Nachtzeit dort treiben sollte. Sie würden wahrscheinlich den gleichen Gedanken haben und herübergefahren kommen, um mal nachzusehen. Es war zu spät, den Körper über das Geländer zu hieven, ohne gesehen und festgenommen zu werden, und sei es nur wegen Schädigung der nationalen Wasservorräte, deren Zustand ja ohnehin schon dafür gesorgt hat, daß die beiden Zuständigkeitsbereiche des Amtes in den Köpfen vieler Leute verständlicherweise durcheinandergeraten sind. Nein, es würde mir nichts anderes übrig bleiben, als mich da durchzubluffen. »Guten Abend. Bewundere nur eben die Aussicht. Das ist meine Frau. Ja, ich fürchte, es geht ihr nicht sonderlich gut. Na ja, eigentlich ist sie sogar tot, aber darüber sprechen wir in ihrer Gegenwart nicht gern.«

Die Angst verlieh mir neue Kräfte. Ich stemmte das andere Ende des Pfahls auf die Brüstung hoch, schob die ganze Geschichte auf die andere Seite und über die Kante. Einen kurzen Moment später ertönte ein zufriedenstellend lautes Platschen. Ich öffnete Karens Handtache, fügte ihrem Inhalt die Fahrkarte nach Banbury hinzu, die ich am Morgen gekauft hatte, und schmiß sie dann mitsamt dem Koffer und dem Mantel ebenfalls ins Wasser. Ich knallte den Kofferraumdeckel zu, stieg in den Lotus und fuhr mit Vollgas gegen die Brüstung, so daß der Kotflügel eine Beule bekam und ein heller Streifen abgekratzter Farbe auf dem Stein zurückblieb. Eine weitere Spur. Die würden die Bullen ganz besonders mögen.

Als ich vor der Kurve am Ende der Brücke abbremste, sah ich zwei bleiche Gesichter, die durch die beschlagenen Scheiben des geparkten Autos zu mir herüberspähten. Ein Liebespaar, das zu einer kleinen Samstagabendknutscherei hier rausgefahren war. Ich fuhr schnell am Ufer des Stausees entlang, über den Fluß und die gewundene Straße durch den Wald hinauf bis zu dem baumlosen Moor oben. Es waren nur noch zehn Minuten von der Stunde übrig, die ich mir gegeben hatte, bevor Garcia nach mir suchen kam. Ich muß mich ein bißchen benommen gefühlt haben. Es war ein ungewöhnlich aufreibender Tag gewesen, voller Verantwortung, und ihm war eine fast schlaflose und äußerst angespannte Nacht vorausgegangen. Wie dem auch sei, ich verschätzte mich bei einer besonders scharfen und steilen Haarnadelkurve total, und der Lotus rauschte von der Straße, knallte gegen einen Baum und prallte von diesem ab in ein großes Schlammloch.

Werbeleute träumen von so jemand wie mir. Ich befolgte den »Erst gurten, dann starten«-Slogan derart sklavisch, daß ich selbst nach Versenkung meiner toten Frau in einem Bergsee nicht versäumt hatte, den Sicherheitsgurt anzulegen, so daß mir der Zusammenprall lediglich einen Schock versetzte, statt mich für den Rest meines Lebens zum Krüppel zu machen. Als ich versuchte, rückwärts aus dem Schlamm herauszukommen, mußte ich feststellen, daß das Auto hoffnungslos festsaß. Um so besser. Mein ursprünglicher Plan war gewesen, den Lotus dadurch fahruntüchtig zu machen, daß ich einen Nagel in einen seiner Reifen trieb (das Reserverad war ja im Steinbruch herausgenommen worden, vermutlich um Platz für Karens Leiche zu schaffen), aber mein Unfall hatte nun genau das gleiche bewirkt, und dies sogar noch überzeugender.

Garcia kam ein paar Minuten später mit dem BMW ankutschiert. Wir fuhren im Tal weiter aufwärts und dann durch das düstere Weideland der Berge bis zu einer unmittelbar hinter einem Viehpferch gelegenen Stelle, die ich zu einem früheren Zeitpunkt ausgesucht hatte. Ich parkte den Wagen so, daß die Scheinwerfer das Operationsgebiet beleuchteten, und wies Garcia sorgfältig ein. Als wir den Kofferraum öffneten, sah Clive wirklich kläglich aus, wie er da auf der Plastikplane lag, seine aufeinander abgestimmte Freizeitkleidung vom eigenen Urin durchtränkt. Ich durchschnitt das Klebeband, mit dem seine Knöchel, Knie und Arme gefesselt waren. Ich steckte ihm das Schlüsseletui – erleichtert um den Haustürschlüssel, den ich behalten hatte – in die Tasche zurück und winkte Garcia heran, damit er mir half, Clive aus dem Auto zu heben. Als wir ihn auf der Straße ablegten, zeigte er ein erstes Anzeichen von Leben, bewegte matt die Glieder wie ein Blechsoldat, der wieder aufgezogen werden muß.

Wir hoben ihn auf und schleppten ihn, Gesicht nach unten, von der unbefestigten Straße weg und durch die angrenzende Einöde bis zu einem Steilhang, der Aussicht auf eine sumpfige Senke am Ende des oberen Reservoirs gewährte. Dort blieben wir stehen, hielten ihn an jeweils einem Arm fest. Er versuchte nicht, sich zur Wehr zu setzen. Ich löste die Verklebung des Toilettenbeutels an seinem Hals und sah Garcia erwartungsvoll an. Dann riß ich Clive die Haube vom Kopf, und im gleichen Augenblick hievten wir ihn nach vorn und über den Rand des Steilhanges. Er fiel, ohne einen Schrei von sich zu geben, rollte kopfüber mit nutzlos um sich schlagenden Armen und Beinen davon, bis ihn die Dunkelheit verschlang.

**D**ie Rückfahrt verlief ereignislos. Es war kurz nach Mitternacht, als wir den Pub erreichten, bei dem ich Garcia am Morgen abgeholt hatte. Ich übergab ihm einen verschlossenen Umschlag, der den Betrag enthielt, den wir vereinbart hatten. Er zählte sorgfältig nach. Ich skizzierte sodann die wahre Bedeutung der Geschehnisse, an denen er gerade beteiligt gewesen war, und erklärte ihm, daß er in den Augen des Gesetzes der Beihilfe zum Mord schuldig sei. Das führte zu einem länger anhaltenden Ausbruch von Unfreundlichkeiten, in dessen Verlauf die Legitimität meiner Geburt verunglimpft, die Manneskraft meines unbekannten Vaters offen verhöhnt und des weiteren behauptet wurde, meine Mutter habe sich gewohnheitsmäßig widernatürlichen Praktiken hingegeben, unter anderem mit Eseln, Ziegen und – das empfand ich als ein bißchen weit hergeholt – Geiern. Für seinen abschließenden Ausfall griff Garcia auf die englische Sprache zurück.

»Du mich da reingefallen, du verdammter Scheißkerl!«

»Sie waren ja schon drin, *amigo*. Aber wenn Sie das Maul halten und ein bißchen zumachen, wird Sie das da rausholen.«

Er stopfte das Geld in die Tasche, stieg aus dem Auto und knallte den Schlag hinter sich zu. Ich habe ihn nie wiedergesehen, später aber von Trish erfahren, daß er in der folgenden Woche aus der Schule verschwand. Das erregte weiter keine Aufmerksamkeit. Garcias prekäre Lage war inzwischen allgemein bekannt, und man nahm an, er sei ohne Vorwarnung geflohen, um die Menschenrechtshunde von seiner Fährte abzubringen. Wie dem auch sei, kümmerte niemanden am *Oxford International Language College* noch groß, was aus Garcia geworden war. Sie waren alle viel zu sehr mit den neuesten Wendungen und Verwicklungen der vom wirklichen Leben geschriebenen Seifenoper beschäftigt, in der ihr eigener Direktor, Mr. Clive Phillips, die tragende Rolle spielte.

Ich hatte noch etwas zu erledigen, bevor ich nach Hause gehen konnte. Dazu gehörte zunächst, daß ich durch die ganze

Stadt bis zu dem Haus im begehrten Ortsteil Headington Hill fuhr, wo Clive wohnte. Das Erdgeschoß lag im Dunkeln, aber aus einem der Schlafzimmerfenster oben fiel Licht, desgleichen aus einem kleinen Dachfenster. Ich ließ den BMW ein Stück vom Haus entfernt stehen, zog meine Gummihandschuhe an und ging zu Fuß zurück. Das Tor war gestohlen oder kaputtgemacht worden. Ich ging über den plattenbelegten Weg zur Haustür. Von der nahegelegenen Cowley Road schallten trunkene Freudenlaute herüber. Ich zog den Schlüssel heraus, den ich Clives Etui entnommen hatte, und versuchte, damit das Schloß zu öffnen. Der Schlüssel paßte zwar hinein, wollte sich aber nicht drehen lassen.

Ich hätte fast geweint. Nach allem, was ich durchgemacht hatte, war ich dem einfach nicht mehr gewachsen! Dann ging im Flur plötzlich das Licht an. Die Haustür bestand aus halbdurchsichtigem, mit Ornamenten verziertem Glas, durch das ich jetzt eine Treppe erkennen konnte. Ich folgte dem schmalen Weg, der um das Haus herumführte, und versteckte mich im Schatten. Einen Augenblick später öffnete sich die Tür. Sie schloß sich jedoch nicht gleich wieder, sondern es folgte ein Abschied, gegen dessen Inbrunst und Dauer die Balkonszene in *Romeo und Julia* wie der Rausschmiß eines Halbstarken wirkte. Etwa eine Viertelstunde verging, bevor Romeo widerstrebend sein Fahrrad aus dem Gebüsch holte und sich davonmachte. Julia verriegelte die Tür und rannte nach oben, um in ihre Kopfkissen zu schluchzen.

Es war das Geräusch des Riegels, das des Rätsels Lösung brachte. Clive wäre doch sicherlich nicht sehr erfreut gewesen, wenn er unerwarteterweise nach Hause kam und den Riegel vorgeschoben fand? Vielleicht war das also gar nicht die Tür, die er benutzte. Vielleicht war die Vordertür seinen Untermietern vorbehalten, während sich Clive einen eigenen Eingang reserviert hatte, für den nur er den Schlüssel besaß. Ich folgte dem schmalen Weg an der Seite des Hauses entlang. Und siehe da, er endete bei einer Eingangstür nahe der Rückseite. Auch sie war mit einem Sicherheitsschloß versehen – und der Schlüssel drehte sich darin.

Ich knipste das Licht an und machte mich daran, die Wohnung zu untersuchen. Der ursprünglich große Flur des Hauses war zu einem schmalen Korridor verengt worden, der von der Haustür zur Treppe und damit zu den vermieteten Räumen oben führte, während das einstige Wohn- und das Eßzimmer zusammen mit einem eine moderne Küche und ein Bad enthaltenden Anbau für Clives persönlichen Gebrauch bestimmt waren. Ich hatte falsche Felle auf dem Boden, gläserne Schränkchen mit Hausbar, in die Decke eingelassene Discolampen und einen Whirlpool erwartet – kurz gesagt, den Stall eines Deckhengstes. Clive Phillips wird heute nacht zur Verfügung stehen. Prompte Bedienung. Statt dessen aber sah es aus wie in einer schäbigen Studentenbude. Clive war so etwas wie ein Millionär und hatte dennoch praktisch im Dreck gehaust.

Dann sah ich das Foto. Es war eine gerahmte Vergrößerung und stand auf dem Tisch, den Clive als Schreibtisch benutzt hatte. Es war keine neue Aufnahme. Karen saß auf einer Holzbank und blinzelte ein wenig im hellen Sonnenlicht. Sie sah hübscher aus, als ich sie je gesehen hatte, jünger auch, fast wie ein ganz anderer Mensch. Ich hatte mir bei mehreren Gelegenheiten das Fotoarchiv der Parsons anschauen müssen, alle sechzehn Alben, aber dieses Bild war mir unbekannt.

»Clive?«

Die Tür des Wohnzimmers öffnete sich wie von selbst.

»Nein«, sagte ich. »Nicht Clive.«

Auf der Schwelle stand Julia, zur Flucht bereit.

»Ich bin ein Freund von Clive«, erklärte ich ihr und lächelte freundlich. »Er weiß, daß ich hier bin. Sehen Sie, er hat mir seinen Schlüssel gegeben.«

Sie war Anfang zwanzig, die vollendete Klarheit ihrer jugendlichen Schönheit schon gefährdet durch den Ernst der Erwachsenen, die sie einmal werden würde.

»Ich sehe Licht an. Ich werde telefonieren die Polizei, aber dann ich denke, vielleicht ist er zurückgekommen vorher.«

»Sehr gut! Die Sache ist die, Clive ist in Schwierigkeiten. Es gibt hier ein paar Dinge, Dokumente und so was, die er nicht in die falschen Hände fallen lassen möchte. Deshalb hat er mich gebeten, herzukommen und sie für ihn zu holen.«

»Warum nicht er selbst kommen?«

»Ist ihm nicht möglich, Schätzchen. Im Augenblick kann er sich um gar nichts kümmern.«

Ich nahm einen Stapel Papier vom Tisch, als seien dies die belastenden Dokumente, die zu entfernen ich gekommen war. Ich bemerkte, daß Julia argwöhnisch auf meine Gummihandschuhe starrte. Ich streckte sie ihr hin, in Würgermanier.

»Ich bin eigentlich gar nicht hier, verstehst du? Ich bin nie hier gewesen. Niemand ist je hier gewesen. Und vor allem, niemand hat irgend etwas fortgenommen. Das ist extrem wichtig. Sonst wird Clive nämlich für eine sehr lange Zeit ins Gefängnis wandern. Ich bin sicher, deine Familie möchte nicht, daß du in irgend etwas dieser Art verwickelt wirst, oder?«

Ihr ernstes Gesicht schwang in eifriger Verneinung hin und her.

»Also dann, weißt zu zufällig, wo das Telefon ist? Ich muß noch schnell einen Anruf machen, muß Clive wissen lassen, daß alles in Ordnung ist.«

Sie führte mich in den angrenzenden Raum und zeigte mir das Telefon mit Anrufbeantworter. Während ich so tat, als wählte ich, zog ich die Cassette aus dem Anrufbeantworter und ließ sie in meine Tasche gleiten. Ich legte den Hörer wieder auf.

»Meldet sich keiner. Er muß ins Bett gegangen sein. Wo die junge Dame wohl auch sein sollte!«

Ich ließ Clives Schlüssel auf dem Tischchen im Flur liegen und ging mit Julia zur Vordertür.

»Und denk dran«, sagte ich, »zu *niemandem* ein Wort!«

Sie nickte ernst. Ich war ziemlich sicher, daß ich mich auf ihr Schweigen würde verlassen können. Das vertrauensvolle Kind glaubte, Clives Schicksal läge in ihrer Hand. Was ja auch tatsächlich der Fall war, wenn auch nicht ganz so, wie sie meinte.

IV

**E**iner der vielen Fehlstarts meines Lebens war der Versuch gewesen, das Golfspiel zu erlernen. Mein Vater zählte Golf – wie den *Daily Telegraph* und Bells Whisky – zu den wesentlichen Elementen einer kultivierten männlichen Gesellschaft. Zu lernen, wie man einen Schläger schwang, war, wie schon im Paläozoikum, ein Aufnahmeritual, nur daß es sich damals um eine Keule gehandelt hatte. Für mich aber war es nur ein Spiel, und ein außergewöhnlich langweiliges noch dazu, just eines von diesen Dingen, für die sich alte Knacker wie mein Pa erwärmen können. Was mir aber den Rest gab, war die Art, wie der Coach dauernd darauf rumhackte, ich müsse »an meinem Durchschwung arbeiten«. Wenn der Ball erst einmal weg ist, ist er weg, fand ich. Was man hinterher mit seinem Schläger macht, kann doch wohl nicht das geringste daran ändern, wo der Ball landet.

So dachte ich mit fünfzehn. Jetzt, jenseits der vierzig, verstand ich endlich, was mein alter Golflehrer gemeint hatte, und daher war für mich der folgende Sonntag alles andere als ein Ruhetag. Ich kam an jenem Morgen erst gegen zwei Uhr nach Hause und war inzwischen so kaputt, daß ich nur noch überprüfte, ob das Band aus Clives Wohnung wirklich Karens belastenden Anruf enthielt, und es dann löschte. Auf meinem eigenen Anrufbeantworter war eine Nachricht für mich, aber ich sah mich nicht in der Lage, mit weiteren Neuigkeiten, seien es nun gute oder schlechte, fertig zu werden und ging schnurstracks ins Bett. Es brauchte echten Mumm, den Wecker auf sieben Uhr zu stellen, aber ich wollte schließlich einen ordentlichen Durchschwung hinlegen.

Das erste, was ich nach dem Erwachen tat, war, die diversen Haushaltsgegenstände, die ich benutzt hatte, wieder an ihren Platz zu räumen, nachdem ich sie zuvor gründlich saubergemacht hatte. Ganz besondere Sorgfalt verwandte ich darauf, von den Gummistiefeln, die Garcia im Steinbruch angehabt hatte, alle Spuren des roten Schlamms zu beseitigen. Dann war es an der Zeit, den Abfall fortzuschaffen. Ich stopfte sämtliche

Plastiksäcke, die Gummihandschuhe, den Toilettenbeutel und das benutzte Klebeband in einen großen Müllsack, lud diesen in den BMW, fuhr umher, bis ich ein Haus gefunden hatte, an dem gerade gebaut wurde, und schmiß den Sack in den davorstehenden Container mit Bauschutt. Dann fuhr ich weiter zur Autowaschanlage am Wolvercote-Kreisel, wo der BMW mechanisch eingesprüht, gebürstet, abgespritzt, geschrubbt, gewachst, poliert und trockengepustet wurde. Dank Clives Inkontinenz stank der Kofferraum wie eine öffentliche Bedürfnisanstalt, weshalb ich an der Tankstelle einen Liter Öl besorgte und eine ganze Menge davon auf die Teppichverkleidung goß. Dann überdrehte ich die Verschlußkappe des Plastikkanisters so, daß sie nicht mehr richtig schloß, und warf ihn hinein.

Wieder zu Hause, rief ich Karens Mutter in Liverpool an. Die alte Elsie und ich waren nie gut miteinander ausgekommen. Sie mißbilligte, daß sich ihre Tochter mit solcher Hast wiederverheiratet hatte, und noch mehr die Wahl ihres Partners. Seltsamerweise war Elsie die einzige, die den Mut hatte, zu sagen, was sie dachte, nämlich daß sich Karen »an einen aus ihrer eigenen Ecke« hätte halten sollen. Das war eine bemerkenswerte Erkenntnis. Dennis Parsons und ich, waren ja, was unsere Herkunft anbetraf, nicht gar so weit voneinander entfernt, und nach seinem gesellschaftlichen Auf- und meinem Abstieg war der Unterschied zwischen uns so fein (wenn auch so endgültig) wie der zwischen Bordeaux und Côtes de Bordeaux. Aber ebendiese Unterschiede sind Frauen aus Elsie Braithwaites Generation in Fleisch und Blut übergegangen. Sie sah sofort, daß Dennis trotz all seines Glanzes »Karens Schuhgröße« war, ich trotz all meiner Schäbigkeit aber nicht. Unsere Elsie war zudem Mitglied einer Fundamentalistensekte, die glaubt, daß ein Telefonanruf am Sabbat eine Verletzung des vierten Gebots darstellt, weshalb sie mich doppelt kurz abfertigte. Nein, ich könne ganz bestimmt nicht mit Karen sprechen. Karen sei nicht da, und sie, Elsie, wisse nicht, was in aller Welt mich dazu gebracht hatte, anzunehmen, sie sei es. Ich entschuldigte mich und legte auf.

Das Zurücklegen des Hörers auf die Gabel löste eines dieser bauchmäßigen Tiefenbeben aus, mittels derer einen die Natur wissen läßt, daß man was verpfuscht hat. Telefongespräche, der fatale Streit mit Karen, mein Anruf bei Alison, unsere Verabredung zum Mittagessen! Während ich auf der Autobahn in heißer Verfolgungsjagd hinter Garcia hergesaust war, hatte Alison wohl in dem kleinen Restaurant gesessen, das ich mit ihr als Treffpunkt vereinbart hatte, und wiederholt auf die Uhr geschaut, während die Bedienung und die anderen Gäste leise kicherten und sich zuflüsterten: »Sie ist versetzt worden!« Keine Frau würde eine solche Kränkung vergessen oder verzeihen können, und schon gar nicht Alison Kraemer. Wenn erst einmal die Fakten dieses Falles ans Licht kamen, würde unweigerlich die Frage, wo ich mich an dem bewußten Samstag aufgehalten hatte, zentrale Bedeutung gewinnen. Wenn Alison dann der Polizei mitteilte, ich sei nicht nur unerklärlicherweise ferngeblieben, sondern habe noch nicht einmal angerufen, um mein Ausbleiben zu erklären oder mich zu entschuldigen, dann würde meine Lage in höchstem Maße unangenehm werden.

Ich atmete tief durch und wählte ihre Nummer. Klein Rebecca war am Apparat.

»Kann ich bitte mal deine Mutter sprechen?«

»Wer ist denn da?«

Ich zögerte.

»Thomas Carter. Es ist wegen des Madrigal-Chors.«

»Hi, Tom! Du klingst ein bißchen seltsam.«

»Ich bin erkältet. Ist deine Mama da?«

»Sie ist nach Dorset gefahren. Großpapa ist krank geworden.«

»Oh, das tut mir aber leid. Kann ich irgendwie helfen? Sie hat dich doch nicht ganz allein zu Hause zurückgelassen, oder?«

»Nein, Alex und ich wohnen bei Freunden. Ich bin bloß hergekommen, um zu üben. Mama will heute abend anrufen. Soll ich ihr etwas ausrichten?«

»Nein, nein, laß sie man in Ruhe. Es ist nichts Dringendes.«

Als ich auflegte, fiel mir wieder ein, daß ich am Vorabend das Lämpchen meines Anrufbeantworters hatte blinken sehen, und suchte fünf Minuten lang verzweifelt nach dem Tonband, das ich herausgenommen hatte, um Clives Band zu löschen.

»Tut mir leid, daß ich Sie nicht persönlich erreichen kann«, sagte Alisons Stimme, »aber ich sehe mich genötigt zuzugeben, daß diese Maschinen letztlich doch ganz nützlich sind, und ich denke, unter den gegebenen Umständen ist es wohl ungefährlich, eine Nachricht zu hinterlassen.«

Ich brauchte einen Augenblick, bis ich begriffen hatte, daß mit den Umständen, von denen sie sprach, Karens angebliche Reise zu ihrer Mutter gemeint war. Es fiel mir schon jetzt schwer, mich daran zu erinnern, wer nun eigentlich welchen Teil welcher Geschichte kannte.

»Ich werde das mit dem Mittagessen heute doch nicht schaffen. Mein Vater hat einen Schlaganfall gehabt, und ich muß hinfahren, um dort nach dem Rechten zu sehen. Ich melde mich sobald wie möglich.«

Ich hüpfte im Wohnzimmer herum wie ein verrückt gewordener Moriskentänzer. Bei einem solchen Dusel – wie konnte da noch etwas passieren? Ich nahm erneut den Hörer ab und rief die Polizei an. Nicht die 999, sondern einfach die Nummer, unter der sie im Telefonbuch steht. Schließlich sei dies kein Notfall, erklärte ich der Frau am anderen Ende der Leitung, jedenfalls glaubte ich das. Es sei höchstwahrscheinlich überhaupt nichts, genaugenommen, wahrscheinlich gebe es ja eine einleuchtende und harmlose Erklärung, nur mache ich mir halt ein wenig Sorgen, nun ja, es sei eben so, daß meine Frau verschwunden zu sein scheine.

**A**m Montag brachte ich den tragbaren Generator zu dem Verleih in High Wycombe zurück. Als ich wieder nach Hause kam, wartete die Polizei in einem neutralen Ford Sierra auf mich. Sie waren zu zweit, ein großer kräftiger, bärtiger Mann und ein kleinerer, schlankerer mit dem bemüht verdrießlichen Gesichtsausdruck eines Schulpräfekten. Ich habe ihre Namen vergessen. Nennen wir sie Tom und Dick. Tom, also der bärtige Beamte, trat auf mich zu, als ich den BMW geparkt hatte, stellte sich und seinen Kollegen vor und fragte, ob sie für einen Augenblick hereinkommen könnten.

»Vielleicht wäre es besser, wenn Sie sich setzten, Sir«, regte er an, als wir im Wohnzimmer waren. »Ich fürchte, wir haben eine ziemlich schlimme Nachricht für Sie.«

Ich ließ mich in den Sessel fallen. Dick vertiefte sich, wie es schien, in das Studium der Parsonsschen Plattensammlung, während Tom sein Sprüchlein aufsagte, als läse er es von einer Texttafel ab.

»Die Polizei von Powys hat eine Leiche geborgen, von der sie glaubt, daß es sich um Ihre Frau handelt, Sir. Wir möchten Sie bitten, uns nach Wales zu begleiten, um dort ihre sterblichen Überreste zu identifizieren.«

»Tot? Wie?«

»Der Leichnam wurde aus einem Stausee geborgen, soweit wir wissen.«

»Aber das ist doch lächerlich! Kay ist eine hervorragende Schwimmerin. Sie *unterrichtet* das! Sie besitzt Urkunden, Pokale...«

Tom sah Dick an, der seine Zunge zwischen Oberlippe und Oberkiefer schob und heftig daran saugte. Er hätte ganz offensichtlich gern einen Witz darüber losgelassen, daß es halt schwer sei zu schwimmen, wenn man einen Betonpfahl auf dem Rücken hat.

Wir erreichten Llandrindod Wells, die Kreisstadt, früh am Abend. Tom und Dick hatten sich während der ganzen Fahrt in diskretes Schweigen gehüllt, wie die Mitarbeiter eines Bestattungsunternehmens. Auf dem Rücksitz mir selbst überlassen, ging ich noch einmal die Geschichte durch, die ich mir zurechtgelegt hatte, und suchte nach Schwachstellen, fand aber keine. Nach einem kurzen Gedankenaustausch per Polizeifunk stieß ein Wagen der Ortspolizei zu uns und eskortierte uns zu dem Krankenhaus, in das man den Leichnam gebracht hatte. Ich wurde zur Bestattungskapelle geleitet, wo eine kleine Gruppe von Männern eine auf einer Säule ruhende Platte umstand, auf der wiederum ein polyäthylenumwickeltes Paket lag. Einer von ihnen stellte sich als der Pathologe des Innenministeriums vor und erklärte mir, es sei im Interesse einer kontinuierlichen Beweisaufnahme notwendig, daß die Leiche erst durch mich identifiziert werde, bevor man mit der Arbeit fortfahren könne.

Zwei der anderen Herren knoteten das Band auf, mit dem das Paket umschnürt war, und zogen vorsichtig die umgeschlagene Plastikplane beiseite, um mir einen Blick auf das Gesicht zu ermöglichen. Es war kein schöner Anblick. Man sagt, daß man bei einer strengen Diät in der ersten Woche einfach nur Wasser ausscheidet – wenn man jedoch sechsunddreißig Stunden in einem Stausee verbringt, so hat das ganz offensichtlich die gegenteilige Wirkung. Karen sah zugleich aufgedunsen und verschwollen und faltig aus, als sei sie einer Behandlung mit Steroiden unterzogen worden, die ganz entsetzlich schiefgegangen war. Sie hatten mich auf die linke Seite gestellt, so daß ich die Schläfenwunde nicht sehen konnte. Und auch den Betonpfahl konnte ich nicht sehen, obwohl seine massige Form offenkundig war, ebensowenig das Seil, mit dem man Karen darangebunden hatte. Es ging alles sehr diskret zu.

Ich nickte benommen.

»Das ist meine Frau.«

Die beiden Herren machten sich sofort daran, das Paket wieder zu verschließen. Arme Karen! Die letzten drei Tage war sie von einem Plastiksack in den anderen gewandert, wie Speisereste unten im Kühlschrank.

Tom und Dick geleiteten mich zum Sierra zurück, wo sich uns ein walisischer Kriminalbeamter zugesellte, den ich mal Harry nennen werde. Es war ein sanfter, verschlossener Mann mit fleckiger Haut, der mich unwiderstehlich an eine Kröte erinnerte.

»An der Ampel die erste links, Jungs«, erklärte er den anderen. »Da ist Sals Imbiß, ist ausgebrannt, weil sie die ganze Nacht die Friteuse angelassen hat, und jetzt kommt da ein Wimpy hin. Gleich hier rauf, an dem Antiquitätengeschäft vorbei. Paar aus London hat's im vergangenen Jahr gekauft, wahnsinnig nett, aber ich kann nicht sehen, wie sie damit Erfolg haben wollen, bei den Preisen, die sie verlangen.«

Im örtlichen Polizeipräsidium begaben sich Tom und Dick in die Kantine, während Harry mich in einen kahlen Raum führte, der eher wie das Behandlungszimmer eines altmodischen Arztes aussah. Ich setzte mich in den Patientenstuhl, und Harry machte sich auf die Suche nach jemandem namens Dai. Er erbot sich, mir etwas zu essen zu besorgen, aber ich lehnte aus dem Gefühl heraus ab, daß ein Mann, der soeben den Leichnam seiner Frau betrachtet hat, wohl keinen Appetit haben sollte. Dai entpuppte sich als ein rauher aber herzlicher, vergnügter Mann mit rotem Gesicht und wirkte wie ein Reporter vom örtlichen Käseblatt. Er setzte sich auf der anderen Seite des Schreibtisches neben Harry, öffnete ein großes Notizbuch und leckte an seinem Bleistift, als sei es ein Lutscher.

»Wir möchten bloß noch Ihre Version der Geschichte haben«, erläuterte Harry. »Für die Akten.«

Ich wiederholte, was ich der Polizei schon am Vortag berichtet hatte. Karen hatte mir gesagt, daß sie das Wochenende bei ihrer Mutter in Liverpool verbringen wollte. Am Samstagmorgen hatte ich sie in Oxford zum Bahnhof gefahren und in den Zug gesetzt. Dann war ich nach Haues zurückgekehrt und hatte den Tag allein verbracht. Als ich am folgenden Morgen in Liverpool anrief, hatte mir meine Schwiegermutter gesagt, Karen sei nicht dort und sie habe sie auch gar nicht erwartet.

»Wieso haben Sie denn dort angerufen?« fragte Harry beiläufig.

»Ich hatte in der Sonntagszeitung die Ankündigung eines Konzerts gesehen, zu dem ich unbedingt gehen wollte. Das bedeutete aber, daß ich nicht zu Hause sein würde, wenn Karen zurückkam, und deshalb wollte ich mich vergewissern, daß sie ihre Schlüssel mit hatte und so weiter.«

Harry nickte, während sein Kollege eifrig in Kurzschrift mitkritzelte.

»Sie haben Ihre Frau also am Samstagmorgen ungefähr um neun Uhr dreißig zum Bahnhof gebracht und ihre Mutter am Sonntag etwa um die gleiche Zeit angerufen. Und dazwischen?«

»Habe ich sie nicht gesehen.«

»Und was ist mit anderen Leuten?«

»Ich war den ganzen Tag zu Hause, abgesehen von einem Spaziergang am späten Nachmittag.«

»Sie waren also die ganze Zeit allein?«

»Na ja, da waren natürlich noch andere Menschen draußen in Port Meadow, aber niemand, den ich kannte.«

»Niemand hat sie besucht oder Sie angerufen?«

»Nein.«

Harry nickte.

»Wir müssen das einfach fragen, verstehen Sie, wegen dieser angeblichen Entführung.«

»Sie meinen, Karen ist enführt worden?«

»Nein, nein. Wir haben da einen Mann, Phillips heißt er, der behauptet, er sei in einem Kofferraum eingesperrt gewesen und dann Samstagnacht hier irgendwo in der Gegend laufengelassen worden.«

»Und was hat das mit mir zu tun?«

»Na ja, er sagt, Sie hätten das getan.«

Ich bekundete Verachtung. Man bekommt heutzutage nicht oft Gelegenheit, verachtungsvoll aufzubrausen, und ich gab mein Bestes.

»Das ist doch wohl lachhaft! Ich kenne nicht mal einen Mr. . . . Moment mal, wie, sagten Sie, war noch der Name?«

»Phillips.«

»Doch nicht etwa *Clive* Phillips?«

Harrys Gesicht erhellte sich, als wären jetzt alle unsere Probleme gelöst.

»Ah, Sie kennen ihn!«

»Clive? Natürlich kennen wir uns! Karens erster Mann war sein Steuerberater. Sie standen sich sehr nahe. Seit unserer Heirat haben wir eigentlich nicht mehr viel von ihm gesehen. Ich mochte die Art nicht, wie er mit Karen umging.«

»Wie denn?«

»Nun, das ist schwer zu beschreiben. Er hatte so eine Art, sie zu behandeln, als sei sie noch alleinstehend.«

Harry zog eine Schachtel *Silk Cut* heraus.

»Rauchen Sie?«

»Nein, danke. Vielleicht wäre es anders gewesen, wenn wir Kinder gehabt hätten. Ohne sie ist alles ein bißchen theoretisch, nicht wahr? Nicht, daß es Karen etwas ausgemacht hätte, das mit Clive, meine ich. Aber ich fand es ziemlich geschmacklos.«

»Kinderchen sind ein Segen, auch wenn man's nicht unbedingt immer merkt«, stimmte Harry zu.

»Karen sagte, sie wolle keine. Die Frage ergab sich natürlich auch gar nicht, bei meiner Vasektomie.«

Das Schöne an den Toten, so wurde mir allmählich klar, ist, daß man nicht einfach nur schlecht von ihnen sprechen kann, sondern man kann sagen, was immer man will, ohne irgendeinen Widerspruch befürchten zu müssen.

»Wenn wir nur eine richtige Familie hätten sein können«, fuhr ich fort, »dann wäre mir wenigstens etwas von ihr geblieben...«

Ich brach zusammen. Becher mit Tee und Schachteln voller Kekse wurden herbeigebracht. Ich gewann ganz langsam meine Fassung wieder.

»Wo genau hat man sie gefunden?« erkundigte ich mich bei Harry.

»In Richtung Rhayader.«

»Rhayader? Das ist seltsam.«

Er sah mich erwartungsvoll an.

»Oh, das ist nur ein Zufall, aber wir waren mal dort, wissen Sie. In der ›Elan Valley Lodge‹. Vorigen September war das, unmittelbar vor unserer Verlobung. Wunderschönes Fleckchen. Ich werde unsere gemeinsamen Spaziergänge dort niemals vergessen...«

Wieder raus mit dem Taschentuch. Während ich den Kopf gesenkt hielt, versuchte ich darüber nachzudenken, ob da noch irgend etwas war, was ich der Polizei mitteilen sollte. Man konnte sich darauf verlassen, daß sie herausfinden würden, daß Karen und Clive für das vergangene Wochenende im selben Hotel Zimmer reserviert hatten, und daß die Vorauszahlung über eine von Karens Kreditkarten gelaufen war. Mir fiel kein Dreh ein, wie ich die Tatsache von Karens interessantem Zustand hätte mitteilen können, aber das würde wahrscheinlich bei der Obduktion ans Licht kommen, die gerade im Gange war. Ich hatte meine Vasektomie erwähnt, und wenn sie erst einmal herausgefunden hatten, daß Karen schwanger gewesen war, würde es zu einem klaren Fall von *cherchez l'homme* werden. Sie würden nicht lange suchen müssen.

»Gut, das reicht für den Augenblick«, erklärte Harry. »Ich frage mich, wo wohl die beiden Burschen aus Kidlington abgeblieben sein mögen. Sie haben nicht vor, die Umgebung von Oxford zu verlassen, nehme ich an? Könnte ja sein, daß wir uns noch mal zusammensetzen müssen. Ein Jammer, daß Sie an dem Samstag niemand gesehen hat. Jemand, den Sie kennen, meine ich. Jemand, der ...«

Die Worte »... Ihnen ein dringend benötigtes Alibi verschaffen könnte, ohne das Sie höchstwahrscheinlich geliefert sind, Freundchen!« hingen fast sichtbar in der Luft.

Ich habe mal in einer Wohnung gelebt, deren voriger Mieter einen nicht stubenreinen Hund gehalten hatte. Das Haus der Parsons stank nach seinen ehemaligen Besitzern ungefähr so wie jene Wohnung nach Hundepisse, und schließlich konnte ich es nicht mehr ertragen. Ich wußte, daß es nicht eben das Schlaueste sein würde, die Sachen meiner verstorbenen Frau schon so bald nach ihrem Tod rauszuräumen, aber ich hatte nicht all die Mühen auf mich genommen, um auf ewig in einem Monument für den schundigen Lebensstil der Parsons begraben zu sein. Ich brauchte freie Ausblicke und unverstellte Horizonte. Deshalb suchte ich am folgenden Montag, also eine Woche nach meiner Wales-Reise, die anstößigsten Dinge zusammen und brachte sie zu dem Laden einer wohltätigen Organisation in Summertown.

Es gab noch immer keine klaren Hinweise darauf, welchen Standpunkt die Polizei hinsichtlich Karens Tod einnahm. Ich hatte weder aus Kidlington noch aus Llandrindod Wells etwas gehört, und die Zeitungsberichte waren äußerst vage. Eine gerichtliche Voruntersuchung war zwar an dem Donnerstag nach meiner Wales-Reise eröffnet, jedoch prompt vertagt worden, um der Polizei die Möglichkeit zu geben, ihre Ermittlungen fortzusetzen. Aber außer der Tatsache, daß sie den Fall als Mord behandelte und einen leitenden Beamten eingesetzt hatte, um die Ermittlungen »voranzubringen«, sickerten nur wenige Einzelheiten durch.

Ich hatte während dieser Zeit mehrfach bei Alison angerufen, aber glücklicherweise war sie noch fort und pflegte ihren bejahrten Anverwandten. Bis ich wußte, in welche Richtung sich die Polizei bewegen würde, wollte ich mir alle Optionen offenhalten. Je weniger ich Alison über das erzählte, was geschehen war, desto leichter würde es später sein, meine Geschichte abzuändern, sollte sich dies als notwendig erweisen.

Ich stand unter der Dusche und schrubbte mir mit teurem Dusch-Gel den Geruch des wohltätigen Ladens vom Leib, als es an der Tür klingelte. Ganz, wie's in der Werbung immer so schön heißt, dachte ich, es tut sich was. Aber als ich in meinem Frotteemantel zur Haustür ging, sah ich davor keine Blondine auf edlem Schimmel, sondern Harry.

»Alles klar?« fragte er.

Ich nahm an, das solle heißen »Kommen Sie freiwillig mit, oder muß ich Ihnen etwa Handschellen anlegen?«

»Ich zieh' mich bloß an«, sagte ich.

»Schön. Aber es wird nicht lange dauern.«

Sein Ton schien anzudeuten, daß er nicht gekommen war, mich zu verhaften. »Alles klar« war, wie mir mit Verspätung einfiel, einfach Walisisch für »Wie geht's?«

»Ich bin grad in der Gegend, um noch ein paar offene Fragen zu klären«, fuhr er fort, »und da dachte ich, ich schaue mal vorbei und setze Sie ins Bild. Wir haben's noch nicht an die Presse gegeben, aber jetzt, wo wir das Geständnis haben, ist die Sache so gut wie gelaufen.«

»Kommen Sie rein«, sagte ich.

Noch immer unter Schock, schenkte ich mir einen Whisky ein. Harry nahm eine Flasche Bier an.

»Als wir das Reserverad im Steinbruch fanden, da hat er aufgegeben«, erklärte er. »Bis dahin hatte er alles geleugnet, aber als wir ihm das Telex aus Kidlington zeigten, brach er zusammen. Dann muß ich's wohl getan haben, nehme ich an, sagte er. War den Tränen nahe. Es ist eine große Erleichterung, wissen Sie, wenn's endlich raus ist.«

»Ja, das muß es sein.«

Ich ertappte mich dabei, daß ich mich einen Augenblick lang fragte, ob Clive Karen tatsächlich umgebracht hatte. Nicht nur die Polizei dachte das, sondern offensichtlich auch Clive selbst. Und er mußte es ja schließlich wissen, nicht wahr? Es fiel schwer zu sagen, was sich wirklich abgespielt hatte. Meine eigenen Erinnerungen blieben deutlich genug, aber sie waren nicht mehr mit diesem unsichtbaren und doch so festen Hintergrund verbunden, mit dessen Hilfe wir Phantasie und Wahrheit unterscheiden. Sie schwebten frei dahin, einfach eine weitere Version des Vorgefallenen, durchaus möglich, wenn auch nicht ganz so plausibel wie der offizielle Bericht.

Harry behauptete nun, daß man Clives Entführungsgeschichte nie ernst genommen habe. Das war nicht der Eindruck, den ich gewonnen hatte, als Harry mich in Llandrindod Wells verhörte, aber ich sagte nichts. An irgendeinem Punkt war es in der vergangenen Woche zu einem Meinungsumschwung gekommen, der mich effektiv als möglichen Verdächtigen ausschloß. Zu dem Zeitpunkt konnte ich natürlich nicht wissen, wie es dazu gekommen war. Es war mir auch ganz egal. Wenn Harry die Geschichte im Licht der veränderten Sehweise neu zu schreiben gedachte, so würde ich ihn mit Sicherheit nicht dadurch in Verlegenheit bringen, daß ich ihn auf die Umstimmigkeiten hinwies.

Es blieb noch eine weitere Rolle zu spielen, nämlich die des zutiefst verwirrten Witwers, der sich gerade erst von dem Schock des tragischen Todes seiner Frau erholt hat, um nun zu erfahren, daß sie von einem Freund der Familie ermordet worden ist, mit dem sie ein heimliches Liebesverhältnis hatte und von dem sie zum Zeitpunkt ihres Todes schwanger war. Ich denke, wir können hier auf einen ins Einzelne gehenden Bericht verzichten, will sagen auf die vorhersehbaren Gefühle (Ungläubigkeit wandelt sich zu Entrüstung und Abscheu), die vorhersehbaren Sätze (»Wollen Sie damit etwa sagen, Herr Inspektor...«). Es war eine lausige Rolle, und ich wurde ihr durch ein lausiges Spiel gerecht. Es war belanglos. Nun, wo Clive seine Schuld gestanden hatte, konnte ich die Unschuld so amateurhaft mimen wie ich wollte. Die Kritiker waren nach Hause gegangen, die Rezensionen geschrieben. Ich war der Größte – und Clive durchgefallen.

Es verschaffte mir die größte Befriedigung zu erfahren, daß alle Hinweise, die ich hinterlassen hatte, gewissenhaft aufgespürt worden waren. Man hatte Karens Koffer und ihre Handtasche aus dem Reservoir gezogen – womit ihre Identität ebenso festgestellt werden konnte wie die Tatsache, daß sie eine einfache Fahrkarte nach Banbury und nicht eine Rückfahrkarte nach Liverpool gekauft hatte. Dank einer forensischen Untersuchung hatte man Fasern ihrer Kleidung im Kofferraum von Clives Auto gefunden. Farbspuren vom Lotus bestätigten, daß er auf der Brücke gewesen war, von der aus man die Leiche ins Wasser geworfen hatte, und auch in dem Steinbruch, aus dem der Betonpfahl geholt und wo das Reserverad weggeworfen worden war, um Platz für den Leichnam von Clives ermordeter Geliebten zu schaffen.

»Aber warum hat er sie getötet, Herr Inspektor? Um Gottes willen, warum?«

»Sie hatten offenkundig vorgehabt, an diesem Wochenende zusammen zu verreisen. Das hat er von Anfang an zugegeben. Er wußte nichts von ihren anderen Umständen, sagt er. Sie war erst im zweiten oder dritten Monat, deshalb hatte sie sich diese Neuigkeit höchstwahrscheinlich aufgespart, bis sie miteinander alleinsein würden. Aber irgendwie hat sie's dann wohl doch rausposaunt, und er hat's schlecht aufgenommen. Aus Worten wurden Schläge, und ...«

Ich schüttelte den Kopf.

»Ich nehme an, ich müßte ihn jetzt hassen, aber ich kann nicht. Ich empfinde einzig und allein ein ungeheures Mitleid mit den beiden. Meinen Sie, daß das sehr verkehrt ist?«

Harry lächelte ein langes, mattes, schwebendes Lächeln, das seiner Vertrautheit mit allen Ungeheuerlichkeiten und Schwächen der menschlichen Natur Ausdruck verlieh. Er schwenkte sein Glas hin und her.

»Sie hätten nicht vielleicht noch eins für mich, oder?«

Die Mühlen der britischen Justiz mahlen so langsam, daß der Prozeß erst fast ein ganzes Jahr später stattfand, aber da er den Abschluß der gerade geschilderten Ereignisse bildet, scheint es nur angemessen, auch auf ihn kurz einzugehen. Die Abschweifung wird nur kurz sein. Als »Krone gegen Clive Phillips« endlich vor Gericht verhandelt wurde, war dies kein echter Wettkampf mehr. Die Krone gewann Satz um Satz, gab kaum einen Punkt ab. Clive wurde total deklassiert.

Sieht man es als Zuschauersport, so hatte das Verfahren allerdings weniger mit Tennis gemein als mit Cricket – dieses Spiel ist über weite Strecken von solch entsetzlicher, anhaltender Langweiligkeit und betäubt den Geist dermaßen, daß man die wenigen interessanten Momente regelmäßig verpaßt. Die Sitzungen begannen unweigerlich spät und wurden dann dauernd unter irgendeinem Vorwand vertagt. Ich verbrachte einen Großteil der Zeit mit Karens Bruder Jim, der Autoverkäufer in Southampton war und die Familie vertrat. Jims Ansicht über den Tod seiner Schwester war, daß er »eine scheußliche Sache, überaus scheußlich« sei. Er wiederholte dies mit der Eindringlichkeit eines Kneipenphilosophen, der seine wohldurchdachte Meinung zum Thema des Tages vorträgt. Mir ging ganz allmählich auf, daß von seinem Standpunkt aus gesehen die »scheußliche Sache« die Provisionen waren, die er einbüßte. Der Grund, warum ich die Beziehung zu ihm pflegte, war, daß er sich als sehr nützlich erwies, wenn es galt, die diversen Journalisten abzuwimmeln, die mich belästigten.

Als die Nachricht von Clives Festnahme raus war, waren einige Boulevardblätter an mich herangetreten und hatten mir beachtliche Summen für meine »Geschichte« geboten. Um ehrlich zu sein, ich fühlte mich versucht. Ich meine, wenn man es mal unter dem Gesichtspunkt der Unternehmenskultur sieht, so wäre es ganz entschieden ein Schritt in der richtigen Richtung gewesen, Karen zu beseitigen, die Sache Clive in die Schuhe zu schieben und dann noch 50 000 Pfund für die Rechte zu kassieren. Unglücklicherweise mußte ich jedoch ablehnen, da dies alle meine Chancen bei Alison zunichte gemacht hätte. Während des Prozesses rächten sich die Reporter dann dadurch, daß sie sich ununterbrochen an meine Fersen hefteten und versuchten, mich zu irgendeiner scharfen Antwort zu provozieren, die sie dann kostenlos zitieren konnten. Meine Strategie bestand darin, gelangweilt zu wiederholen, daß ich keine Aussage zu machen hätte, aber das war sehr strapaziös, und ich war Jim für seine Interventionen dankbar. Er ging sehr viel direkter vor. »Also, jetzt verpißt euch mal, okay? Schießt ganz einfach in den Wind!« Das mag ja nicht sehr intelligent klingen, aber es funktionierte. Wenn *ich* das gesagt hätte, hätten sie dem nicht die geringste Beachtung geschenkt, aber Jims Art hatte irgendwie was Überzeugendes. Die Schreiberlinge arbeiteten ja für die Hauspostille der britischen Vulgarität, und Jim gehörte zu deren Mehrheitsaktionären. Wenn er ihnen sagte, sie sollten sich verpissen, dann verpißten sie sich auch.

Der eigentliche Grund, warum der Prozeß so lange dauerte, war, daß Clive im letzten Augenblick beschloß, sein Geständnis zu widerrufen und sich nicht schuldig zu bekennen. Ich hatte erwartet, daß die Verhandlung eine reine Formsache sein würde, bei der Clives Geständnis routinemäßig abgehakt und in ein auf »lebenslänglich« lautendes Urteil umgewandelt wurde, aber nun bestand plötzlich Aussicht auf ein Drama im Gerichtssaal à la Perry Mason, bei dem mein Erscheinen im Zeugenstand von der Verteidigung ausgeschlachtet werden würde, um meine eigene zweideutige Position zu beleuchten. Man würde eine Reihe von Überraschungszeugen aufrufen, während mich ein kluges Kreuzverhör auf meine widersprüchlichen Aussagen festnagelte. Clives Anwalt würde geschickt und sachkundig die Reversibilität jedes kleinsten, gegen seinen Mandanten aufgeführten Beweises demonstrieren und zeigen, daß Schwarz eigentlich Weiß war und umgekehrt. Am Ende würde ich weinend zusammenbrechen, alles und jedes gestehen und darum flehen, daß man mich doch bitte, bitte zu meinem eigenen Besten einsperren möge – dieweil Clive als freier Mann und mit weißer Weste das Gericht verließ.

Natürlich lief das alles nicht so ab. Gewiß, als ich nach meiner Aussage für die Anklage ins Kreuzverhör kam, streifte der Verteidiger kurz die Frage, was ich denn an jenem Samstag gemacht habe, nachdem ich Karen zum Zug gebracht hatte, aber das war lediglich eine berufsbedingte Gewohnheit, das Ergebnis des lebenslangen Versuchs, im Bewußtsein der Geschworenen Zweifel auszusäen, wofür er denn auch nach einem Einspruch des Anklagevertreters entschieden zur Ordnung gerufen wurde.

Nach den Blicken voller Dauerhaß zu urteilen, die mir Clive durch den Gerichtssaal zulaserte, mußte er inzwischen hinter die Wahrheit gekommen sein, was ihm aber nicht im geringsten half. Ja, eher im Gegenteil. Man konnte sehen, daß ihm das Leben im Gefängnis nicht sonderlich gut bekam. Er sah nicht nur einfach älter aus, sondern auch schwächer, im Inneren beschädigt, strukturell unsicher, als sei irgendein lebenswichtiges tragendes Element in ihm zusammengebrochen. Nicht gerade den geringsten Teil seiner Qualen muß die Entdeckung ausgemacht haben, daß die Wahrheit in seiner augenblicklichen Lage kein frei veräußerlicher Vermögenswert war. Seine gesetzlichen Vertreter waren zwar bereit, sein Schuldgeständnis zu revidieren, wenn er darauf bestand, aber nicht auf der Basis der Aussage, er sei von mir und U.N. Bekannt entführt worden. Das Gericht würde ihnen etwas derart weit Hergeholtes niemals abkaufen.

Sein Anwalt entschied sich vielmehr für die Schadensbegrenzung. Er akzeptierte, daß sein Mandant Karen in Banbury vom Zug abgeholt hatte, daß sie zusammen in seinem Auto losgefahren waren, und daß Clive dann später versucht hatte, ihre Leiche durch Versenken im Reservoir zu beseitigen. Wo er sich erlaubte, anderer Meinung zu sein als die Anklage, war in der Frage, wie Karen zu Tode gekommen war. Um ihn des Mordes schuldig sprechen zu können, so rief er den Geschworenen in Erinnerung, müßten sie ohne allen begründeten Zweifel davon überzeugt sein, daß Clive sein Opfer in der Absicht attackiert habe, es zu töten. Ein Sachverständiger der Verteidigung würde bestätigen, daß die Verletzung, an der sie gestorben sei, mit jener Art von Verletzung übereinstimme, die man beispielsweise auch bei einem Verkehrsunfall erleiden könne, während das dem Gericht vorliegende Beweismaterial zeigen würde, daß der Kotflügel auf der Beifahrerseite des Lotus arg beschädigt worden sei, was darauf hindeute, daß er an einem schweren Zusammenstoß beteiligt gewesen sein müsse.

In seinem Plädoyer behandelte der Vertreter der Anklage diese Argumentation mit der ihr gebührenden Geringschätzung.

»Es wäre ohne Zweifel möglich, eine so gut wie unendliche Zahl von ingeniösen Szenarios zu konstruieren, die mehr oder minder zu den Fakten passen. Wenn Sie sich die Situation aber einmal nicht abstrakt vor Augen führen, sondern konkret, nicht als theoretisches Problem, sondern als menschliche Realität, und dabei die kaltblütige und methodische Art berücksichtigen, in der der Beschuldigte nach dem Tode seines Opfers vorging, dann müssen Sie sehr wohl zu dem Schluß kommen, daß die ursprüngliche Darstellung der das Geschehen begleitenden Umstände, wie sie in dem unterzeichneten Geständnis enthalten ist, welches er vor der Polizei abgelegt hat, weitaus einleuchtender ist als sein verspäteter und unehrenhafter Versuch, sich der Verantwortung für dieses abscheuliche Verbrechen zu entziehen.«

Und das taten sie. Clive erhielt fünfzehn Jahre und vom Richter einen strengen Verweis dafür, daß er allen Beteiligten die Zeit gestohlen hatte. Die Polizei aber bekam ein Kompliment für ihre schnelle und wirkungsvolle Bearbeitung des Falles.

**D**as Leben ist polyphon, eine Erzählung jedoch monodisch, wie zu bemerken ich eines Abends bei Alison Gelegenheit hatte. Wir waren bei diesem Essen acht Personen, darunter ein augenblicklich sehr populärer Lieferant von Kriminalgeschichten, der sowohl den Wein als auch die Unterhaltung mit Beschlag belegte und zu allem Überfluß auch noch unserer Gastgeberin schöne Augen machte, und zwar in einer Art und Weise, die mir höchst zuwider war. Ich antwortete darauf mit der professoralen Strategie der Verächtlichmachung per Implikation. Zu insinuieren, er sei ein zweitklassiger Schreiberling, wäre, obgleich der Wahrheit entsprechend, nicht annehmbar gewesen. Aber zu argumentieren, das Schreiben von Belletristik sei eine triviale Tätigkeit, die nur für zweitklassige Geister von Interesse sei, ist, gerade weil es sich dabei um offensichtlichen Unsinn handelt, vollkommen legitim.

Um diesen Burschen noch weiter zu beschämen, illustrierte ich meine Behauptung mit einer musikalischen Analogie und versicherte, ein horizontales Medium wie die Erzählung könne nur eine schwache und vorübergehende Allusion – oder eher Illusion (anerkennendes Gelächter) – der vertikalen Komplexität des Daseins bieten, so wie die implizierten Harmonien in Bachs Werken für Solovioline. Die menschliche Erfahrung sei aber keine Sache von ein oder zwei Stimmen, sondern ein wahrhaftes *spem in alium* (ein leichtes Gemurmel des Wiedererkennens, echt oder vorgetäuscht), und die Fiktion könne nie mehr sein als ein hohles Zerrbild der kontrapunktischen Komplexität dieser Hoffnung.

Es kam mir gar nicht in den Sinn, daß der Fall schon so bald umgekehrt liegen und ich selbst mit den unüberwindlichen Beschränkungen des Erzählens zu kämpfen haben würde. Denn bei meinem Versuch, die Ereignisse, die auf die Entdeckung von Karens Leiche an jenem Freitag gefolgt waren, vollständig und klar darzulegen, habe ich notwendigerweise bisher alles weggelassen, was nicht in unmittelbarem Zusammenhang mit diesen Entwicklungen stand, vor allem aber ihre Auswirkungen auf meine Beziehung zu Alison. Jede neue ans Licht kommende Einzelheit – Karens gewaltsamer Tod, ihre illegale Schwangerschaft, Clives Beteiligung an beidem – bildete einen weiteren Stein in der Mauer, die die ganze Affäre zwischen uns in die Höhe wachsen ließ. Wenn solch ein grelles Licht auf Leute fiel, die mir nahestanden, war es unvermeidlich, daß ich auf höchst unerwünschte Weise etwas davon abbekam. In unseren Kreisen meidet man ganz einfach instinktiv alles, was allgemeine Aufmerksamkeit erregt, von Startenören bis zu in Mode gekommenen Nahrungsmitteln, ganz zu schweigen von schauerlichen Artikeln in der Sensationspresse, die Titel tragen wie EHEMANN VON SEXUALMORDOPFER STERIL.

Aber als Karen und Clive – jeder auf seine Weise – erst einmal begraben waren, änderte sich die Situation grundlegend. Ebenjene Faktoren, die Alison auf Distanz zu mir hatten gehen lassen, entwickelten eine ganz neue Anziehungskraft, sobald die ganze Geschichte in das Reich der Vergangenheit verwiesen worden war. Alte Skandale gereichen einer guten Familie in gleichem Maße zur Ehre, wie neue sie in Verlegenheit bringen. Für die Öffentlichkeit war das plötzliche Ende meiner Ehe eine Eintagsfliege, dank aktuellerer Sensationen schnell vergessen – aber für Alison und mich war es ein Geheimnis, das wir teilten, eine überstandene Prüfung, die uns einander näherbrachte und unserem Nahesein gleichzeitig alles Anstößige nahm.

Gleichwohl ließen wir Vorsicht walten. Die Öffentlichkeit mochte ja schnell vergessen, aber unsere Freunde taten es nicht, und es hing von ihrem Urteil ab, ob wir eine gemeinsame Zukunft haben würden. Dies war keine leichtsinnige und leidenschaftliche Romanze, in der wir für und durch den anderen lebten, mochte die Welt auch den Kopf über uns schütteln. Wir waren beide zu alt und zu weise, um den Wunsch zu haben, gemeinsam auf eine einsame Insel entfliehen zu können. Ganz im Gegenteil, die Grundlage der gegenseitigen Anziehung war das Gefühl, daß der andere ein geeigneter Partner sei, um mit ihm das Leben zu teilen, das wir bereits führten. Ich begehrte

Alison nicht abstrakt, nicht losgelöst von dem reichen und vielfältigen Lebensraum, dem sie ihre Kraft verdankte. Und sie würde sich auch nicht gewünscht haben, auf diese Weise begehrt zu werden. Sie würde eine solche Anbetung als bedeutungslos und ein wenig störend empfunden haben. Unsere Beziehung mußte nicht nur untadelig sein, sondern sie mußte auch von einer Jury Gleichrangiger als untadelig bestätigt werden. Für sie mußte sichtbar geworden sein, daß wir uns *korrekt* verhalten hatten.

Unsere ersten Treffen waren deshalb ziemlich verstohlene Angelegenheiten, für gewöhnlich Ausflüge zu Konzerten und Theateraufführungen in London, wo wir verhältnismäßig sicher sein konnten, von niemandem gesehen zu werden, den wir kannten. Gelegentlich riskierten wir es auch, in Oxford selbst zum Essen auszugehen, und es war an einem solchen Abend, daß unser Geheimnis schließlich aufgedeckt wurde. Zwei Tische weiter saß nämlich eine Gruppe, zu der auch Thomas und Lynn Carter gehörten.

Anfangs war alles ziemlich unangenehm – jedermann tat so, als täte er nicht so, als schaue er nicht zu den jeweils anderen hinüber. Schließlich kam Thomas an unseren Tisch und setzte sich zu uns. Er deutete auf Alisons noch nicht angerührte *zuppa inglese*.

»Willst du die nicht essen?«

»Also, eigentlich nicht.«

Er griff sich einen Löffel und ließ es sich schmecken.

»Nenn' mich Autolycus.«

»Das verstehe ich nicht«, sagte ich.

»Ich aber«, seufzte Alison. »Und es ist schrecklich.«

Thomas fixierte mich mit fröhlichem Blick.

»Ein Aufschnapper von unberücksichtigten Kleinigkeiten. Ich wußte gar nicht, daß ihr beide euch trefft.«

»Tun wir auch nicht«, sagte Alison. »Das heißt, wir tun's schon, aber...«

»Also, wir treffen uns«, warf ich ein. »Oder nicht?«

»Das hängt ganz davon ab, wie du das verstehst.«

Da Thomas merkte, daß er ins Fettnäpfchen getreten hatte, wechselte er geschickt das Thema und kam auf irgendein Problem im Zusammenhang mit dem nächsten Treffen des Madrigal-Chors zu sprechen.

Ein paar Tage später erhielten Alison und ich Einladungen für das folgende Wochenende zum Abendessen bei den Carters. Die Einladungen ergingen zwar getrennt, aber vom Augenblick unseres Eintreffens an war klar, daß wir als Paar eingeladen worden waren. Bei den anderen Gästen handelte es sich um einen Historiker vom Balliol College, dessen Frau im Chor mitsang, und eine ältere Lektorin der *University Press*, deren holländischer Mann bei dem europäischen Atomforschungsprojekt in der Nähe von Abingdon arbeitete. Ich war von der Qualität der Gesellschaft geschmeichelt – und noch mehr von der Tatsache, daß keiner von den Leuten eingeladen worden war, die ich durch Dennis und Karen kennengelernt hatte. Es war, als wollte Thomas klarmachen, daß diese Phase meines Lebens jetzt vorbei sei.

Als Gegenleistung für seine Aufmerksamkeit gab ich mir besondere Mühe, die anderen Gäste zu entzücken. Der holländische Physiker, obschon ein Mann weniger Worte, erwies sich als überaus angenehmer Mensch, seine Frau als warmherzig, witzig und voller Anekdoten über ein Wörterbuchprojekt, das sie leitete. Probleme machte das andere Paar. Die Frau war das klassische Beispiel des Nordoxforder Matriarchats – jene furchterregende Verbindung von Nörglerin und Kinderfrau, eine Art intellektuelle Margaret Thatcher. Sie war ganz fraglos die graue Eminenz hinter dem Lehrstuhl, auf dem ihr Mann saß, aber er war sogar noch mühseliger. Auch wenn dieser Vergleich etwas exzentrisch erscheinen mag, erinnerten mich die Oxforder Professoren immer an *gauchos*, die, stolz und empfindlich, vorsichtig und verschlossen, ihre Emotionen hinter dem strengen Verhaltenskodex verbergen, den eine Gesellschaft von ihnen fordert, in der jedermann ein Messer bei sich trägt und bereit ist, es bei der geringsten Provokation auch zu benutzen. In einer solchen Gesellschaft wird oft schon die schlichteste und beiläufigste Bemerkung mit einem herausfordernden Blick und dem Wunsch beantwortet, man möge seine Quelle zitieren. Es ist weiser, nicht zu sagen, wie schön doch das Wetter gewesen sei, wenn man nicht für das Meteorologische Institut arbeitet. Trotz des Ruhmes und der Gelehrsamkeit Ihres professoralen Gesprächspartners dürfen Sie nicht von ihm erwarten, daß er jemals irgend etwas Interessantes von sich gibt. Er muß nichts beweisen, schon gar nicht solchen Leuten wie Ihnen. Begehen Sie auch nie den Fehler, ihn nach seiner Arbeit zu fragen. Es gibt nur vier Menschen auf der Welt, die in der Lage sind zu verstehen, was er tut, und mit dreien von ihnen spricht er nicht mehr. Und erwähnen Sie um Himmels willen nicht Ihre eigene Tätigkeit, wenn Sie nicht zum Eingang für Dienstboten gewiesen werden wollen.

Nein, das einzige sichere Thema ist die Gärtnerei. Fragen Sie mich nicht warum, es ist einfach so. Sie brauchen nicht eben viel davon zu verstehen, wiewohl eine gewisse Vertrautheit mit der örtlichen Flora dem Bluffer keineswegs schaden kann. Im Grunde reicht es jedoch, Interesse zu bekunden und gelegentlich Sätze einzustreuen wie »Meine Hortensien sind in diesem Jahr spät dran!« oder »Nehmen nach Ihren Erfahrungen Teerosen diesen sandigen Boden an?« Also keine große Anstrengung – und eine, die ich gerne auf mich nahm, um das Image einer gewandten, sympathischen Person zu pflegen. Ich schätze mich glücklich, berichten zu können, daß es hervorragend klappte. In England erwartet man nicht, daß die Konversation fließt, die unsere aber plätscherte äußerst zufriedenstellend dahin. Innerhalb einer Woche waren Alison und ich eingeladen, in Nordoxford Sherry zu nippen und in Abingdon Gin zu trinken. Wir waren vom gesellschaftlichen Stapel gelaufen.

Alle Welt war sich einig, daß wir ein wunderbares Paar seien, in mancherlei Hinsicht vollkommen aufeinander abgestimmt, in anderer reizvoll verschieden. Wenn ich weniger großzügig oder scharfsinnig gewesen wäre, hätte mich vielleicht die Zeit gereut, die ich darauf verwandt hatte, die Beziehung zu Leuten wie Dennis und Karen Parsons zu pflegen. Aber es war mir vollkommen klar, daß ich nur als Partner für Alison angesehen wurde, weil ich Geld hatte. Natürlich hätte dieses Geld allein mich nicht gesellschaftsfähig gemacht, aber kein Charme, Witz, geduldiges Anhören ermüdender Monologe oder anerkennendes Gelächter bei faden Scherzen hätten je sein Fehlen wettmachen können. Wie die Dinge lagen, schien das einzige, was meiner vollständigen Eroberung Alison Kraemers noch im Wege stand, die unüberwindliche Feindseligkeit ihrer Tochter zu sein. Rebecca hatte mit der Heftigkeit ihres Alters Partei gegen mich ergriffen. Ich war igittigitt, ich war ätzend, ich war alles, was nicht umwerfend, extrem, super, toll, phantastisch und echt stark war. Und Alison behauptete, nicht weitergehen zu können, bevor nicht die Opposition ihrer Tochter überwunden sei. Sie könne einfach nicht – nicht solange Rebecca so empfände, ihr wäre nicht wohl dabei. Ich bezweifelte keinen Augenblick, daß Alison bei ein bißchen stärkerem Drängen meinerseits wahrscheinlich nachgegeben hätte, aber das war genau das, was ich nicht wollte. Ich hatte in letzter Zeit mehr als mein Teil getan, was das Schieben und Drehen am Glücksrad anging. Jetzt war es an der Zeit, sich geduldig zurückzulehnen und den Ereignissen ihren Lauf zu lassen. Karens Tod hatte mich zum reichen Mann gemacht, und nach Gesprächen mit einem Finanzexperten, den mir Thomas empfohlen hatte, hatte ich eine Reihe von Investitionen vorgenommen, deren Ergebnisse mich in Erstaunen versetzten. Ich hatte bis dahin gar nicht geahnt, daß man mit Nichtstun mehr Geld verdienen kann als selbst mit dem bestbezahlten Job. Es hatte keinen Sinn, mich nach einer Arbeit umzusehen, nicht angesichts der Summen, die ich mit dem Geld verdiente, das ich schon besaß. Gleichwohl brauchte ich eine Tarnung. Wenn Leute Sie fragen, was Sie so treiben, reicht es – zumindest in den Kreisen, in denen Alison und ich uns bewegten – nicht zu sagen: »Ich sitze halt vor dem Fernseher, während mein Anlageberater mit meinem angesammelten Kapital geradezu obszön profitable Geschäfte macht.« Um mir selbst zu einer annehmbaren Tätigkeit zu verhelfen, steckte ich 30.000 Pfund in eine Sache, die sich als die gewinnbringendste von allen herausstellen sollte.

Nach Clives rechtskräftiger Verurteilung war die Wahrnehmung seiner geschäftlichen Interessen auf seine Schwester übergegangen, eine Krankenschwester, die weder etwas von Englisch als Fremdsprache verstand, noch sich für dieses Feld interessierte. Sie hatte deshalb dem Verkauf der Schule an eine Gruppe von Lehrern zugestimmt, die das College als Kooperative weiterführen wollte. Sie hielten keine sechs Monate durch. Was die Lehrer sich nicht klargemacht hatten, war, daß der Erfolg der Schule nicht auf ihrer eigenen professionellen Vortrefflichkeit basiert hatte, sondern auf Clives skrupellosem und hartem Management, das nachzuahmen sie weder willens noch fähig waren. Und das war der Punkt, an dem ich ins Spiel kam.

Der Erwerb einer maßgeblichen Beteiligung am *Oxford International Language College* verschaffte mir die größtmögliche Befriedigung. Abgesehen davon, daß er mir zu einer glaubhaften Beschäftigung verhalf (ich ernannte mich selbst zum Direktor, überließ aber das Tagesgeschäft einem bezahlten Untergebenen), vervollständigte er meine Rache für all die Kränkungen und Verletzungen, die ich in der Vergangenheit hatte hinnehmen müssen. Clive mochte ja meine Frau gehabt haben, aber dafür hatte ich jetzt seine Schule. Ich wußte, daß ihn das weit stärker schmerzen würde, als mich Karens Untreue geschmerzt hatte. Alles, was er sich zusammengelogen, -betrogen, -geschnorrt und -ergaunert hatte, war mir zu weiterer Bereicherung meines vielgestaltigten und lukrativen Portefeuilles auf silbernem Tablett überreicht worden.

Ich verhalf der Schule schon bald zu einem neuen Aufschwung, indem ich mich der Methoden bediente, die ich auf die harte Tour bei Clive selbst gelernt hatte. Ich bot den Lehrern ein um fünfundzwanzig Prozent verringertes Gehalt und Einjahresverträge zu den alten Bedingungen an. Diejenigen, die damit nicht einverstanden waren, wurden entlassen. Dann flog ich nach Italien und spürte Clives dortigen Agenten auf, der zu einer anderen Schule gewechselt war, nachdem sich die Kooperative geweigert hatte, ihm seinen Anteil zu zahlen. Als Gegenleistung für die Anhebung seiner prozentualen Beteiligung und einen beträchtlichen Barvorschuß erklärte er sich bereit, alle anderen aufzugeben und sich allein an mich zu halten. Danach galt es nur noch, einen analfixierten Zuchtmeister mit sadistischen Neigungen als Verwalter einzusetzen, während ich von Zeit zu Zeit herbeigeschwebt kam und den Beschäftigten mimte. Dabei fällt mir ein, daß mir mein Freund Carlos einmal gesagt hat, der Unterschied zwischen Nord- und Südamerikanern sei der, daß Macht für die ersteren bedeute, das tun zu können, was man will, wohingegen sie für die letzteren ein Mittel darstelle, mit dem man andere daran hindern kann zu tun, was *sie* wollen. Damals war ich noch viel zu sehr Gringo, um diese Art von Macht verstehen zu können, aber als ich mich nun in Clives Chefsessel zurücklehnte, die Füße auf Clives Schreibtisch legte und den Blick aus Clives Fenster bewunderte, da begriff ich endlich. Es ist einfach die erlesenste und herrlichste Empfindung, die das Leben zu bieten vermag, der absolute Gipfel aller Erfahrung.

Und ich hatte tatsächlich den Gipfel erreicht, obwohl ich es natürlich nicht so sah. In den zwei Jahren, die auf meine verspätete Bekehrung zur Lehre von der Selbsthilfe und vom freien Unternehmertum gefolgt waren, hatte sich mein Leben so verändert, daß es kaum noch wiederzuerkennen war. Es bestand keinerlei Anlaß anzunehmen, es würde nun keine weiteren Veränderungen mehr geben. Ich war im Gegenteil voller Pläne und Projekte der verschiedensten Art. Alison und ich kamen uns unabwendbar immer näher, und unsere vollständige Vereinigung schien nur noch eine Frage der Zeit zu sein. Ich träumte von einem großen neogotischen Haus mit Aussicht auf die

Parks, wo Alison mit graziöser Leichtigkeit den komplizierten Ritualen des gesellschaftlichen Lebens Nordoxfords vorstehen würde. Zu anderen Zeiten lockte mich der Gedanke an ein Herrenhaus in einem Dorf der Cotswolds, an ein Juwel von klassischer Zurückhaltung und ländlichem Charme, wo wir Hunde und Pferde halten konnten. Dann waren da auch noch lange und müßige Sommer in dem Häuschen in der Dordogne, und – wenn wir Rebecca erst einmal vom Hals hatten – spontane Reisen nach Venedig und Wien, Mauritius und Marokko.

Und das waren keineswegs nur eitle Träumereien. Wir hatten das Geld, wir hatten die Freiheit und wir hatten, was noch wichtiger war, den Geschmack und den Stil, die Weite des Horizonts, die Erfahrung. Aber all dies sollte uns doch nichts nützen, und das nur wegen eines Mannes namens Hugh Starkey.

Wenn sich ein Dramatiker einfallen ließe, das, was Aristoteles als Katastrophe bezeichnet (in diesem Falle wahrlich ein überaus zutreffender Terminus!), irgendeiner unbedeutenden Nebenfigur zuzuschreiben, die gegen Ende des letzten Aktes aus dem Nichts auftaucht, so würde er mit Recht verspottet werden. Das Leben aber macht so etwas andauernd. Vergessen Sie alles, was ich über die Gründe für meine momentane Lage gesagt habe. Die verheerende Wendung der Ereignisse, die nun bevorstand, war nicht auf irgend etwas zurückzuführen, was ich getan oder unterlassen hatte, sondern auf einen Mann, dem ich nie begegnet bin.

Im August 1988 überfiel eine Gruppe maskierter Männer in Wolverhampton einen Geldtransporter, wobei einer der Wachmänner schwer verletzt wurde. Nachdem die Polizei von einem Informanten einen Hinweis erhalten hatte, wurde Hugh Starkey vorläufig festgenommen, verhört und dann angeklagt. Starkey war ein kleineres Licht unter den Ganoven des Handsworth-Viertels von Birmingham, mit einem langen und wenig anregenden Register von Vorstrafen für miese kleine Sachen wie Tankstellenüberfälle, Schutzgeld-Erpressungen bei asiatischen und chinesischen Restaurants und Einbrüche in Lagerhäuser des Zolls. In der Untersuchungshaft unterschrieb er ein bemerkenswert volles und weitschweifiges Geständnis, in dem er auch die Namen der anderen Bandenmitglieder nannte und eine Reihe noch nicht geklärter Straftaten aufführte, für die sie verantwortlich waren. Ja, Starkey war so mitteilsam, daß man weithin annahm, er habe mit den Behörden gegen Zusage eines milden Urteils einen Deal gemacht. Zur allgemeinen Überraschung bekam er, als es vor Gericht ging, dreizehn Jahre aufgebrummt, genau wie die Männer, die er denunziert hatte.

Etwa zwei Jahre später, zu der Zeit, als Clive Phillips gerade auf seine Verhandlung wartete, hatte unser Hugh Glück. Bei der Untersuchung einer Serie von Überfällen auf Supermärkte stieß die Polizei des Großraums Manchester auf eindeutige

Beweise dafür, daß sich Starkey an dem Tag, als der Geldtransporter überfallen worden war, auf ihrem Territorium aufgehalten und an dem vergeblichen Versuch beteiligt hatte, einen Gateway-Supermarkt in Salford zu berauben. Sicherheitskameras über dem Eingang hatten ihn und zwei andere Männer bei der Flucht gefilmt. Das trug zwar nicht gerade dazu bei, Hugh Starkeys Image als aufrechtes Glied der Gesellschaft zu verbessern, aber für die Polizei war es in höchsten Maße peinlich, nachdem sie ihm die Sache in Wolverhampton angehängt hatte. Das Innenministerium ordnete eine Untersuchung an, die unter anderem zutage förderte, daß eine Reihe von Passagen in Starkeys Geständnis erst eingefügt worden waren, nachdem er es unterschrieben hatte. Gegen verschiedene Beamte wurden Disziplinarverfahren eingeleitet, unter ihnen ein gewisser Hauptkommissar Manningtree, der sich sechs Monate nach Starkeys Festnahme von seinem Dezernat hatte wegversetzen lassen, weil seine Frau krank war und gern in ihr heimatliches Wales zurückkehren wollte. Als die Polizei von Rhayader entdeckte, daß sie eine regelrechte Mörderjagd am Hals hatte, bat sie das Präsidium, jemanden zu schicken, der über die entsprechende Erfahrung verfüge, sich um den Fall zu kümmern. Und wer wäre da geeigneter gewesen als ein Mann, der fünf Jahre lang in einer Großstadt im Dezernat für Kapitalverbrechen gearbeitet hatte?

Als diese Fakten ans Licht kamen, war Clives Anwalt gerade die undankbare Aufgabe zugefallen, die Wiederaufnahme des Verfahrens gegen seine Mandanten zu beantragen. Mangels irgendwelcher neuer Beweise oder neuer Zeugen war das , wie er wohl wußte, reine Zeitverschwendung. Clive blieb jedoch hartnäckig bei der Behauptung, er habe unter Druck ein begrenztes Geständnis abgelegt, das später manipuliert und um Aussagen erweitert worden sei, die er nie gemacht habe. Bisher hatte selbst sein Anwalt dem keinen Glauben geschenkt, geschweige denn angenommen, es bestehe die geringste Aussicht, es anderen glaubhaft zu machen. Der

Hugh-Starkey-Skandal änderte das aber schlagartig. Nahezu über Nacht war eine lebhafte Medienkampagne im Gange. Die seriösen Blätter brachten nachdenkliche, gewissenserforschende Artikel, die schweren und weitverbreiteten Sorgen hinsichtlich des gegenwärtigen Systems polizeilicher Überwachung Ausdruck verliehen, während die Boulevardzeitungen ihre Leser mit vernichtenden Attacken in einen Zustand erbitterter moralischer Entrüstung versetzten. Überall im Land lag der Geruch schmutziger Wäsche in der Luft.

Ich erfuhr von all diesen Vorgängen erstmals auf einem meiner gelegentlichen Rundgänge durch die Schule, hinter denen der Gedanke stand, die Leutchen dort auf Trab zu halten. Ich wußte, daß es keinen Sinn hatte, die Lehrkräfte wie verantwortungsbewußte Erwachsene zu behandeln. Wenn sie das gewesen wären, hätten sie nicht für mich gearbeitet. Im Lehrerzimmer bemerkte ich einen ans Anschlagbrett gepinnten Artikel, neben dem drei große, mit Filzstift aufgemalte Ausrufungszeichen standen. Er war aus einem der lokalen Anzeigenblätter ausgeschnitten worden. Die Überschrift lautete: ERSTER EHEMANN DES STAUSEE-OPFERS EBENFALLS AUF MYSTERIÖSE WEISE GESTORBEN.

Mit Hilfe großer Fotografien von Dennis, Karen, dem Haus im Ramillies Drive, dem Elantal und dem Bootshaus am Cherwell brachte es der »exklusive« Bericht auf eine volle Doppelseite. »Unser eigener Korrespondent« faßte zunächst die Ereignisse bis zu Clives Verurteilung zusammen und kam dann zu »den jüngsten Entwicklungen, die zu der Forderung nach einer Wiederaufnahme des Verfahrens geführt haben«. Der größte Teil des Artikel war jedoch dem gewidmet, was als »erstaunliches Versagen der Polizei« bezeichnet wurde, das darin bestand, die »beunruhigenden Parallelen« zwischen Karens Tod und dem ihres ersten Ehemannes, »des konzessionierten Steuerberaters am Ort und hochgeschätzten Mitgliedes des Rotary Clubs Dennis Parsons«, nicht gesehen zu haben.

Da es sich bei diesen »Parallelen« um nicht mehr handelte als um den banalen Zufall, daß sowohl Karen als auch Dennis im Wasser geendet hatten, entstand zunächst der Eindruck, als sei der Artikel ein schwächlicher Versuch, einen sensationellen Durchbruch vorzutäuschen, wo es überhaupt keinen gab. Aber die Fakten, wie sie da abgedruckt standen, waren im Vergleich zu den aufgestellten Behauptungen derart dürftig, daß sich zumindest einem Leser, nämlich mir, eine ganz andere Lösung aufdrängte. Die »beunruhigende Parallele« war nicht die, welche der Reporter beschrieb, sondern eine, die er aus Furcht vor rechtlichen Konsequenzen nicht erwähnen konnte: meine Verwicklung in beide Todesfälle. Mein Name wurde nur einmal genannt (in der Bildunterschrift unter dem Foto des Hauses, wo ich als der gegenwärtige Eigentümer eines »vom Tode heimgesuchten« Anwesens vorgestellt wurde), aber gerade meine Abwesenheit schwebte wie ein böser Geist über dem ganzen Bericht.

Ich habe nicht den geringsten Zweifel, daß dieser Artikel »von unserem eigenen Korrespondenten« nach einem Szenario geschrieben worden war, das ihm Clive durch seinen Anwalt hatte zukommen lassen. Das Blatt, in dem er stand, war schließlich ein Werbemedium, das man per Spalte, Seite oder Doppelseite kaufen konnte. Clives Anzeige hatte lediglich eine etwas ungewöhnliche Form, das war alles. Die richtige Presse zog nicht nach, und so vergaß ich den ganzen Vorgang, bis ein paar Wochen später mein Anrufbeantworter den Anruf eines Hauptkommissars Moss oder so ähnlich verzeichnete.

Es war ein grauer, düsterer Tag mit einem bitterkalten Ostwind, der das Pflaster stellenweise mit Glatteis überzogen hatte. Ich war am Kanal spazierengegangen und fühlte mich bei meiner Rückkehr nach Hause deprimiert und verwirrt, empfand Abscheu vor mir selbst und anderen. Bei diesem Gemütszustand erschien die Nachricht der Polizei weniger beunruhigend, als es sonst vielleicht der Fall gewesen wäre. Wenn ich die Früchte meiner Missetaten mehr genossen hätte, hätte ich mich möglicherweise auch schuldiger gefühlt. So, wie die

Sache stand, war mir so elend, daß ich genausogut unschuldig hätte sein können. Ich rief zurück und machte für den kommenden Vormittag einen Termin bei Moss aus.

Ich ließ den BMW auf einem gebührenpflichtigen Parkplatz stehen und ging zu Fuß zum Polizeirevier von St. Aldate, wo man mich in ein Besprechungszimmer im zweiten Stock führte. Dort saß ein dickbäuchiger, kahlköpfiger Kerl Mitte Fünfzig und löste ein Kreuzworträtsel. Als ich eintrat, fing er gerade eine Phrase zu pfeifen an, die ich mit einiger Überraschung als das Schicksalsmotiv aus Wagners *Ring* erkannte. Vor ihm auf dem Tisch lagen einige prall mit Schriftstücken gefüllte Aktenordner. Moss starrte mich eine Zeitlang an, als überlege er, wie er am besten vorgehen sollte.

»Vor einigen Monaten ist Clive Reginald Phillips wegen Mordes an Ihrer Frau verurteilt worden«, sagte er schließlich. »Auf Grund verschiedener Formfehler beim Ermittlungsverfahren, die erst vor kurzem entdeckt worden sind, ist dieses Urteil für unzulässig erklärt worden und soll demnächst annulliert werden.«

Ich schnappte nach Luft, als sei ich gerade den ganzen Weg von Nordoxford bis hierher gerannt.

»Das wird ein paar praktische Konsequenzen haben«, fuhr Moss düster fort. »Eine davon ist natürlich, daß Phillips aus dem Gefängnis entlassen wird.«

»Aber er hat meine Frau umgebracht!«

»Ich an Ihrer Stelle würde so was nicht überall rumposaunen, Sir. Sie könnten sich damit eine Verleumdungsklage einhandeln.«

»Das reicht wirklich, um einen an der britischen Justiz zweifeln zu lassen!« rief ich aus und wand mich gequält auf meinem Stuhl.

»Eine andere Folge ist, daß die Unterlagen dieses Falls überprüft werden müssen. Da gegen die Abteilung, die ursprünglich damit befaßt war, ein Disziplinarverfahren läuft, sind wir von der *Thames Valley Police* gebeten worden, das Beweismaterial zu prüfen und zu entscheiden, welche weiteren Schritte, wenn überhaupt welche, unternommen werden sollen.«

Er hob einen Aktenordner vom Tisch hoch.

»Ich muß sagen, daß es hier ein paar Dinge gibt, die die anfängliche Darstellung der Ereignisse durch Mr. Phillips zu bestätigen scheinen. Zum Beispiel ist da dieser Mitarbeiter eines Blumenladens, der eine Eilsendung vom Bahnhof in Banbury abgeholt hat. Er erinnert sich, zwei Autos vor dem Bahnhofsgebäude gesehen zu haben, das eine ein gelber Sportwagen, das andere, Zitat, ›ein roter Alfa Romeo‹, Zitat Ende. Man hat ihm dann das Foto eines BMW gezeigt, wie Sie ihn fahren, und er sagte, ja, das sei er, diese Alfas könne er immer und überall erkennen.«

Ich sagte nichts.

»Ein anderer Zeuge, der seine Tante vom Zug aus Oxford abholte, hat nicht nur das Vorhandensein dieses zweiten Wagens bestätigt, sondern auch auf einem Foto Clive Phillips als einen der beiden Männer identifiziert, die darin saßen und das hatten, was er als ›eine lautstarke Auseinandersetzung‹ bezeichnete«.

»Aber von all dem war beim Prozeß nicht die Rede«.

»Richtig, Sir. Wir haben Abschriften dieser Aussagen an unsere Kollegen in Wales geschickt, aber angesichts des erdrückenden Beweismaterials gegen Phillips haben sie die offensichtlich als für die Ermittlungen nicht wichtig angesehen.«

Die Tür öffnete sich, und es erschien eine Beamtin, die ein Wägelchen voller Plastikbecher mit Tee und Kaffee vor sich her schob.

»›Ihr gesegneten Seelen, die ihr die jambam jambam der Glückseligkeit kostet!‹« deklamierte Moss anzüglich. »Für mich bitte Tee, Fliss, da es nichts Stärkeres gibt. Wie steht's mit Ihnen, Sir?«

»Kaffee«, krächzte ich.

»›Ich maß mein Leben aus mit Kaffeelöffeln...‹.«

»Für Eliot ist es noch ein bißchen früh am Vormittag«, unterbrach ich ihn barsch.

»Geschmackssache«, erwiderte Moss und tätschelte den Hintern der Beamtin, als sie wieder hinausging. »Ich persönlich habe, was Dichtung, Frauen, Musik, Bier und Verbrechen angeht, einen hervorragenden Geschmack. Und ich muß sagen, daß mir dieses Geschäft rein gar nichts gibt. Ah!«

Er stürzte sich auf seine Zeitung.

»Die Antwort hat schon die ganze Zeit klar auf der Hand gelegen. Einfach, wirklich.«

Ich hatte von diesem Katz-und-Maus-Spiel genug.

»Entschuldigen Sie, Herr Kommissar, aber weshalb genau wollten Sie mich eigentlich sprechen?«

Moss füllte sein Rätsel fertig aus und schlürfte geräuschvoll seinen Tee.

»Sehen Sie, Sir, es wäre in unseren Augen reine Zeitverschwendung, diesen Fall neu aufzurollen, wo doch die Identität des Mörders zweifelsfrei feststeht.«

Er forderte mich zu einem Geständnis auf! Ich hatte das Gefühl, gleich ohnmächtig zu werden.

»Ich würde gern mit meinem Anwalt sprechen«, murmelte ich.

»Was wir nicht vergessen dürfen«, sagte Moss zur Decke hinauf, »ist, daß Phillips' Entlassung ja noch lange nicht bedeutet, daß er unschuldig ist.«

Ich starrte ihn mit offenem Mund an.

»Nein?«

»Natürlich nicht. Die gerichtliche Prüfungsinstanz hat lediglich festgestellt, daß er keinen fairen Prozeß bekommen hat. Es ist eine durch und durch spekulative Frage, wie das Ergebnis ausgesehen hätte, wenn dies der Fall gewesen wäre.«

»Aber das ist doch lächerlich! Sie meinen, ein Schuldiger kann wegen irgendeiner formalen Kleinigkeit freigelassen werden?«

»Passiert andauernd. Unglücklicherweise können wir es nicht ändern, aber wir versuchen, wenigstens zu verhindern, daß anschließend die Unschuldigen dafür büßen müssen. Eine Wiederaufnahme dieses Verfahrens wäre natürlich für alle Beteiligten sehr unangenehm, vor allem für Sie. Wir sind uns dessen voll und ganz bewußt. Und deshalb wollte ich nur noch einmal überprüfen, ob Sie ganz *sicher* sind, daß es da niemanden gibt, der bestätigen könnte, daß Sie an dem fraglichen Samstag in Oxford waren. Wenn nämlich doch, verstehen Sie, dann könnte ich praktisch garantieren, daß der Sache nicht weiter nachgegangen wird.«

Endlich begriff ich. Was die Polizei anging, so hing die Tragweite von Clives Freilassung davon ab, ob die Ermittlungen erneut aufgenommen wurden oder nicht. Wenn nicht, würde jedermann annehmen, Clive sei nur wegen einer bloßen Formfrage auf freien Fuß gesetzt worden, womit auch die Fehler und Versäumnisse der Polizei rein verfahrenstechnischer Natur bleiben würden. Sie hatten den richtigen Mann erwischt, selbst wenn die falschen Methoden angewendet worden waren. Deshalb zogen die Jungs von der Polente alle an einem Strang. Woran Moss ausschließlich lag, war, den Fall diskret zu begraben, ihn als verpfuschten Job abzuschreiben, dem nichts moralisch Schändliches anhaftete. Um das aber tun zu können, mußte ich ein Alibi haben. Weshalb tat ich also nicht uns beiden den Gefallen und zog los, um mir eins zu besorgen, wie?

Das war nur recht und billig. Ich konnte einen Wink verstehen.

»Was ich der Polizei damals gesagt habe, entsprach genaugenommen nicht so ganz der Wahrheit«, murmelte ich. »Ich *habe* damals jemanden getroffen, aber ich wollte das nicht so gern erwähnen, weil ... nun ja, es war eine Frau.«

Moss nickte mitfühlend.

»Um ganz ehrlich zu sein, hatte ich mir die Abwesenheit meiner Frau zunutze gemacht, um eine sehr gute Freundin von mir zu besuchen, die... Es war zwischen uns absolut gar nichts, aber... na ja, Sie können sich ja vorstellen, wie das damals ausgesehen hätte.«

»Und wie heißt die Dame, Sir?«

»Kraemer. Alison Kraemer.«

Moss notierte den Namen auf dem Rand eines der Papiere.

»Ich muß morgen oder in den nächsten Tagen mal mit ihr sprechen. Es wird nicht lange dauern, wirklich eine Formsache. Dann werden wir Sie wohl nicht noch einmal behelligen müssen.«

Er wandte sich wieder seinem Kreuzworträtsel zu.

»Worin man investiert, ohne je etwas herauszubekommen. Zehn Buchstaben, der erste ein V. Ein bißchen überdeutlich, würde ich sagen. Da war entschieden ein Amateur am Werk.«

»Gut, gut. Und dir? Wirklich? Toll. Super. Hör mal, ich fände es schön, wenn wir uns bald mal sehen könnten. Ich muß dich etwas fragen. Es ist ein bißchen dringend, genau besehen.«

Ich stand in einer gläsernen Telefonzelle mitten im rauschenden Verkehr des Einbahnstraßensystems beim Westgate. Alisons Stimme drang wie aus weiter Ferne zu mir. Die Luft war dort milder, die Vegetation üppiger. Irgendwo im Hintergrund wurde Klavier gespielt.

»Kannst du zum Mittagessen kommen?«

Das Essen war das gleiche wie am Tag unserer ersten Begegnung – Omelette, Salat, Käse und Brot. Es war nicht ganz so gut wie damals in Frankreich (eher das Beste, was man für Geld kriegen konnte, als schlicht das Beste), aber das eigentliche Problem lag aus meiner Sicht darin, daß wir zu dritt waren. Die Herbstferien waren angebrochen, und Rebecca lungerte zu Hause rum. In dem Versuch, das Eis zu brechen, das sich immer dann bildete, wenn sie in der Nähe war, fragte ich, ob sie sich für Kreuzworträtsel interessiere, die schweren, die um die Ecke gedachten.

»Wenn sie schwierig genug sind«, erwiderte die naseweise Göre.

»Wie steht's damit. ›Worin man investiert, ohne je etwas herauszubekommen.‹ Zehn Buchstaben, der erste ein V. Ich komm' einfach nicht drauf.«

Rebecca rümpfte die Nase.

»Das klingt nicht sonderlich schwer. Viel zu simpel, genaugenommen. Hol's der Geier, da muß ich mal drüber nachdenken«, schloß sie weltmüde und stand vom Tisch auf.

»Vergiß deinen Französischessay nicht«, rief ihr Alison nach.

»*J'essaierai!*«

»Ist sie nicht großartig?« sagte ich mit vorgetäuschter Wärme.

Alison lächelte entschuldigend.

»Sind sie alle in diesem Alter. Es ist noch so leicht, großartig zu sein. Schwer ist es später, sich damit abzufinden, daß man etwas ganz Gewöhnliches ist. Ich könnte mir vorstellen, daß Rebecca damit mal ziemlich zu kämpfen haben wird.«

Sie erhob sich, um Kaffee zu machen.

»Was war es denn nun, was du mich fragen wolltest?«

Ich lachte unbeschwert.

»Ich fürchte, es ist was ziemlich Blödes. Die Sache ist die, daß sich die Polizei bei mir gemeldet hat. Es ist einigermaßen unglaublich. Offensichtlich ist bei der Vorbereitung des Prozesses gegen Clive Phillips irgendein Formfehler unterlaufen, was nun zur Folge hat, daß er auf freien Fuß gesetzt wird. Das ist natürlich ein Hohn auf die Gerechtigkeit. Niemand bezweifelt auch nur im geringsten seine Schuld, aber weil nicht ganz korrekt verfahren wurde, lassen sie ihn laufen.«

»Wie entsetzlich!«

»Noch schlimmer ist, daß die Justizbehörden über eine Wiederaufnahme des Verfahrens nachdenken. Die Polizei hat mich netterweise im voraus darüber informiert und nachgefragt, ob es irgend jemanden gebe, der bestätigen kann, daß ich am Tag von Karens Verschwinden in Oxford war.«

»Du meinst, um dir ein Alibi zu verschaffen?«

Ich lachte.

»Na ja, ich glaube, das ist der juristische Fachbegriff, aber es ist wirklich reine Formsache. Ich meine, niemand wirft mir irgend etwas vor, am wenigsten die Polizei. Aber sie müssen das eben alles pro forma noch einmal durchexerzieren, verstehst du, obwohl sie genau wissen, daß Phillips für Karens Tod verantwortlich ist.«

Alison brachte zwei winzige, randvoll mit Espresso gefüllte Täßchen herbei.

»Das ist wirklich sehr aufmerksam von ihnen«, sagte sie. »Aber wie gräßlich sich vorzustellen, daß dieser Mann wieder frei herumlaufen wird. Empört dich das denn nicht?«

Ich seufzte tief und zuckte die Achseln.

»Er kommt ja nicht wirklich frei. Er wird lediglich in ein anderes Gefängnis entlassen, in das Gefängnis seines Gewissens. Er weiß, was er getan hat, und damit wird er für den Rest seines Lebens zurechtkommen müssen.«

Alison nickte.

»Wie überaus wahr.«

»Was mich betrifft, so liegt mir vor allem daran, daß diese ganze unangenehme Geschichte nicht noch einmal aufgerollt wird. Ich möchte einfach nur vergeben und vergessen. Deshalb ist es so wichtig, der Anregung der Polizei zu folgen und jemanden zu finden, der bezeugt, daß ich hier in Oxford war.«

Sie nickte wieder.

»Natürlich. Hast du mit irgend jemand von den Leuten gesprochen, die dich an diesem Tag gesehen haben?«

»Eben, deshalb ist es ja eine so blöde Sache«, seufzte ich. »Als du unsere Verabredung zum Lunch abgesagt hast, weißt du, da war ich so deprimiert, daß ich einfach zu nichts anderem mehr in der Lage war. Ich hatte mich wirklich so darauf gefreut, dich zu sehen. Am Ende blieb ich den ganzen Tag zu Hause sitzen und las, machte ein bißchen sauber, hörte Musik, was man halt so macht. Niemand hat angerufen, niemand hat mich gesehen.«

Ich ordnete die Brotkrümel auf der Tischplatte zu einer säuberlichen Reihe.

»Also, ich hab' mich gefragt, ob du's vielleicht tun würdest.«

Alison schlürfte den Rest ihres Espressos, beugte sich über die Tasse und studierte den Wirbel aus Kaffeesatz auf dem glasierten Keramikboden.

»Was tun?«

»Für mich bürgen.«

»Ich? Ich war doch gar nicht da!«

»Wann bist du losgefahren?«

»Also, ich denke, ich hab' das Haus so um halb zwei oder zwei verlassen, aber...«

»Das reicht schon. Nehmen wir mal an, daß du, statt zu telefonieren, zu mir gefahren bist, um mir Bescheid zu sagen, daß du die Verabredung zum Mittagessen nicht einhalten konntest. Wir haben kurz miteinander geplaudert, und dann bist du nach Dorset weitergefahren. Es hätte ja an deinem Weg gelegen, mehr oder weniger.«

Alison runzelte die Stirn.

»Das bin ich aber nicht.«

»Nein, aber du hättest es so machen können.«

»Das *habe* ich aber nicht gemacht.«

Ich nickte heftig, als diskutierten wir über eine abstrakte Frage wie etwa die Kernenergie oder die neue Kopfsteuer.

»Ich versteh' dich ja, Alison, aber ich frage mich, ob du hier nicht ein bißchen zu sehr am Buchstaben klebst. Warum sollen wir denn Monate des Kummers und der Störungen durchmachen müssen, bloß weil uns das Schicksal dazwischengekommen ist und unsere Verabredung zum Lunch zunichte gemacht hat? Alles, was die Polizei braucht, ist eine vorzeigbare Aussage. Du wirst nicht vereidigt, niemand wird dich ins Kreuzverhör nehmen. Du bestätigst nur, was sie schon wissen, nämlich daß ich an jenem Tag in Oxford war und folglich bei dem, was da in Wales passiert ist, keine Hand im Spiel gehabt haben kann.«

Alison starrte mich länger an, als ich das je für möglich gehalten hätte. Irgendwie mußte die Zeit angehalten worden sein, dachte ich, oder ich erlitt vielleicht gerade einen Schlaganfall. Dann wurde auf der Treppe donnerndes Gepolter von Füßen hörbar, eine Amsel gab draußen Laut, und Rebecca kam hereingeplatzt.

»Verbrechen!« schrie sie.

Alisons Gesicht wurde wieder weich, nahm den Ausdruck mütterlicher Wärme an. Mir ging auf, wie unnatürlich starr und angespannt es gewesen war.

»Was meinst du, Liebling?«

»Die Lösung für das Kreuzworträtsel. Worin man investiert, ohne je was rauszubekommen. Verbrechen.«

Ich rang mir ein beglückwünschendes Lächeln ab.

»Aber wieso ist das eine Investition, bei der man nie was herausbekommt?«

»Es zahlt sich nicht aus.«

Als sie mit schnellen Schritten in der Diele verschwand, durchlief mich ein Schauer der Panik, fühlte ich mich wie jemand, der begreift, daß er ein Opfer der schwarzen Magie ist. Im Munde dieses ahnungslosen Kindes klang der Satz wie das Urteil des Orakels zu Delphi. Ich wußte, daß für mich jetzt nichts mehr glattgehen würde.

»Ich weiß gar nicht, was mich mehr wundert«, sagte Alison ruhig. »Daß du bereit bist, meineidig zu werden, oder daß du geglaubt hast, ich könnte es sein. Offensichtlich kennen wir beide uns doch noch nicht so gut, wie ich gedacht hatte.«

Während des Mittagessens war zwar der Perrier in Strömen geflossen, aber Stärkeres hatten wir nicht zu uns genommen. Und doch schwankte ich wie ein Betrunkener, als ich versuchte aufzustehen.

»Dann vielen Dank auch, Alison. War nett. Die Polizei wird sich irgendwann heute nachmittag oder morgen melden, nehme ich an. Ein Hauptkommissar Moss. Ich würde ihn im Auge behalten, wenn ich du wäre. Unter uns gesagt, er kam mir ein bißchen wie einer dieser alten Schmutzfinken vor. Die von weiblicher Schönheit labern und dabei die Hände tief in den Taschen ihres Regenmantels vergraben haben, du weißt schon. Ich habe so das Gefühl, Alison, daß du zu der Sorte Frauen gehörst, auf die er voll abfährt.«

Sie starrte mich schockiert an. So hatte ich noch nie mit ihr geredet. Nie hatte ich mich schnoddrig, zweideutig oder respektlos geäußert. Und vor allem hatte ich nie von der wunderbaren Welt des Sex gesprochen.

»Ich denke, du gehst jetzt besser«, sagte sie mit stiller Würde.

Stille Würde war – wie – *omelette aux fines herbes* – ihre große Stärke. Die brachte sie ganz hervorragend.

Ich ging durch die Diele zur Haustür. Aus dem Wohnzimmer klang Klaviermusik – Rebecca übte. Es war dasselbe Stück, das ich auch durchs Telefon gehört hatte, aber die Wirkung war jetzt ganz anders – es war wie eine Landschaft, die man für immer verläßt.

Auf der Heimfahrt machte ich noch einen kurzen Abstecher nach Ostoxford, nur so um der alten Zeiten willen. Ich ertappte mich dabei, wie ich durch die Windschutzscheibe starrte und etwas empfand, das Neid sehr nahe kam. Natürlich fanden sich hier Verwahrlosung und Verzweiflung, aber auch eine große Vielfalt menschlicher Kontakte, eine Wärme und Lebendigkeit, wie sie den vornehmen Vierteln, in denen ich jetzt wohnte, gänzlich fremd waren. Was es hier an Gewalttätigkeit gab, war nur Show, war ein verzweifelter Schrei nach Hilfe oder Aufmerksamkeit, glich dem unkoordinierten Gefuchtel eines Betrunkenen, der schon viel zu hinüber ist, um noch Schaden anrichten zu können. Aber Alison und ihresgleichen, das waren alles Kung-Fu-Meister, ganz formvollendetes Lächeln und hochkultivierte Höflichkeit und rasche, tückische Abfertigung.

Ich hatte geglaubt, ich sei einer von ihnen – das war mein Fehler gewesen. Ich hatte gemeint, meine Herkunft und Bildung gäben mir das Anrecht auf einen Platz in ihren Reihen. Ich hätte mich nicht gründlicher irren können. Mein Platz war hier, hier bei diesen Menschen, die ich verachtete. Sie konnte ich manipulieren, so wie ich Dennis und Karen manipuliert hatte. Von dem Augenblick an, in dem ich versucht hatte, mich zur Ebene Alisons zu erheben, war ich verloren gewesen. Ich hatte sie haben wollen, weil sie das einzig Wahre war. Dabei war mir nie der Gedanke gekommen, daß ich es nicht sein könnte. Aber das einzig Wahre ist nun mal nicht charmantes Geplauder, sondern es ist ein nüchterner, genauer Sinn dafür, wie weit man gehen kann. Und den besaß ich nicht. Sonst hätte ich nie und nimmer den fatalen Fehler begangen und versucht, Alison moralisch zu verführen. Ich hatte sie mit einer emporgekommenen Verkäuferin wie Karen verwechselt, für die Bande der romantischen Liebe heilig waren, und die alles geopfert hätte, nur um ihrem Mann die Stange zu halten. Karen hätte um meinetwillen die Polizei angelogen, ohne auch nur eine Sekunde zu zögern, aber dies Alison vorzuschlagen war genauso tölpelhaft gewesen, als hätte ich sie gebeten, mir in der Bodleian Library einen zu blasen.

Ja, wenn ich der kalte, berechnende Killer gewesen wäre, als den mich die Presse hingestellt hat, dann hätte ich mich von da an auch auf keine weiteren Kontakte mit Mrs. Kraemer mehr eingelassen. Auch ohne ihre Hilfe hatte ich von seiten des Gesetzes nicht viel zu befürchten. Es wäre weit mehr erforderlich gewesen als Clives Wort und das Fehlen eines Alibis, um mich verurteilen zu können. Wenn irgendeiner der Zeugen, von denen Moss gesprochen hatte, in der Lage gewesen wäre, mich mit Bestimmtheit zu identifizieren, dann hätte der Fall ganz ohne Frage wieder aufgerollt werden müssen. Aber selbst wenn sie mich erkannt hätten, hätten meine Chancen noch immer nicht schlechter als fifty-fifty gestanden. Das Gesetz schickt nicht nur unschuldige Menschen wie Clive Phillips und Hugh Starkey in den Knast, sondern läßt sogar noch häufiger die Schuldigen frei herumlaufen, vor allem, wenn diese weiß sind, der bürgerlichen Mittelklasse angehören, Knete haben und nicht mit irischem Akzent sprechen.

Wenn aber Alison bestürzt darüber gewesen war, daß wir uns doch nicht so gut kannten, wie sie geglaubt hatte, so war die Wirkung auf mich kaum weniger traumatisch. Die Frau, die ich so lange angebetet und um deretwillen ich so schreckliche Gefahren auf mich genommen hatte, hatte sich als oberflächliche, selbstsüchtige Pedantin herausgestellt. Nach all diesen Jahren glaubte Alison Kraemer immer noch, gut und böse seien etwas so Klares und Eindeutiges wie rechts und links. Selbst ein Jahrzehnt unter einer radikalen, alles verändernden Regierung hatte sie nicht gelehrt, daß ihr Sittenkodex – ein Sammelsurium von Restbeständen religiöser und philosophischer Uniformen, die niemand mehr als Ganzes anziehen mochte – für die gegenwärtige Welt so belanglos war wie Theorien über die große Kette des Seins oder die Sphärenmusik.

Nun, die Zeit war gekommen, ihr – was das anbetraf – Bescheid zu stoßen. Das war meine intellektuelle Pflicht, unter

Oxfordern sozusagen. Es war das wenigste, was ich tun konnte, um ihr all das zu vergelten, was sie für mich getan hatte. Wohlgemerkt, ich will hier nicht versuchen so zu tun, als seien meine Motive gänzlich altruistischer Natur gewesen. Nein, in ihnen war sicherlich auch ein Element persönlicher Genugtuung enthalten. Ich wollte dieser saublöden Schachtel solche Angst einjagen, daß sie sich in die Hosen schiß, wollte ihre Psyche mit Schreckensszenen verletzen, die sie Nacht für Nacht bis zu ihrem Tode erneut würde durchleben müssen.

Vielleicht hätte die Besonnenheit obsiegt, wenn mir die Zeit geblieben wäre, über alles gründlich nachzudenken. Aber wie die Dinge nun einmal lagen, traf sich der Madrigal-Chor just an diesem Abend, weshalb ich darauf zählen konnte, daß Alison nicht zu Hause war. Die Kinder würden natürlich da sein, aber mit denen wurde ich schon fertig. Ich sammelte ein paar Werkzeuge und meine treuen Gummihandschuhe zusammen, saß dann da und süffelte ein Glas *The Macallen* – bis es dunkel wurde.

**D**er Weg, der zu dem Haus hinführte, war so still wie eine Friedhofsallee. Die meisten Frauen hätten wohl Angst gehabt, dort so allein zu wohnen, aber Alison Kraemers Phantasie war so harmlos wie ein wohlerzogener Hund. Das könnte sich jedoch ändern, dachte ich, als ich über den Rasen huschte. Dieser fromme und gehorsame Köter würde bald tollwütig werden! In einem der Schlafzimmer, die nach vorne hinaus gingen, brannte Licht. Rebecca war noch auf. Wenn sie mich hörte, würde sie zunächst annehmen, das Mammilein sei früher als sonst von ihren Madrigalen und Kanons zurückgekehrt. Bis sie ihren Fehler bemerkte, würde es schon zu spät sein.

Keine Angst, so übel wird es nicht. Kinder zu ermorden hat mich seit jeher genausowenig gereizt, wie all die anderen traditionellen Freizeitvergnügungen der Briten. Was ich den lieben Kleinen anzutun gedachte, war lediglich, sie irgendwo einzusperren, während ich meinen Geschäften nachging. Ich hatte vor, mit der Katze anzufangen, sie durch den elektrischen Fleischwolf zu drehen, und dieses Püree dann satt auf Wände und Möbel zu schmieren. Danach würde ich improvisieren. Es ist ganz erstaunlich, was man alles an Schaden anrichten kann, wenn man sich nur ordentlich darauf konzentriert. Ich sah dem voller Freude entgegen. Seien wir doch mal ehrlich, es steckt doch in uns allen so ein kleiner Rowdy.

Ich schlich seitwärts am Haus vorbei und zur Küchentür. Die würde verschlossen und verriegelt sein, aber das Fenster daneben war aufzukriegen. Alison hatte mir mal erzählt, daß sie beabsichtige, dort einen Sicherheitsriegel anbringen zu lassen, aber das hatte sie, wie ich wußte, bisher noch nicht geschafft. Ich zog mir meine Gummihandschuhe über und machte mich daran, den unteren Teil des Fensters hochzustemmen. Es dauerte länger, als ich erwartet hatte, aber am Ende zerbarst innen der Riegel, und ein Stück Gußeisen flog laut klirrend auf den Steinfußboden. Ich schob das Fenster hoch, stemmte mich auf den Sims und kroch hinein.

Augenblicklich wurde die nächtliche Stille durch ein erstaunlich lautes Klirren durchbrochen, als nämlich eine Glasschüssel, die ich übersehen hatte, vom Abtropfbrett zu Boden fiel. Meine Muskeln verkrampften sich vor Panik, aber niemand kam angerannt oder erhob Geschrei. Ich ließ mich vorsichtig auf den Fußboden hinunter, wobei die Splitter der zersprungenen Schüssel unter meinen Schuhen knirschten. Der Lichtschalter befand sich neben dem offenen Durchgang zur Diele. Ich tastete mich über die glassplitterbestreuten Fliesen in diese Richtung, und langsam gewöhnten sich meine Augen an die Dunkelheit. Ich war noch etwa drei Schritte von dem Durchgang entfernt und wollte gerade das Licht anknipsen, als eine körperlose Hand aus dem Dunkel des Flurs herauslangte und es an meiner Stelle tat.

Alle Sicht ging in einem blendend hellen White-out verloren, als die leuchtende Röhre an der Decke zum Leben erwachte. Ich blinzelte verzweifelt und versuchte, meine Augen so weit abzublenden, daß ich sehen konnte, was los war.

Das erste, was ich wahrnahm, waren die Füße. Sie sahen absurd aus, klobige Schuhe wie aus einem Comicstrip, voller Beulen und Höcker und buckliger Zehen. Darüber erhoben sich haarige Beine, das linke hatte hervorquellende Krampfadern. Der Rest des Körpers war in einen rosafarbenen, seidenen Morgenrock gehüllt, den ein Gürtel aus demselben Material, aber in kontrastierendem Farbton zusammenhielt. Das Dekolleté gab eine breite, flache, dichtbehaarte Brust frei und darüber saß ein Kopf, den ich als zu Thomas Carter gehörend erkannte.

»Lassen Sie uns mal eines klarstellen«, sagte dieser. »Ich war in Nam bei den Special Forces. Ich kenne mindestens fünfzehn Möglichkeiten, Sie mit einer Hand zu töten.«

Ich lachte laut auf. Er sah ganz und gar lächerlich aus, wie er da in dem rosafarbenen, seidenen, fünf Nummern zu kleinen Negligé einer Frau vor mir stand und große Sprüche klopfte.

»Tom? Tom?« rief eine Frauenstimme von der Treppe her.

»Ich bin okay.«

»Was ist los?«

»Ich mach' das schon. Geh' wieder ins Bett.«

Eine Serie von knarrenden Geräuschen stieg in Richtung Decke empor.

»Oha, oha«, sagte ich. »Ich hatte doch schon lange den Verdacht, daß zwischen Ihnen und Alison was läuft. Ich verstehe nur nicht ganz, welche Rolle ich bei dem allen spiele. Können Sie sie nicht ausreichend befriedigen, Carter? Nicht mal mit Ihrem großen allamerikanischen Vietnamveteranenprügel?«

Dem folgte eine schlierenhaft verschwommene Bewegung, und als ich wieder zu mir kam, lag ich zusammengekrümmt am Boden, in einem Nasenloch einen Glassplitter und im Mund den Geschmack von recyceltem Malt Whisky.

»Das war, was wir damals einen *SOB* nannten«, hörte ich eine Stimme irgendwo in dem schwankenden Raum über mir bemerken. »Ein Euphemismus, der gleichzeitig ein Akronym ist, davon gab's ja jede Menge. Ein *soften-up blow*, ein Weichmacherschlag. Sehr beliebt im Bunker.«

»So was an unprovozierter, kaltblütiger Brutalität habe ich wirklich noch nie erlebt«, keuchte ich entrüstet und rappelte mich auf die Knie hoch.

»Oh, ich schon! Ich habe Sachen gesehen, von denen ich nicht mal glauben konnte, daß es sie gibt. Und die Leute, die diese Sachen machten, waren Kids, mit denen zusammen ich groß geworden war, mit denen ich Ball gespielt hatte und ins Kino gegangen war. Einen Monat früher, und sie hätten sich schon bei dem bloßen Gedanken die Hosen voll gemacht, daß die Bullen sie dabei erwischen, wie sie mit einem geöffneten Sechserpack Dosenbier auf dem Rücksitz zum See rausfahren. Und nun bombardierten sie Babys mit Napalm, vergewaltigten Muttis, folterten Opas, ganz zu schweigen von dem, was wir mit als Vietcong verdächtigten Leuten anstellten, die uns in die Hände fielen. Ganz gewöhnliche, alltägliche Greueltaten, begangen von ganz gewöhnlichen, alltäglichen Burschen, die sonst Autos verkauft oder Benzintanks gefüllt oder Hamburger serviert hätten.«

Ich stand auf und suchte an der Küchenanrichte Halt. Alisons Sammlung von Sabatier-Messern ragte einladend aus einem nur wenige Schritte entfernten Holzblock.

»Das hat mich hierher gebracht«, fuhr Carter fort. »Als ich in die Staaten zurückkam, konnte ich an keinem Autohaus, an keiner Tankstelle und an keiner Imbißbude mehr vorbeigehen, ohne mich an das zu erinnern, was ich gesehen hatte. Ich glaubte nicht mehr an so etwas wie natürlichen Anstand. Ich brauchte eine Gesellschaft mit einer soliden Grundlage, mit einer zivilisatorischen und kulturellen Tradition, die stark genug war, das alles auszutarieren. Sie würden sich gern eins dieser Messer schnappen? Nur zu. Rammen Sie 'sich's doch selbst in den Arsch, das erspart mir die Mühe.«

Ich zog meine Hand zurück.

»Aber natürlich!« rief ich aus. »Ich war der Handlanger, der Lockvogel! Deshalb ist Alison an dem Abend neulich mit mir in dieses Restaurant gegangen, weil sie nämlich wußte, daß Sie und Llynn dort sein würden. Und deshalb haben Sie uns unmittelbar danach zum Essen eingeladen. Das war alles nur, um Lynns Argwohn von Ihnen und Alison abzulenken.«

Thomas Carters Aura moralischer Rechtschaffenheit war dermaßen stark, daß ich schon halb erwartete, er würde alles abstreiten und behaupten, er und Alison probten nur eine Szene aus der Schlafzimmerkommödie, die die örtliche Amateurtheatergruppe gerade einübe.

Ich war wirklich einigermaßen schockiert, als er die Sache ganz ruhig zugab. Ja, er und Alison liebten sich schon seit Jahren, aber sie hätten es geheimgehalten, um die Kinder nicht zu beunruhigen. Ein- oder zweimal im Monat würden Rebecca und Alex an dem Abend, an dem sich der Madrigal-Chor traf, zu Freunden zum Übernachten geschickt, so daß sie, Thomas und Alison, die Möglichkeit gehabt hätten, »zusammen Musik zu machen«. Gerade, als Lynn angefangen habe, Verdacht zu schöpfen, sei passenderweise ich auf der Bildfläche erschienen. Alison habe dann meine Verliebtheit als Tarnung benutzt, in deren Schutz sie ihre Affäre mit ihm in aller Sicherheit habe fortsetzen können.

»Wie auch immer«, schloß er, »die zentrale Frage ist, was wir jetzt mit Ihnen machen, mein Freund. Was zum Teufel haben Sie überhaupt hier zu suchen?«

»Ich war außer mir vor frustriertem Verlangen. Ich wollte mich nackt ausziehen, dieses Negligé da überstreifen, eine angeknackste 78er Platte auflegen, auf der Nellie Melba ›Come into the Garden, Maude‹ singt, und mir einen runterholen. Überkommen Sie je solche Anwandlungen?«

Einen Augenblick dachte ich, er würde mir wieder eine verpassen. Aber er grinste nur, zeigte seine schlechten Zähne.

»Natürlich könnte ich einfach die Polizei anrufen und Sie wegen Einbruchs anzeigen.«

»Das werden Sie jedoch nicht tun, weil Sie dann ja auch erklären müßten, was Sie zu dieser Nachtzeit hier treiben. Hören Sie, warum tun wir beide nicht schlicht und einfach so, als sei dies alles nie passiert?«

Carter schüttelte den Kopf.

»Sie könnten mich und Ally bloßstellen, wann immer Sie wollten. Das kann ich nicht riskieren.«

»Was wollen Sie also tun? Mich umbringen?«

Er sah mich einen Augenblick lang an, als denke er über diesen Vorschlag nach. Es war das erstemal, daß mich jemand als potentielles Opfer betrachtete, der durchaus in der Lage war, mich auch tatsächlich dazu zu machen. Ich muß schon sagen, daß war sehr unangenehm.

Plötzlich erhellte sich Carters Gesicht.

»Ich hab's! Alison hat mir erzählt, daß Sie sie gebeten haben, Ihnen zu einem falschen Alibi zu verhelfen. Wir werden das Gegenteil tun. Ich werde mich mit der Polizei in Verbindung setzen und ihr erzählen, daß ich an jenem Samstag, an dem Ihre Frau verschwunden ist, zu Ihnen gefahren bin, weil wir uns verabredet hatten, Sie aber nicht zu Hause angetroffen habe. Ich hab's dann am Nachmittag noch ein paarmal versucht. Ihr

Auto war nicht in der Garage, und deshalb bin ich schließlich zu dem Schluß gekommen, daß Sie fortgefahren seien. Ich habe dann später am Abend nochmal angerufen, aber niemand hat sich gemeldet.«

Ich starrte ihn fassungslos an.

»Wenn Sie das machen...«

»Ja?« sagte er mit drohendem Unterton.

Ich seufzte.

»Dann bin ich im Arsch.«

Wir brachen beide in Lachen aus.

»Und jetzt verpissen Sie sich schon«, sagte er, »damit ich diesen verdammten Morgenrock endlich wieder ausziehen kann.«

Ich makste über die Glassplitter zur Hintertür. Als ich den Riegel zurückschob, fügte er noch hinzu: »Und wissen Sie, was das Komische ist? Wir haben Sie alle gemocht. Wirklich.«

Ich hechtete nach vorn in die Nacht wie ein Fallschirmspringer und löste mich in Dunkelheit auf.

**A**m folgenden Tag rief ich meinen Anlageberater an und beauftragte ihn, den Hauptteil meiner Investitionen zu Geld zu machen und den Erlös auf ein Konto im Ausland zu überweisen. Ich hatte gerade den Hörer aufgelegt, als es an der Haustür klingelte. Ein Polizeiauto stand draußen vor dem Haus und vor der Tür ein vierschrötiger, kahlköpfiger Mann in schwerem Mantel, den Rücken mir zugewandt. Er sah ganz wie Moss aus. Die Klingel ging erneut, eindringlicher. Ich verkroch mich hinter dem Sofa. Es klingelte wieder und immer wieder. Schließlich gab er auf, und das Auto fuhr weg.

Ich lief nach oben und machte mich ans Packen. Das dauerte nicht lange. Ich warf eine Auswahl von Kleidungsstücken und Toilettenartikeln in einen Koffer, überprüfte, ob ich auch alle wichtigen Unterlagen bei mir hatte, duschte dann und wählte einen nüchternen Geschäftsanzug, ein Jermyn-Street-Hemd und eine alte College-Krawatte. Bevor ich das Haus verließ, gab ich meinem uralten Verlangen nach, einmal auf das mit ocker-orangefarbenem Baumwollsamt bezogene Sofa der Parsons zu pinkeln. Das tat außerordentlich wohl, und ich kicherte fröhlich vor mich hin, als ich zum BMW hinausging.

Das in letzter Minute auftauchende Problem ist derart zu einem Thriller-Klischee geworden, daß ich ganz erstaunt war, ohne Zwischenfälle nach Heathrow zu gelangen. Ja, der Verkehr auf der M 25 floß sogar richtig flüssig dahin, oh Wunder! In der Abflughalle flatterte die Anzeigetafel wie ein Schwarm nervöser Tauben. Als sie sich wieder beruhigt hatte, suchte ich mir einen Varig-Flug nach Rio de Janeiro raus, Start in zwei Stunden. In der ersten Klasse war noch reichlich Platz, und es war ein zusätzlicher Luxus, mit einer Kreditkarte bezahlen zu können, für die ich nie einen Abbuchungsbeleg erhalten würde.

Ich stieg in einem Luxushotel in Copacabana ab und traf die notwendigen Vorkehrungen, um an Geld auf meinem Auslandskonto heranzukommen, dann reiste ich hierher weiter. Ich war angenehm überrascht, als ich entdeckte, daß mich die jüngsten Abwertungen der Landeswährung noch wohlhabender gemacht hatten als erwartet. Weniger als einen Monat nach meiner Abreise aus dem Ramillies Drive bezog ich eine hübsch eingerichtete Wohnung im vornehmen Viertel Buena Vista.

Was für ein Vergnügen war es doch, wieder hier zu sein! Es waren die kleinen Dinge, die mir am meisten auffielen, die Einzelheiten, die ich vergessen hatte. Der stete Regen von Wassertropfen, die aus den Klimaanlagen auf das Pflaster fallen, die Pfütze aus Kondenswasser, die sich in der feuchten Hitze um eine Flasche mit kaltem Bier bildet, das geparkte Auto, das sich scheinbar wie von selbst bewegt, weil irgend jemand weiter hinten in der Reihe mit einem kräftigen Ruck auf seinen Vordermann auffährt, um aus der Parklücke zu kommen, die Straßen voller Kronenkorken, die tief in den warmen Asphalt eingedrückt worden sind. Vor allem aber waren es die Menschen – die Männer so gutaussehend, die Frauen so hübsch, und beide Geschlechter pulsierend vor Stolz, Energie und sexuellem Verlangen. Jeder einzelne Augenblick jedes einzelnen Tages war ein kostbarer Teil einer Lebensweise, die ich, wie mir erst jetzt bewußt wurde, so sehr vermißt hatte. Ich verbrachte ganze Tage damit, einfach nur durch die Gassen zu laufen oder mit *collectivos* umherzufahren – ich tauchte ganz in das farbenfrohe und vielgestaltige Leben ein. Jeden Abend suchte ich die belebtesten Stadtviertel auf und mischte mich unter die vorüberziehenden Menschen, freute mich an den brutalen, offenen, erbarmungslosen, unzensierten Szenen, die ich viel zu lange nur in den »verbesserten« und verbessernden Versionen gelesen hatte, welche die Engländer dem Originaltext vorziehen.

Schade war nur, daß alle Freunde, die wiederzusehen ich mich so gefreut hatte, verschwunden zu sein schienen. Natürlich war ich einige Zeit fort gewesen, aber es wollte mir trotzdem erstaunlich erscheinen, daß sich die gesamte Gruppe, deren anerkannter Führer Carlos Ventura gewesen war, zerstreut haben sollte. Und viele der Orte, an denen wir uns zu treffen pflegten – Bars, Restaurants und Buchläden –, hatten zugemacht oder den Besitzer gewechselt. Es war fast so, als sei da ein gezielter Versuch gemacht worden, alle meine Erinnerungen auszulöschen. In dieser absurden Vorstellung wurde ich bestärkt, als ich auf der Straße in einen meiner früheren Studenten hineinlief, der zu den Randfiguren der soeben erwähnten Gruppe gehört hatte. Anfangs behauptete er, mich nicht zu kennen, weshalb ich, um seinem Gedächtnis auf die Sprünge zu helfen, einen Fehler erwähnte, den er in einem seiner Aufsätze gemacht hatte und der in der ganzen Schule zu einem stehenden Scherz geworden war. In diesem Aufsatz war es um eine Darstellung des Regierungssystems gegangen. José hatte sagen wollen: »Seit der Rat der Generäle die Regierungsgewalt übernommen hat, herrscht Ruhe im Land«, hatte aber statt »Ruhe« »Ruin« geschrieben. Zu meiner Verblüffung stritt er nun ab, von diesem Vorfall zu wissen, und als ich ihn fragte, was aus Carlos und den anderen geworden sei, erwiderte er ärgerlich, daß er keine Ahnung habe, von wem ich da rede. Dann verabschiedete er sich abrupt.

Das verwirrte mich zuerst sehr und stimmte mich traurig, aber schon bald kam ich zu der Überzeugung, daß es wohl gut so sei. Jeder Versuch, alte Freundschaften wiederzubeleben, wäre ja ohnehin zum Scheitern verurteilt gewesen, hatten sich meine Lebensumstände doch entscheidend verändert. Damals war ich ein vorübergehend im Exil lebender Mensch gewesen, ein auf Besuch weilender Ausländer ohne Mittel, Wurzeln, Verantwortlichkeiten und Zukunft, heute hier und morgen da. Jetzt aber war ich ein vermögender, auf Dauer im Lande lebender Mann mit langfristigen Plänen und Investitionen. Ich hatte nichts mehr gemein mit Leuten, die bei dem Wort Unterhaltung an einen Abend mit Bier, Jazz und Politik in irgendeiner zweifelhaften Spelunke dachten, die zu betreten sich ein angesehener Bürger wie ich zweimal überlegen würde.

Ich habe das Ende meiner Erzählung erreicht. Bevor Sie sich jedoch zurückziehen, um über Ihr Urteil zu beraten, möchte ich noch kurz etwas zu dem Geist sagen, in dem der Auslieferungsantrag diesem Gericht präsentiert worden ist. Dieses Land verbindet eine langwährende und sehr komplexe Beziehung mit dem Vereinigten Königreich, eine Beziehung, auf die sich zu berufen die akkreditierten Repräsentanten Ihrer Majestät keine Skrupel hatten, hofften sie doch, damit Ihre Entscheidung beeinflussen zu können. Auch auf die Gefahr hin, Ihre Gefühle zu verletzen, möchte ich einmal, nur für den Augenblick, auf alle diplomatische Rhetorik verzichten. Tatsache ist doch, fürchte ich, daß meine Landsleute, wenn sie sich – bei seltenen Gelegenheiten wie dieser – überhaupt der Mühe unterziehen, an Sie zu denken, in Ihnen lediglich einen Haufen dämlicher Kanacken sehen, die irgendwo auf einer Lichtung im Dschungel rumhängen und darauf warten, daß der Mann von Del Monte Ihnen sagt, was Sie tun sollen.

Ich will damit nicht etwa andeuten, daß der Auslieferungsantrag schon deshalb ablehnend beschieden werden sollte, weil es sich dabei nicht so sehr um ein rechtmäßiges, von einem souveränen Staat an einen anderen gerichtetes Gesuch handelt, sondern eher um eines, das im Geiste neokolonialistischer Arroganz vorgelegt worden ist. Ich bin mir im Gegenteil sicher, daß sich dieses Gericht in keiner Weise von nicht zur Sache gehörenden Faktoren dieser Art beeindrucken lassen wird. Es wird sein Urteil nach gewissenhafter Prüfung aller Tatbestände sprechen, von denen die Mehrzahl nicht schlüssig, der Rest umstritten ist. Die gegen mich erhobenen Beschuldigungen beruhen nicht auf Beweismaterial, das für ein ordentliches Gericht annehmbar wäre, sondern auf einer unzulässigen moralischen Vorverurteilung. Die britischen Behörden argumentieren, ich hätte mich als ein skrupelloser Egoist erwiesen, der vor nichts zurückschrecken würde, um seinen sozialen und finanziellen Status zu verbessern.

Ich habe an dieser Beurteilung nichts auszusetzen. Ich bin

ganz im Gegenteil berechtigterweise stolz auf die Energie und Entschlossenheit, die ich an den Tag gelegt habe, um mein Leben zum Besseren zu wenden, und ich mißbillige aufs allerschärfste den Versuch, mir aus diesem Grund zwei Morde anzuhängen, die ich nicht begangen habe. Das ist ein zynisches Manöver, das der Ideale nicht würdig ist, denen sich die augenblickliche Regierung vorgeblich verpflichtet fühlt und an die sich zu halten ich selbst bestrebt gewesen bin. In einer freien, demokratischen Gesellschaft können Gesetz und Moral nicht das geringste miteinander zu tun haben. Die selbstsüchtigen Instinkte, die uns alle beherrschen und ohne die jede Marktwirtschaft augenblicklich zusammenbrechen würde, sind für das Gesetz nicht von Belang, das seinem Wesen nach rein konventionell und utilitaristisch ist, sozusagen eine Straßenverkehrsordnung, die geschaffen wurde, um die Möglichkeit von Unfällen zu minimieren. Es fragt nicht danach, woher Sie kommen oder wohin Sie gehen – und noch weniger nach dem Grund Ihrer Reise. Eine solche Schnüffelei würde zu Recht als unzulässige ideologische Einmischung angesehen werden, wie sie für die jetzt in Mißkredit geratenen totalitären Regime Osteuropas typisch ist. Solange Sie sich an die Regeln der Straßenverkehrsordnung halten, hat das Gesetz nicht über Sie zu bestimmen.

Nun könnte der Einwand erhoben werden, ich hätte mich ja eben *nicht* an diese Regeln gehalten. Das ist völlig richtig, und ich habe nie versucht, diese Tatsache zu vertuschen. Ich habe im Gegenteil zugegeben, den Leichnam meiner Frau gesetzwidrig beseitigt und heimlich geplant zu haben, Clive Phillips zu entführen und ihm schweren körperlichen Schaden zuzufügen. Ferner habe ich die Polizei und das Gericht hinsichtlich dieser und anderer Geschehnisse belogen. Ich bin sogar bereit zuzugeben, daß ich mich der fahrlässigen Tötung schuldig gemacht haben könnte, verstarb Karen doch offensichtlich nicht unmittelbar nach ihrem Sturz und dem dabei erlittenen Schlag gegen den Kopf, sondern erst, als sie im Kofferraum des

BMW eingesperrt war. Wären diese Vorwürfe in dem Auslieferungsantrag erhoben worden, hätte ich keine andere Wahl gehabt, als mich schuldig zu bekennen und dem Gesetz seinen Lauf zu lassen.

Aber dort erscheinen sie nicht, und zwar aus dem ganz einfachen Grund, daß keiner dieser Vorwürfe unter die einschlägigen Regelungen fällt, wie sie in dem zwischen diesem Land und dem Vereinigten Königreich geschlossenen Vertrag enthalten sind. Außerstande, meine Auslieferung aufgrund der Vergehen zu fordern, die ich begangen habe, haben sich die britischen Behörden eine Beschuldigung der Art ausgedacht, die unter die Bestimmungen des Abkommens fällt, nämlich Mord. Was sie dem Gericht hier vorgelegt haben, ist nicht mehr und nicht weniger als ein ganz offenkundiger Notbehelf, darauf angelegt, mich gewaltsam und um jeden Preis in die Heimat zurückzuholen. Die Briten haben nicht die Absicht, mir wegen Mordes den Prozeß zu machen, weil sie sehr wohl wissen, daß sie nicht in der Lage sein werden, meine Verurteilung zu erreichen. Wenn ich ihnen in die Hände fiele, würde die erfundene Mordanklage sofort fallengelassen und durch die zuvor genannten, keine Auslieferung rechtfertigenden Beschuldigungen ersetzt werden. Ein solches Vergehen würde natürlich die augenblickliche Verhandlung, dieses Gericht und das Land, das es vertritt, zur Zielscheibe des Spottes machen. Das Maß, in dem man sich in Großbritannien darum scheren wird, kann gar nicht gering genug veranschlagt werden. Wenn Sie Ihre Rolle in dieser Farce gespielt und Ihren Zweck erfüllt haben, wird man Sie wieder fortschicken und in Ihrem Dritteweltsandkasten weiterspielen lassen – bis die großen Jungs Sie mal wieder brauchen.

Ich möchte dem Gericht dafür danken, daß es mich diese lange Erklärung hat abgeben lassen, und die Gelegenheit wahrnehmen, im voraus zu betonen, daß ich mich seinem Urteilsspruch beugen werde. Der irregeleitete Humanist, der ich einmal gewesen bin, hätte zweifelsohne geifert und gegreint, wie es seinesgleichen so tut, aber ich bin inzwischen erwachsen geworden. Ich weiß, daß es keinen Sinn hat, über die Ungerechtigkeit der Gesellschaft zu schmollen, und noch weniger, in irgendeiner Weise den Versuch zu unternehmen, sie zu ändern. So etwas wie die Gesellschaft gibt es im Grunde gar nicht, es gibt nur Individuen, die in einem fortgesetzten, gnadenlosen Kampf um persönliche Vorteile begriffen sind. Es gibt auch so etwas wie Gerechtigkeit nicht, sondern nur Sieger und Verlierer. Ich habe es nicht verdient zu verlieren, aber wenn es dazu kommen sollte, wird es ohne Klage und ohne Bedauern geschehen.

10. März

Lieber Charles,
unnötig zu sagen, daß ich Ihren Ärger und ihre Bestürzung teile, aber ich darf Ihnen versichern, daß der Verdacht, auf unserer Seite sei nachlässig verfahren worden, durch nichts gerechtfertigt ist. Selbst S.E., der unsere direkte Intervention höchst pessimistisch beurteilte, wird bestätigen, daß wir allen Grund zu der Annahme hatten, unserem Antrag würde stattgegeben werden.

Es ist mir bislang nicht möglich gewesen festzustellen, was schiefgelaufen ist. Aus auf der Hand liegenden Gründen wäre es unklug von mir gewesen, im Gerichtssaal zu erscheinen, aber nach dem Studium der Verhandlungsmitschriften und der Teilnahme an einer Lagebesprechung unserer Rechtsexperten kann ich feststellen, daß es zu keinerlei beweiserheblichen Aussagen oder formalen Problemen gekommen ist, die das Urteil der Richter rechtfertigen könnten. Der Beschuldigte hielt eine weitläufige Rede zur Verteidigung seiner Schandtaten, die den denkbar schlechtesten Eindruck auf das Gericht machte, und alle Beteiligten gingen davon aus, daß das Ergebnis eine ausgemachte Sache sei.

Ich habe den Justizminister aufgesucht und ihm in aller Deutlichkeit unser Mißfallen ausgesprochen. Er bedauerte das alles zwar sehr, wollte aber nicht mehr sagen, als daß die Entscheidung »im Interesse der nationalen Sicherheit« getroffen worden sei. Der Generalissimo selbst war nicht zu erreichen, und überhaupt scheinen unsere üblichen Nachrichtenverbindungen tot zu sein. Was die Sache noch schlimmer macht, ist, daß sich S.E. vor lauter hämischer Freude über unsere Niederlage gar nicht wieder einkriegen kann. Wenn er mir noch ein einziges Mal erzählt, solche delikaten Angelegenheiten solle man lieber professionellen Diplomaten wie ihm überlassen, schreie ich. Gottlob hat sich wenigstens der Sender bereit erklärt, seine Entscheidung, das anstößige Programm auszustrahlen, noch einmal zu überdenken. Es wäre wirklich zu arg, wenn wir unsere Bemühungen hier durch internen Druck vereitelt und uns der Möglichkeit beraubt sähen, quasi im eigenen Hinterhof angemessen zu reagieren.

Herzlichst Ihr
Tim

16. März

Lieber Charles,

herzlichen Dank für die erfreulichen Nachrichten. Die Loyalität ist seit jeher unsere große Stärke gewesen, und es freut mich zu hören, daß sie in diesem Falle über den verständlichen Wunsch, ein schwarzes Schaf zu finden, obsiegt hat. Die ganze Affäre ist natürlich inzwischen ein alter Hut, aber um der Vollständigkeit des Berichtes willen mag es gleichwohl von Interesse für Sie sein, den Grund für unsere Niederlage zu erfahren – um so mehr, als dadurch Ihre beherzte Verteidigung der Art und Weise, wie diese Operation durchgeführt wurde, vollste Bestätigung findet.

Ich hatte fast schon alle Hoffnung aufgegeben, die Wahrheit doch noch herausfinden zu können, bevor wir den Laden hier dicht machen, als ich gestern ganz plötzlich zu einem Treffen mit einem ranghohen Beamten des Luftfahrtministeriums gebeten wurde. Mein anonymer Informant ließ durchblicken, daß das Objekt unseres Auslieferungsbegehrens von einer Einheit des Abschirmdienstes der Luftwaffe inhaftiert worden war, die mit Fragen der inneren Sicherheit befaßt ist. Die Aktivitäten dieser Einheiten, deren Existenz offiziell geleugnet wird, bildeten natürlich eine der peinlicheren Episoden der Fernsehdokumentation, deren Ausstrahlung zu verhindern uns gelungen ist. Inoffiziellen Schätzungen zufolge sind sie für das Verschwinden von mehr als fünftausend Menschen seit der Machtergreifung des gegenwärtigen Regimes vor zwei Jahren verantwortlich. Eine Operation dieses Umfanges muß notwendigerweise einige grobe Spuren hinterlassen, und die Amnesty-Meute hat die üblichen Horrorstories in Umlauf gebracht, aber alles in allem scheinen die Generäle doch eine ziemlich saubere Aktion durchgeführt zu haben.

Im Laufe der langen und weitschweifigen Aussage, die der Beschuldigte vor Gericht gemacht hat, erwähnte er beiläufig seine Freundschaft mit einem gewissen Carlos Ventura, den er während seines füheren Aufenthaltes hier im Land kennengelernt hatte. Man erklärte mir nun, daß dieser Ventura (ein für die Gewerkschaften arbeitender Anwalt, den man im Verdacht hatte, mit der Guerilla zu sympathisieren) einer der gefährlichsten Gegner des gegenwärtigen Regimes gewesen sei und daß man alle seine früheren Freunde und Bekannten als legitime Ziele der erwähnten konterrevolutionären Operation ansehe. Der Abschirmdienst der Luftwaffe hat sich deshalb eingeschaltet, um die Auslieferung zu verhindern und seine eigenen Ermittlungen aufnehmen zu können, was er zweifellos im Augenblick mit der ihm eigenen Energie und Gründlichkeit tut.

Trotz der Verlegenheit, in die uns diese ganze Geschichte gebracht hat, bin ich der Ansicht, daß die wirtschaftlichen Vergeltungsmaßnahmen, welche die Regierung Ihrer Majestät dem Vernehmen nach erwägt, sowohl unangebracht als auch unverdient wären. Ich erinnere mich daran, daß Bernard einmal im Zusammenhang mit den Leutchen von der Charta 88 bemerkte, man könne eben keine Revolution machen, ohne dabei ein paar Eierköppe zu zerdeppern. Wenn ihn der Generalissimo und seine Kollegen beim Wort genommen haben, wer sind dann wir, daß wir Kritik an ihnen üben dürften, weil sie ein Maß an Realismus an den Tag legen, über das wir nur Witze machen können?

Ich werde hier noch ein paar Tage brauchen, um die Sache zu einem ordentlichen Abschluß zu bringen, aber ich hoffe, Ende der nächsten Woche wieder in London zu sein. Ich bin schon sehr gespannt, mehr über den Auftrag in Dublin zu erfahren. Das klingt alles äußerst gewagt, selbst wenn man die Maßstäbe des Hauses anlegt! Versuchen Sie aber doch bitte, diesmal die Botschaft im voraus weichzuklopfen. Ein paar diskrete, meiner Ankunft vorausgehende Hinweise auf die Möglichkeit einer alternativen Entsendung nach, sagen wir mal, Bagdad oder Beirut, könnten nichts schaden.

Mit herzlichen Grüßen Ihr
Tim

Mary Jane Clark
**Ich sehe was, was du nicht siehst**
Roman
352 Seiten
TB 27580-1
Deutsche Erstausgabe

Eliza Blake ist die Aufsteigerin des Jahres. Zusammen mit dem Starjournalisten Bill Kendall moderiert sie die erfolgreiche Nachrichtenshow ihres Senders. Aber ihr Glück bleibt nicht ungetrübt. Böse Gerüchte kursieren: Angeblich ist Eliza kokainsüchtig und hat als alleinstehende Mutter einen unsteten Lebenswandel. Dann wird Bill Kendall tot aufgefunden. Der Befund ist sensationell: Der beliebte Nachrichtenmann soll Selbstmord begangen haben. Eliza gerät mehr und mehr unter Druck. Eine gefährliche Intrige entspinnt sich um sie, deren Urhebern jedes Mittel recht ist, denn sie beherrschen alle Spiele der Macht: von Erpressung bis zum Mord.

»Ein brillanter, fesselnder Roman mit einer klugen, attraktiven Journalistin als Heldin. Ein einzigartiger Lesegenuß!«
*Mary Higgins Clark*

## Econ & List

James Patterson
**… denn zum Küssen sind sie da**
Thriller
352 Seiten
TB 27383-3

Den abgebrühten Detektiv und Psychologen Alex Cross kann eigentlich nichts mehr erschüttern. Doch das ändert sich schneller als ihm lieb ist: Ausgesprochen hübsche Frauen sind die Opfer eines gemeingefährlichen Serientäters, der seinen Opfern erst eine betäubende Injektion gibt, bevor er sie vergewaltigt und tötet. Nur die Medizinstudentin Kate kann sich in letzter Minute aus seinen Klauen befreien. Für Alex Cross beginnt ein Wettlauf mit der Zeit, denn plötzlich verschwindet auch seine Nichte …

Ein Thriller der Extraklasse für Leser mit starken Nerven. Jetzt aufwendig verfilmt mit Morgan Freeman als Alex Cross.